2008 年辽宁省教育厅人文社会科学研究项目

# 汽车产业技术进步路径转换研究

## ——以辽宁省汽车产业为例

佟　岩　著

中国社会科学出版社

**图书在版编目（CIP）数据**

汽车产业技术进步路径转换研究——以辽宁省汽车产业为例/佟岩
著.—北京：中国社会科学出版社，2008.11
ISBN 978 - 7 - 5004 - 7408 - 1

Ⅰ. 汽… Ⅱ. 佟… Ⅲ. 汽车工业—技术进步—研究—中国
Ⅳ. F426.471

中国版本图书馆 CIP 数据核字（2008）第 184513 号

策划编辑 卢小生（E - mail：georgelu@ vip. sina. com）
责任编辑 卢小生
责任校对 郭　娟
封面设计 杨　蕾
技术编辑 李　建

出版发行 中国社会科学出版社
社　　址 北京鼓楼西大街甲 158 号　　　　邮　编 100720
电　　话 010 - 84029450（邮购）
网　　址 http：//www. csspw. cn
经　　销 新华书店
印　　刷 北京新魏印刷厂　　　　　装　订 丰华装订厂
版　　次 2008 年 11 月第 1 版　　　　印　次 2008 年 11 月第 1 次印刷
开　　本 710×1000 1/16　　　　　插　页 2
印　　张 13.25　　　　　　　　　印　数 1 - 6000 册
字　　数 215 千字
定　　价 26.00 元

# 序

当前，增强自主创新能力、建设创新型国家，已成为我国产业技术进步的战略任务。但是，自主创新的内在机理是什么，如何强化企业在技术创新中的主体地位，如何在现有技术体制基础上，结合国际技术发展新趋势和创新模式，构建以企业为主体、市场为导向、产学研相结合的新产业技术进步体系，不仅是一个重大理论问题，也是一个涉及我国经济发展方式转变、经济结构转换、产业优化升级和竞争力源泉转型的紧迫问题。

由中国社会科学出版社出版的佟岩博士的《汽车产业技术进步路径转换研究——以辽宁省汽车产业为例》一书，从宏观与微观相结合的视角，独辟蹊径地研究了产业自主创新的问题，是近年来汽车产业领域和研究产业技术创新问题的又一部新作。该书在清晰的分析思路和独特的研究视角指引下，按照科学、严谨的技术分析路线，进行了具有一定创新性和前沿性的以实证分析为主的应用研究，开创性的提出了基于产业自主技术创新的 ETSI（Economic Factors—Technological Factors—Industrial Organization Structure—Institutional Factors）分析模型，并据此客观分析与评价我国汽车产业技术进步路径的转换问题。

本书有几个鲜明的特点：

第一，研究视角的创新。目前国内有关制造业技术创新的理论研究、实证分析及政策研究的文献较多，但是系统地运用经济学方法研究汽车产业技术进步模式与路径，尤其是从宏观与微观相结合的角度来探讨汽车产业从模仿学习到自主创新转换过程与条件的研究还很鲜见。因此，本书的研究视角具有鲜明的特色。

第二，理论分析框架的创新。本书构建了产业自主创新的 ETSI 分析模型，深入剖析产业技术进步路径转换的内在逻辑及相关要素，以此形成我国汽车产业自主创新的系统研究框架，并丰富和完善相关理论，因而具有鲜明的理论创新意义。

第三，实证研究方面的创新。本书从我国的产业技术创新实践出发，围绕"开放条件下，汽车产业如何提高自主创新能力以获取持续竞争优势"等问题展开系统的实证研究，用演化经济学及行为经济学的方法，在产业层面实证梳理中国汽车产业的技术进步轨迹，总结产业技术进步的经济贡献与制约因素。

从理论上来讲，本书所构建的 ETSI 产业自主创新分析模型，为我们分析产业技术进步从模仿学习到自主创新的转换过程和条件提供了一个新的框架，为未来类似研究提供了一个崭新的视角，因而具有重要的理论意义。从实践上来讲，本书选取中国汽车产业作为传统制造业的代表，从我国的产业技术创新实践出发，围绕"开放条件下，汽车产业如何提高自主创新能力以获取持续竞争优势"等问题展开系统的实证研究，探索并总结具有中国特色的汽车产业开放式自主创新之路，并提出旨在加强自主创新能力、创造一个 ETSI 相互协调的创新环境、促进产业技术进步的公共政策建议，因而也具有重要的现实意义。

希望本书能够给从事这一领域研究的人有所启示，有所借鉴。我作为佟岩攻读博士学位期间的导师，期望他在今后的学术征途上矢志不渝，期待着他有更多的学术成果问世。

唐晓华

2008 年 8 月 28 日于沈阳

# 目　录

# 1 导论

## 1.1 问题的提出

随着中国工业化进程的不断深化，以技术创新为核心的技术进步在经济增长中的作用越来越大，技术创新对产业发展的关键性作用日益突出，党的十六届五中全会就明确提出，要把"增强自主技术创新能力作为科学技术发展的战略基点和调整产业结构、转变增长方式的中心环节"。伴随全球经济一体化和中国市场全面的对外开放，中国工业以及中国经济未来的发展将越来越依赖于技术创新，以自主技术创新推动工业进步和产业升级，将成为中国工业发展的基本主题①。

汽车产业是典型的资本技术密集型工业，具有高投入、高产出、规模效益递增、产业关联度大、科技含量高、经济带动力强等特点，对国民经济具有重大影响。伴随着经济的高速增长，我国已开始步入"汽车社会"。近年来，随着国内汽车需求量的迅猛增长，中国已成为世界上潜力最大的汽车市场：2004 年全行业销售收入突破 1 万亿元，对 GDP 的贡献位列第五；2005 年产量达 570 万辆，为世界第 4 位；汽车销售量由 2001 年的 273.1 万辆，迅速提升至 2005 年的近 592 万辆，占世界汽车市场的比重已经由 2001 年的 4.3%，提升到 2005 年的 8.7%；2005 年中国汽车市场的增量占全球汽车市场增量的 23.2%②。

汽车市场的快速发展，给我国汽车产业带来重要的发展机遇，但面临

---

① 中国社会科学院工业经济研究所：《中国工业发展报告》(2004)，经济管理出版社 2004 年版。

② 《中国汽车市场——全球第二》，《人民日报》2006 年 1 月 13 日。

市场开放和跨国公司的强大竞争①，中国汽车产业自主技术创新能力薄弱的深层次问题凸显。具体表现为：第一，我们缺少产业自主创新能力和成果，在汽车工业核心技术领域，我们与美、日、德等国至少有 10 年以上的技术差距，在发动机制造技术领域，我们与英、意两国相差约 20 年以上；第二，在汽车产业发展中，我们还依赖于国外核心技术，尽管汽车行业的国内市场巨大且迅速成长，但我们的科技发展却难以为其提供足够的支持，仅以轿车行业为例，从动力系统到控制系统，国内几大汽车生产基地的建设和发展都是依赖于国外技术。如果这种局面长此以往，必然会影响到我国发展汽车产业的主动权，还会严重制约产业国际竞争力的提升。

在汽车产业技术创新实践方面，我国实行了两条重要的产业技术进步方针，一条是"引进、消化、吸收、再创新"，另一条是"以市场换技术"。这两条方针都有一个基本出发点，即将技术的获取依托于国外，说得更直接些，是基于技术依赖。但理论研究和客观实践都表明，这两条产业技术进步路径存在着明显的不足，不但没有实现预期的设想，反而使我国的汽车产业技术引进在较大的程度上陷入了"引进—落后—再引进"的恶性循环。造成这种后果的原因很多，但其中重要的一点就是自身努力不够、坚持自主创新不够，汽车产业技术创新能力长期停留在拿来主义阶段、复制模仿阶段，而且以为我国可以不用承担创新的成本而从发达国家的先进技术扩散中获益。

从汽车产业技术创新体系发展来看，改革开放之前，我们基本上属于关起门来的模仿创新体系；改革开放以后，我们基本上属于开门迎客的模仿创新体系。这样的创新体系自然难以支撑自主创新，现在是反思和调整技术进步方针的时候了。提出自主创新，就是对技术依赖的反思和调整。笔者认为，"自主"是针对"引进"即针对我国在过去一段时期内过分依赖引进技术而言的，"自主"是与"依赖"相对应的概念，自主就要降低依赖程度，进而提高内生发展的程度。总结我国汽车产业技术创新的经验教训，研究开放条件下中国汽车产业技术进步的路径选择，培育产业自主

---

① 作为进入世界贸易组织后过渡期的标志，2005 年 1 月 1 日，中国进口汽车关税降到了 30%，汽车零部件关税下降到 13%。到 2006 年 7 月 1 日，中国的汽车关税最终下降到 25%，零部件平均关税降到 10%。

创新的机制和环境，实施积极的自主创新政策，尽快将我们的创新体系转变为自主创新主导的创新体系，以实现汽车产业从模仿学习到自主创新的跨越，促进中国汽车产业核心竞争力的提升。上述问题遂成为国内学术界和实业界的关注焦点。

## 1.2 研究目的和意义

增强自主创新能力，建设创新型国家，是新时期我国产业技术进步的战略任务。但是，何谓自主创新，自主创新的内在机理是什么，如何强化企业在技术创新中的主体地位，如何在现有技术体制基础上，结合国际技术发展新趋势与创新模式，构建以企业为主体、市场为导向、产学研相结合的新产业技术进步体系，不仅是一个重大理论问题，也是一个涉及我国经济发展方式转变、经济结构转换、产业优化升级和竞争力源泉转型的紧迫问题。所以加强对自主技术创新理论的研究具有非常重要的意义，因为提高自主技术创新能力、发展自主核心技术虽然已经成为中国的国家战略，但是对于为什么现在就需要进行自主技术创新，有没有可能进行自主技术创新，如何进行自主技术创新，仍然存在很多疑问。

为了回答上述问题，需要建立关于自主技术创新的理论体系。这至少应包括：第一，关于竞争优势来源的理论，回答为什么现在需要进行自主技术创新，而不是继续以引进技术为主；第二，关于自主技术创新的机会理论，回答有没有可能进行自主创新；第三，关于实现从技术引进向自主创新转变的过程和条件的理论，回答在什么样的情况下才能抓住创新的机会，实现自主创新。

从文献检索结果看，国内关于自主创新特别是汽车产业自主创新方面的系统研究极少，虽然一些文献和政府报告中提到自主创新的概念，一些学者如路风等（2004）人推出了汽车产业自主创新方面的调研报告，但未见到系统深入的理论研究成果。2005 年 1 月 25 日，科技部主持召开自主创新理论研究专家座谈会，与会专家讨论了自主创新的含义、自主创新与技术引进的关系等问题，却没有见到有关自主创新，包括企业、产业自主创新方面的系统研究成果。因此可以说，我国自主创新方面的理论研究正处在发展阶段。

　　笔者认为，自主创新理论与传统的技术追赶理论有很大的区别。传统的技术追赶理论认为，发展中国家的企业是"跟随者"，所以需要引进国外技术，消化、吸收，然后创新①。具体而言，第一步是引进技术、培养强大的制造能力；第二步是培养使用国外技术、独立建设新项目的能力；第三步是培养独立开发新技术的能力（Westphal、Kim & Dahlman，1985；Kim，1997，1998；Amsden，2001；Amsden & Chu，2003；Dahlman & Westphal，1984；Hobday，1995；Lall，1982）。也就是说，自主技术创新能力是建立在引进、消化、吸收国外技术基础之上的。很多实证研究也表明，通过引进技术然后消化吸收是可以培养起自主技术创新能力的。日本的汽车业发展是一个典型例子，韩国在某种程度上也是一个典型例子（Amsden & Chu，2003；Westphal et al.，1985；Kim，1997，1998）。

　　自主创新理论与传统的技术追赶理论的区别首先在于理论产生背景的不同。传统的技术追赶理论是建立在"封闭经济"基础之上的。以日本轿车产业的发展为例，第二次世界大战后日本政府长期通过严格限制轿车进口对其轿车工业进行保护，轿车进口一直只占国内销售的1%左右，直到20世纪70年代日本企业具备了强大的国际竞争力以后，这种保护才逐渐减少。正是在这种保护下，日本轿车企业才没有在第二次世界大战后被强大得多的欧美企业挤垮，才能够从容地引进、消化欧美先进的轿车技术，才能够发展出包括"精益生产方式"在内的自主核心技术（Cusumano，1985）。自主技术创新理论则不同，它是建立在"开放经济"基础之上的。在国际化日益深入的条件下，国内企业与跨国公司在国内市场上直接面对面地竞争，我国企业已经很难有时间把引进、消化、吸收、再创新的全过程走完，引进技术、消化吸收、逐步培养竞争力这条路已经很难走得通了。

　　自主创新理论与传统的技术追赶理论的第二个重要区别是，传统的技术追赶理论暗含着这样一个假设：在一定条件下（最主要的就是保护国内市场），从技术引进到消化吸收再到技术创新是一个可以自动发生的过程。比如，由于国内市场的保护，在国内市场上来自跨国公司的直接竞争

---

① 高旭东：《自主技术创新的理论基础》，载清华大学技术研究中心主编《创新与创业管理》，清华大学出版社2006年版。

是非常有限的，竞争主要是在能力特别是技术能力类似的国内企业之间进行，"优胜劣汰"的竞争机制总有一天会把国内企业推向自主创新的轨道，没有必要担心技术商业化的"后来者劣势"等问题（高旭东，2006）。但在开放的经济条件下，由于国内企业与跨国公司在国内市场上直接面对面地竞争，如果跨国公司拥有核心技术，而国内企业没有，国内企业如果还想通过发挥"比较优势"来参与竞争，就只能是死路一条。在这种情况下，如果没有相应的措施，国内企业是难以在同拥有核心技术的跨国公司的竞争中求得生存的。

正因为如此，为了进行自主技术创新，我国企业需要对发展战略进行重新思考，并作出比较大的调整；特别是政府部门，需要对有关政策作出重大调整。在理论上来讲，本书的一个重要目的是构建基于产业自主技术创新的经济因素—技术因素—产业组织结构—制度因素即 ETSI（Economic Factors—Technological Factors—Industrial Organization Structure—Institutional Factors）分析模型，据此客观分析与评价我国汽车产业技术进步路径选择问题，重点分析产业技术进步从模仿学习到自主创新的转换过程、条件和主要方式；并且试图以此丰富和完善相关理论，为未来类似研究提供一个崭新视角，因而具有鲜明的理论创新意义。从现实的层面来说，本书选取中国汽车产业作为传统制造业的代表，从我国的产业技术创新实践出发，围绕"开放条件下，汽车产业如何提高自主创新能力以获取持续竞争优势"等问题展开系统的实证研究，探索并总结具有中国特色的汽车产业开放式自主创新之路，并提出旨在加强自主创新能力、创造一个 ETSI 相互协调的创新环境、促进产业技术进步的公共政策建议，因而具有重要的现实意义。

## 1.3  主要概念的界定

### 1.3.1  汽车产业

这里所说的汽车产业主要是指汽车制造业。根据国家统计局新修订的《国民经济行业分类》，汽车制造业包括汽车整车制造业、改装汽车制造业、汽车电子制造业、汽车车身及挂车制造业、汽车零部件及配件制造业

6 个小类行业。而与汽车产业有关的产业有十多个产业类别，涉及近 50 个行业，牵涉到社会经济发展的方方面面。在汽车业全球化的浪潮中，国际汽车业巨头纷纷对华投资，特别是最近十年，大量的跨国公司直接投资进入中国汽车制造业①，已基本完成了在中国的战略布局。跨国汽车公司与中国汽车制造企业在中国国内市场展开激烈的竞争，竞争的激烈程度迄今仍随着市场的开放步伐而不断加剧，中国汽车产业正在与全球各大汽车业集团竞争与合作的博弈中谋求发展。

### 1.3.2　技术创新

本书借用干春晖所著《产业经济学》中的相关定义："技术创新是市场主体（主要是企业）以实现长期利润最大化为目标，应用新知识和技术发明开发出新产品或新工艺，并成功实现首次商业化应用，以改善企业在产品市场上的供给和需求条件的活动。"这一定义表明：①技术创新是市场主体的一种经济行为，以获得商业利润为目的，因此尽管技术创新有很强的技术属性，但在产业经济的分析中主要关注其经济属性；②技术创新是新技术发明与市场相结合的一个动态过程，在这一过程中企业的研发活动是关键环节，正是通过企业有组织的研发活动将新技术发明与市场实现成功结合起来，实现创新资源的合理配置；③技术创新主要表现为产品创新和过程创新，产品创新改善市场需求条件，而过程创新影响市场供给条件②。

### 1.3.3　技术进步

技术进步是一个广泛使用的概念，通常是指人们在生产中使用效率更高的劳动手段、更先进的工艺方法，以推动社会生产力不断发展的运动过程，它反映了生产力中物质技术基础的变革，是促进经济增长的主要因素。在西方新古典学派的理论中，技术进步是用生产函数 $Q = F$（$K$，$L$，$t$）来定义的，其中，$K$ 和 $L$ 分别代表资本和劳动投入，$Q$ 代表产出，$t$ 代

---

①　跨国汽车巨头 "6 + 3"（通用、福特、丰田、戴姆勒—克莱斯勒、大众、雷诺—日产、宝马、标致—雪铁龙、本田）目前在中国都建立了合资公司。

②　干春晖：《产业经济学》，机械工业出版社 2006 年版。

表时间。技术进步就是这个函数表达式中产出 $Q$ 随时间 $t$ 变化的过程，如果产出的增加大于劳动和资本投入的增加，就认为发生了技术进步。在本书中，技术进步是指一定时间内生产的产品及生产工艺发生变化的过程，技术进步是技术与经济的结合，是一个动态经济学的概念。技术创新可能引起技术进步，但技术进步并非都是技术创新所致，技术改造、技术引进等都会引起技术进步。

### 1.3.4 自主创新

到目前为止，学术界还没有对"自主创新"形成统一、规范的概念，但国内学者施培公、柳卸林的定义比较有代表性。施培公（1996）认为自主创新具有不同层次的含义：当用于表征企业创新活动时，自主创新是指企业通过自身努力，攻克技术难关，形成有价值的研究开发成果，并在此基础上依靠自身的能力推动创新的后续环节，完成技术成果的商品化，获取商业利润的创新活动；自主创新有时也用来表明一个组织或国家的创新特征，即不依赖于技术引进，而是依靠自身的科研开发实力独立进行技术创新并最终实现技术创新目标[①]。上述定义从企业和国家两个层面对"自主创新"概念的内涵和外延加以严格限定：

第一，在企业层面，该定义要求"技术突破的内生性"，即要求"核心技术必须是由企业依靠自身力量，独立研究开发而获得的"，这样严格的外延限制将大量的创新活动排斥在自主创新之外，这是否有利于指导创新政策的制定和创新活动的管理，是值得商榷的。

第二，在国家层面，该定义所说的"自主创新"是指"不依赖他国技术，而依靠本国自身力量独立研究开发、进行创新的活动"。

这种观点容易引起误解，因为在经济全球化、国际科技合作日益普遍和深入的今天，自主创新与合作创新是可能并存的。

我国著名学者柳卸林（1997）对自主创新的定义则是指"创造了自

---

① 施培公认为，自主创新的本质特点是"技术突破的内生性——自主创新并不要求企业在研究开发方面面面俱到，独立攻克每一个技术环节，但其中的核心技术（或称为主导技术）必须是由企业依靠自身力量，独立研究开发而获得的"。上述定义强调了自主创新战略中技术突破的内生性、技术与市场方面的率先性、知识和能力支持的内在性。

主知识产权的创新"。该定义的优点是简单明确，但这里涉及对"自主知识产权"的理解问题，若是指以专利等法律形式表达的知识产权，则可能排斥一些本属于自主创新的内容。

由此可见，"自主创新"的概念尚处于"仁者见仁，智者见智"的状态，人们在不同的场合用"自主创新"所表达的意思差别很大，要给"自主创新"下一个明确的、能被人们普遍接受的定义是不容易的。笔者认为，现在提出要大力提高"自主技术创新能力"，原因就在于原有的以引进国外技术为主的经济发展模式已经不适应新的形势，我国企业再不开发拥有自主知识产权的技术，就会在同跨国公司的竞争中遇到越来越严重的挑战。也就是说，"自主技术创新"是相对于"引进技术"而言的，是为了改变企业缺乏具有自主知识产权的技术而处于不利竞争地位的状况。因此，本书把"自主创新"定义为"在创新主体控制下，获得自主知识产权的创新，其本质是技术创新的组织或动员能力"。相应的，自主创新的内涵要从以下四方面加以理解：自主是前提，创新是要害，知识产权是关键，创新能力是核心[①]。

## 1.4　文献综述

本书主要围绕开放条件下中国汽车产业技术进步的路径选择，从宏观和微观相结合的角度进行系统的分析和研究。故本部分分别从产业技术进步与技术创新模式、技术学习与创新能力积累两个方面对国内外已有文献和研究成果进行简要梳理和回顾，以揭示该领域研究的进展以及存在的问题，为本书的内容展开提供一个基本的理论背景。

### 1.4.1　产业技术进步路径与创新模式研究综述

发展中国家技术演化的过程历来是技术创新研究的热点和难点之一。本小节首先对后起国家的产业技术追赶路径问题进行述评，然后就技术创新与我国汽车产业发展战略的研究进行归纳和总结。

---

① 吴贵生、刘建新：《对自主技术创新的理解》，载清华大学技术研究中心主编《创新与创业管理》，清华大学出版社2006年版。

（1）关于后起国家的产业技术追赶路径

在发达国家与发展中国家，产业技术进步呈现出截然不同的两种轨迹。艾伯拉罕西和厄特巴克（Abemathy & Utterback，1975，1978）基于对技术始发国的案例研究和统计分析，提出了具有开创意义的技术创新类型划分，即基于创新内容划分的产品创新与工艺创新、基于创新程度划分的根本型创新与渐进型创新。与之对应地提出了创新过程的"流动、转化和特性"阶段划分，以及主导设计技术路线的确定，从而建立了 A—U 模型。该模型构成了发达国家技术创新与产业演化过程的分析框架，它不仅为我们理解产品和工艺创新之间的关系、创新和产业演化之间的关系提供了线索，而且还有着较强的政策含义[①]。正因为如此，该模型受到了创新理论领域学者的广泛重视，并成为技术创新与技术能力研究领域引用次数最多的文献之一。

后进国家的技术进步演化轨迹的最初研究也是在 A—U 模型基础上进行的，最终大多数学者得出了发展中国家的技术追赶与发达国家的技术变化不同，是一个反向的 A—U 过程，即是一个从工艺创新到产品创新、从生产能力到创新能力演化的过程。一般认为，发展中国家的技术能力演化是在技术引进的基础上、沿着既定技术路径发展的技术创新过程，但这个过程的具体的演化轨迹却难以确定，学术界自 20 世纪 80 年代初对这一问题展开研究以来，已经出现了从不同角度对后起国家的产业技术演化轨迹进行分析的多种结论。

林素·金（Linsu Kim，1997）根据对韩国汽车、电子等产业的实证研究，提出了一个发展中国家三段式技术追赶跨越的模式，拓展了 A—U 模型。他的研究表明：对于某一具体产业来说，后起国早期一般是从发达国家获取成熟的技术，由于缺乏深度生产运作的能力，这一阶段多是进行组装生产（CKD 或 SKD），生产出与先进国家相当标准的无明显差异的产品；当产业界经过消化和吸收后，本国企业可以从模仿性分解研究来开发相关产品，而无需国外技术的直接转让；在对一般生产技术进行较为成功的消化和吸收后，如果政府强调增加出口，加上本国科技与工程管理人员

---

①　按照这一模型，在流动阶段，国家应注重培养竞争环境；在转化阶段，国家应致力于提供吸收技术所需的基础设施。

各方面能力的不断提高，使得对技术改进成为现实。通过本国在研究开发和工程管理方面的努力，引进的技术被应用于各种生产线，开始沿着"获得—消化—吸收—改进"的轨迹，走一条与发达国家的技术轨迹相反的道路。

柯恩·李（Keun Lee，2001）等人则进一步指出，后起国三段式技术发展轨迹不仅发生在特定成熟技术的传播过程中，也发生在发达国家技术的转移与流动阶段。后起国中那些已成功地获得、消化和吸收（甚至是改进）了引进的成熟技术的企业，可能会利用发达国家尚处于转移阶段的较高技术来重复这一过程，如果获得成功，就会最终积累本国的技术能力，在流动阶段就总结出新兴的技术，向发达国家的企业提出挑战。

我国学者在对产业技术进步的研究中，除了吸收西方技术创新理论外，更多的是结合本国国情，对技术引进与模仿创新做了一些有益的探索。陈劲（1994）在"技术吸收—技术改进—自主创新"模式中，分析了后起国家技术追赶过程的学习方式与技术创新形式的对照关系。施培公（1997）从模仿创新的角度研究了后发优势的直接基础和内在机理，他认为，企业要获得后发优势，关键在于通过反向工程以及研究开发的早期介入，进行二次创新，以促进技术范式的跃迁和资源超越性的快速积累。谢伟（1999）通过对我国彩电、轿车产业的研究，总结出后进国家追赶过程中技术能力的演进过程为"技术引进—生产能力—创新能力"。吴晓波（1995，2006）提出了一个适合发展中国家的二次创新动态模式，即"模仿创新—创造性模仿—改进性创新—后二次创新"，他还进一步指出，"如果落后企业没有通过消化吸收来积累技术能力和资源、无力进行技术改进与二次创新，或者当产业技术沿着技术轨迹上升时，落后企业虽通过多次技术引进、消化、吸收和改进，其资源积累和技术能力还是跟不上产业技术的进步，就会出现'引进—落后—再引进'的恶性循环，落后企业就会掉入技术引进的能力型陷阱"。

尽管上述众多学者认为后起国家通过技术引进、消化、吸收的渐进性创新是追赶发达国家的可行途径，但是，在这种理论指导下的后起国家的技术追赶却鲜有超越先发国家的典型案例①，不仅如此，比较优势理论在

---

①　即使被推崇比较优势理论的著名学者反复提及的日本和韩国，在大多数产业领域也仅仅是缩小了与美国的技术差距。

大量后起国家的实践还造成其产业陷入"技术引进—消化、吸收—再落后—再技术引进"的怪圈。以我国为例，自改革开放以来的产业技术进步战略，总体而言也是以技术引进、消化、吸收的模仿创新为主要特征，这一战略的实施尽管在很多领域大大缩短了同发达国家的技术差距，但是，与我国高速增长的经济相比，产业技术进步却不大；而且，长期的技术引进和较差的技术吸收，致使我国许多产业技术依附严重，一个隐形的技术黑洞正将我们吸入发达国家的全球体系，而我国产业的自主研发能力则一点点地被这个黑洞吞噬；经济快速增长与自主技术创新能力衰退的两难悖论开始出现（张洪石，2006）。

（2）关于技术创新与我国汽车产业发展战略

随着近年来汽车工业的快速发展，国内学术界对汽车产业的技术创新和发展战略问题进行了积极的探索，相继提出了许多理论观点。夏大慰等（2002）在《汽车工业：技术进步与产业组织》一书中，对汽车工业后起大国的技术追赶经验进行了较为系统的总结，指出，"导致这种成功技术进步过程的重要原因，是各主要汽车厂商充足的技术进步动力，以及高效率的产品研究开发和技术转移体制"，他们还就中国汽车工业技术进步和产业组织合理化提出了若干建议。赵鹏飞（2004）讨论了技术创新对我国汽车产业竞争力的作用，提出了汽车产业技术生命周期的概念，并对其不同阶段的技术创新特点进行了分析，他认为中国汽车工业技术创新能力不强的主要原因是"企业技术创新主体的作用没有得到充分发挥，研发投入不足，缺乏创新人才，整个汽车行业未能处理好技术引进与二次创新的关系"。

我国加入世界贸易组织后，汽车产业的发展更是进入了一个新的阶段，一方面，国内全面买方市场开始出现，产业发展日益增长的技术需求与技术供给能力不足的矛盾越来越突出，技术成为制约产业发展的主要因素；另一方面，科技经济全球化的发展使跨国公司主导世界经济的力量上升，引进先进技术的难度加大，传统的以"市场换技术"的思路受到挑战。面对开放条件下的中国汽车市场，跨国汽车公司与其全球战略配合，出现了国内生产国际化、国内市场国际化的趋势，跨国公司对汽车产业链的控制更为完整和稳定，这对于发展我国汽车产业的自主开发能力极为不利（陈建国等，2001；李辉等，2003），因此在一个高度开放的国际环境中①，我国汽车产业技术高级化不能寄托于跨国公司的技术外溢，不能停留在向跨国公司购买技术的低水准（陈漓高、沈存，2005）。

跨国公司对外直接投资，涉及技术的跨国移动②，而技术优势是跨国公司的核心优势，实现技术交易内部化，即技术在公司内部（母公司与子公司之间、子公司与子公司之间）转移，可以避免技术外溢，确保跨国公司在世界范围的技术优势，取得技术发明的充分报偿，获得世界范围的垄断租金。跨国汽车公司还通过纵向兼并，使生产过程一体化，通过横向、纵向或混合兼并，实现规模经济，并确保核心技术的垄断地位。为了减少成本，跨国公司在全球范围进行生产布局的过程中，还将一系列技术上可分的生产工序中的一部分置于企业的所有权和控制之外，即外包和外购；它的配件供应商网络遍布全球，在为全世界生产汽车的同时，也在接受来自全世界的汽车配件，即在全球范围内实现零部件与整车相剥离的生产方式。国际汽车企业垂直一体化的生产组织形式以及零部件工业按地理范围发展的模式，使得我国"以市场换技术"、"引进—消化、吸收—创新"的技术进步模式，在跨国汽车公司蜂拥进入中国的情况下，实现的可能性不但没有增大，反而越发渺茫了。

同时，由于技术转让在我国加入世界贸易组织之后已不再是外国直接投资（FDI）的必要限制条件，放慢或加快技术转让完全是跨国公司的战略行为取向，因此跨国公司在进行技术转让时就会附加某些条件或采取相应的措施，以加强对合资企业的技术控制，更好地实现其投入资本和技术

---

① 加入世界贸易组织后，中国遵守世界贸易组织《与贸易有关的投资措施协议》的有关规定，将在市场保护措施各方面有比较大的变化：将取消国产化要求、外汇平衡要求和出口实绩要求，取消外商技术转让和在当地进行研究开发等强制性要求，取消发动机合资企业的股权要求，逐步放宽省级政府对外资项目的审批权限，两年内取消整车生产企业产品种类及车型的限制等。国际跨国公司在中国的角逐将更加激烈。参见曹建海《经济全球化与中国汽车产业发展》，《管理世界》2003 年第 4 期。

② 国际贸易和国际投资理论认为，企业可以采用三种不同的方式来利用它的特殊资产以获取国外市场上的收益：第一种，国内生产然后出口；第二种，以许可证的形式将特殊资产出租给国外的厂商使用；第三种，对外直接投资。尽可能地节约交易成本，是选择交易方式的重要标准。跨国公司对外直接投资必须比较这三种方式的成本，在证明了在一定条件下前两种方式的成本高于对外直接投资的成本之后，跨国公司才会选择以直接投资的方式进入东道国。

的回报。过去人们曾普遍认为，跨国汽车公司进入中国市场对国内汽车产业技术进步有积极的影响，在引进外资的同时，跨国汽车公司对国内企业技术、管理、营销、观念等方面都具有一定的外溢效应，但是，近两年来我国汽车工业发展模式已从封闭型转为开放型，不仅加强了与国外汽车公司的合作和交流，还建立了一大批合资汽车企业，但我国汽车产业的自主技术能力却仍是产业发展的"瓶颈"。为此，吴松泉等（2005）人从实证的角度，对我国汽车工业"市场换技术"战略的效果进行了评价和博弈分析，他们的研究表明，跨国汽车公司在我国的技术外溢效应极为有限，我国的汽车产业技术政策并没有使本国汽车工业通过学习效应而具备自主开发的能力①。因此，在开放的条件下，以自主知识产权为基础的汽车工业核心技术变得越来越重要，我国必须下决心进行这方面的自主研发。

国内许多学者都已认识到汽车产业实施自主技术创新战略的重要性，近年来就相关问题展开一系列的分析研究，并提出了相应的政策建议。路风、封凯栋（2004）对奇瑞、哈飞、吉利等国内汽车厂商做了专题调研后得出的结论是：我国汽车产业不可能因为 FDI 就自动获得技术能力无论合资、技术引进对于中国汽车企业多么重要，都代替不了自主开发对于技术学习的关键作用，而由于能力是组织内生的，只有自主开发产品才可能发展出企业的自主技术创新能力并拥有自主知识产权。康灿华（2004）认为技术创新能力是我国汽车产业能否实现跨越式发展的关键因素，并具体分析了影响汽车产业技术创新的环境因素，他的研究表明，唯有实行产业技术创新的合作（融入）战略、平台战略和集群战略，才能有效利用国际、国内及地区的创新资源。胡树华等（2000，2002）人提出了"国家汽车创新工程"（NAIP）的概念，认为面对加入世界贸易组织后汽车产业的激烈竞争、新一轮的世界汽车产业结构调整以及技术升级的局面，我国应建立汽车产业科技创新平台，集成现有的科技资源，实现与相关科技创新平台的互动，以增强产业的国际竞争力，实现我国汽车产业的可持续

---

① 从世界各国工业化的发展进程看，工业技术进步的来源大致分为两类：一类是原发性技术创新，即技术进步主要依靠本国的自创，表现为拥有大量的自主知识产权（特别是核心技术）；另一类是扩散性技术，即技术进步主要依靠对其他国家已有技术的模仿和学习，通常表现为拥有较少的自主知识产权、不掌握产业的核心技术。

发展。

虽然上述学者都提出了开放条件下以培育自主创新能力来促进汽车产业技术进步的思路和政策建议，但都没能回答产业技术进步从模仿学习向自主创新转换的过程和条件问题，也没有给出技术进步路径转换的决定因素。本书就是要从宏观和微观相结合的角度来尝试回答这个问题。

### 1.4.2　技术学习与创新能力积累的研究综述

包括自主开发和技术引进机制在内的技术学习是后起国家积累和发展创新能力的重要路径，如何通过学习来提高自主创新能力是当前的重要研究领域。尽管技术引进在我国的工业化过程中发挥了重要的作用，但技术引进的目的不单是引进生产能力，而是要在引进技术基础上实现自主创新（谢伟，1994）。所以总结有关技术学习的研究文献，对探讨中国汽车产业如何形成自主创新能力具有重要意义。

（1）技术学习与创新能力积累问题的理论研究

后起国家的技术学习[①]与追赶问题一直都是国外学者关注的焦点，然而这方面的早期研究主要是关注静态的技术选择问题，他们通常将技术视为一种简单的商品，认为最优、最适用的技术可以低成本甚至免费地在全世界范围内流动，后起国家面临的问题只是选择适合的技术而已。这种"技术商品论"低估了技术本身的复杂性。事实上，技术具有企业专有特性、路径依赖性、累积性和缄默性的特点，这决定了技术不能被视为一种免费的商品，技术也不可能自动生成；而在使用相同的技术时，不同的后起国家不仅存在静态效率的差别，还存在动态效率的差异（谢伟，1998；安同良，2004）。

技术学习机制的核心是知识的获取、消化吸收和创新能力。根据野中郁次郎和竹内广隆（1995）的观点，学习实际上是一个隐性知识和显性知识相互作用、不断产生新知识的过程。构建技术能力的努力可以分为两种途径：干中学与投资性学习（Forbes and Wield，2005）。干中学是生产

---

　　①　本书借用霍布德（Hobday，1995）关于技术学习的定义，即"技术学习是指后来企业获得和建立技术能力的过程"。技术学习可以在国家、区域、产业和企业层次上发生，但本质是企业层次的行为。

过程中一种被动、自发、无成本的行为。当它在形成产业竞争力中起主要作用时，其发生的环境至关重要。干中学的关键是要有合适的环境，从而在学习中形成国际竞争力。投资性学习包括三个方面：一是分析型学习。分析型学习包括工业工程、反求工程等方式①。二是专门型学习。专门型学习包括企业内外的培训、引进国外专家等方式。三是研究开发。研究开发是构建本土技术能力的必要投入。从演化经济学的角度来说，创新在很大程度上是指产品或工艺上的无数次小的改进，而非根本性的飞跃。创新是由渐进到飞跃的一个连续性的过程，是渐进与飞跃的结合。因此，技术学习机制是后起国形成自主创新能力的内在机制（唐要家，2006）。

　　技术引进已经成为后起国发展本国经济和提高本国科技水平进而开发先进生产技术的一种重要学习手段，然而在现实当中，各个国家的技术引进的效果却存在较大的差异。对于以日本和韩国为代表的亚洲后起国成功实现自主创新的解释有两种主要的观点：一种观点认为，这些国家的快速发展主要是由这些国家较高的物质资本和人力资本的投资率所决定的，较高的要素投入使这些国家的经济沿着原有的生产曲线向外移动（Young，1993；Kim & Lau，1994；Krugman，1994）；另一种观点认为，除了要素投入外，这些国家勇于承担风险的创业家、有效的学习和创新等对东亚新兴工业化国家的发展起了重要的作用（Pack & Westphal，1986；Amsdem，1989；Kim，1997）②。但是，这两种代表性的观点并没有深入分析同样的技术引进为什么会产生不同的产业创新绩效，以及不同国家技术引进绩效差异的内在机制和制度差异。

　　对后起国技术进步研究的代表性框架是由拉尔（Lall，1992）提出

---

　　①　反求工程（Reverse Engineering）是针对消化、吸收先进技术的一系列分析方法和应用技术的组合。它是以产最实物样品为起点，进行反推性的研究，首先对产品进行性能测试、结与分析然后进行分解研究，理化试验以至破坏性实验，反求其制造过程、实验过程和研究过程，反求其技术诀窍、设计方法、设计原理和设计思想。从狭义上讲，反求工程即指反求设计，它着眼于分析引进技术和设计，掌握其功能原理、结果参数、材料、形状尺寸，尤其是关键技术，然后再设计。从广义来看，反求工程不仅包括反求设计，还涉及工艺、试验、使用、管理等反求的各方面。它以现代设计理论和方法为基础，通过反求分析、反求设计、探索消化、吸收国外先进技术的有效途径。

　　②　纳尔逊和帕克（Nelson & Pack，1999）将前一种观点称为"堆积理论"，后一种观点为"吸收理论"。

的，他认为技术学习具有不确定性、累积性、嵌入性和外部性，这使标准的经济分析模型无法有效的分析技术学习的过程，为此他建立了一个国家技术创新体系的框架，其中强调了政策激励体制的作用。他提出的创新体系由激励体制、要素市场和制度三个基本的要素构成。其中激励体制主要是指国家的宏观环境，包括开放的贸易政策、以竞争为核心的产业政策、国内需求的数量、质量；要素市场主要是指政府的人力资本投资所形成的员工技能、资本市场的发展和信息的充分获取和流动；制度定义为提供公共知识基础设施的组织，主要是指国家的教育与培训、标准化、长期信贷、技术进出口等制度。联合国工业合作与发展组织（2003）的研究报告则指出，企业技术能力的发展受到技术进口、市场状况、内部资源、外部资源状况的共同影响，并突出了技术学习过程的重要意义。但是，上述研究都忽略了政府技术创新政策的重要意义，而在后起国家，政府在技术创新中扮演何种角色和采取什么样的技术政策显然对本土技术创新具有重大的影响。

（2）我国汽车产业的技术学习与创新能力问题研究

宋泓等（2004）人通过中国汽车产业案例研究，运用互动学习和产业成长分析框架，阐述了在加入世界贸易组织后，我国汽车企业与跨国公司的互动学习与适应对产业发展的影响。他们得出基本结论是：一是伴随市场开放而进行的投资和贸易自由化进程，使得跨国公司的竞争优势得到了充分发挥，在这种情况下，国内企业采取了竞相进行合资或引进新车型的战略，从而加深了对跨国公司的技术依附程度。二是国内企业和跨国公司的战略调整，以及双方实力和能力对比的变化，导致中国汽车产业的成长模式在向依附形式转变。三是在跨国公司超强竞争优势下，落后国家新兴产业和弱小企业的发展必须得到当地政府强有力的支持，这只是必要条件，而非充分条件，因为在保护环境下，国内企业会追求最容易、最迅速的盈利方式，比如单纯利用市场保护享受高额利润，而不进行产品开发、技术学习和创新等能力建设。

谢伟、何玄文（2006）则进一步指出，技术学习可以帮助汽车企业形成必要的技术能力，但能力仅仅是企业创新的一个要素，企业是否创新还取决于企业的竞争策略以及所处的政治和经济环境等要素。我国轿车工业学习和创新的实践表明，合资方式是一种有效的提升生产能力的学习机制，但在帮助当地企业学习创新能力方面效率不高。这一方面是因为合资企业中外方的全球化战略致使其不可能帮助当地企业建立前端的产品创新能力，只有在市场竞争激烈时，它才会进行一些适应性的产品调整创新。"合资企业不创新"的另一个原因是我们创造了一个对合资企业有盈利保证的国内市场，却没有创造一个能够激发合资企业创新的国内竞争环境。因为企业进行自主创新不仅需要付出巨大的代价，而且要冒很大的风险，如果不创新也可以获利，甚至可以比创新获得更大的利益，企业自主创新的动力就会衰减甚至消失。

许治、师萍（2005）从产业政策角度进行了相关研究。他们认为，国家汽车产业政策对国产化的偏好、严格的汽车行业管制、现有合资模式的弊端以及转轨时期国有企业的特点是制约我国汽车产业技术能力提升的主要因素。国产化政策偏好是源于对韩国汽车产业发展的模仿，却没有认识到零部件国产化和自主产品开发是两种不同的知识积累模式。前者主要包括在给定产品设计条件下的制造能力（以生产活动为主），知识的积累主要通过"干中学"实现；而后者包括集成多种技术设计出新产品的能力（以研发活动为主），知识积累主要取决于"研究开发中学"。进行国产化的努力与产品开发层次上的技术学习在内容和性质上根本不同，两者不存在相互替代关系，所以国产化的任何进展都不代表产品开发技术能力的增长。此外，严格的行业管制也弱化了汽车企业提高技术能力的努力强度。在位企业提高技术能力的动机，在于对竞争性威胁作出反应，而在实践中，我国政府对汽车产业严格的进入管制不仅使受到保护的在位企业长期占据垄断地位，而且使国内汽车市场维持了高价格水平，这使生产率较低的汽车企业仍能大量盈利。失去竞争性威胁必然弱化企业提高技术能力的努力强度，其结果是汽车企业技术学习和能力积累有效性的降低。

综上所述，后起国家的产业技术发展需要引进吸收外国技术，但在开放条件下获得自主技术创新能力的关键并不在于技术的来源，而在于赶超者进行技术学习的努力和强度，以及合意的政策和制度环境。现有研究虽从不同侧面对后起国家技术学习和创新能力积累问题进行了理论探讨，但同样没能回答如何实现产业技术进步从模仿学习向自主创新转换的问题。本书以中国汽车产业为研究对象，通过系统的理论和实证分析来给出答案。

# 1.5　研究内容与方法

## 1.5.1　研究目标

本书研究的主线是综合运用产业经济学、发展经济学、创新经济学的相关理论，在吸收国内外已有研究成果的基础上，提出产业技术进步路径转换的 ETSI 分析模型，并对产业技术进步从引进模仿到自主创新转换的过程和条件进行理论和实证分析；在此基础上，探讨我国汽车产业技术进步从模仿学习到自主创新转变的条件和可能性，以及提升产业技术创新绩效和竞争力的实践路径。具体来说，本书主要包括下述研究目标：一是构建开放条件下产业自主创新的分析模型，并运用经济学理论对其内在逻辑性进行科学解释；二是分析我国汽车产业技术进步的轨迹、效率损失及其发展障碍；三是进行汽车产业技术进步路径的国内外对比分析，探讨政府政策对汽车产业自主创新的具体影响；四是探寻基于自主技术创新、提升中国汽车工业技术水平和产业竞争力的现实途径，以及实现中国汽车工业开放式自主创新发展的具体对策。

## 1.5.2　研究方法和路线

本书主要采用理论与实证分析相结合的方法，以理论分析为基础，以实证分析为重点。在理论分析部分，笔者首先用系统分析的方法建立了产业自主创新的 ETSI 分析模型，以揭示产业技术进步路径转换的影响因子，以及各因子与产业自主创新的内在关联性。其次采用数理经济学的方法，建立了后起国家产业技术进步路径选择的理论模型，以说明后起国家在技术引进与自主创新之间的权衡与选择问题；用经济学的成本收益分析方法，建立了企业自主创新的利润激励模型，从经济因素的角度说明企业从引进模仿向自主创新转变的条件。

在实证研究部分，本书充分吸收前人已有的研究成果，并发掘现有统计资料的价值，对改革开放以来中国汽车产业技术进步发展的轨迹，特别是技术进步的经济贡献率，以及在经济、技术、组织和制度方面的发展障碍进行重点分析，以揭示我国汽车产业从模仿学习到自主创新转换的条件和可能性，同时也在一定程度上验证了本书相关理论的正确性。在计量分析中，主要采用 EVIEWS 统计分析软件进行分析，运用计量经济学的回归模型与时间序列分析方法，以抛弃结论的随意性；所采用的有关数据主要来自国家统计局公布的《中国统计年鉴（1991—2005）》、《中国工业统计年鉴（1990—2004）》、《中国汽车工业年鉴（1991—2005）》和《中国科技统计年鉴（1995—2004）》。此外，本书还采用了对比分析方法，对日本、韩国等汽车产业后起国家的技术进步路径进行实证研究和国际比较，以探究这些国家实现从模仿学习到自主创新转变的关键因素，同时也为本书的政策分析部分提供借鉴和参考。

本书的研究路线或逻辑框架如图1.1和图1.2所示。

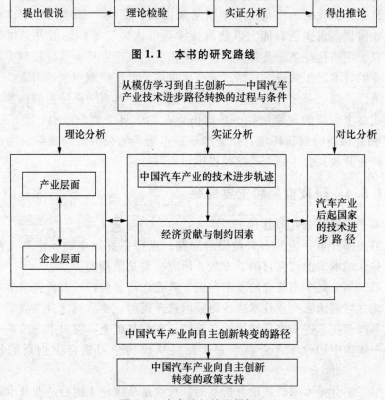

图1.1　本书的研究路线

图1.2　本书分析的逻辑框架

### 1.5.3 创新之处

第一，研究视角的创新。目前国内有关制造业技术创新的理论研究、实证分析及政策研究的文献较多，但是，系统地运用经济学方法研究汽车产业技术进步模式与路径，尤其是从宏观与微观相结合的角度来探讨汽车产业从模仿学习到自主创新转换过程与条件的研究还很鲜见。因此，本书的研究视角具有鲜明的特色。

第二，构建产业自主创新的 ETSI 分析模型，深入剖析产业技术进步路径转换的内在逻辑及相关要素条件，以此形成我国汽车产业自主创新的系统研究框架，并以此丰富和完善相关理论，因而具有鲜明的理论创新意义。

第三，从我国的产业技术创新实践出发，围绕"开放条件下，汽车产业如何提高自主创新能力以获取持续竞争优势"等问题展开系统的实证研究，用演化经济学及行为经济学的方法，在产业层面实证梳理中国汽车产业的技术进步轨迹，总结产业技术进步的经济贡献与制约因素。

第四，提出基于自主技术创新能力提升，并具有中国特色的汽车产业开放式自主创新的现实途径，并提出旨在加强自主创新能力、创造一个 ETSI 相互协调的创新环境、促进产业技术进步的公共政策建议，为实践汽车产业开放式自主创新的路径提供切实可行的对策。

### 1.5.4 研究框架和主要内容

本书内容共分九部分：

第一部分是导论，主要是提出问题，进行主要概念的界定和文献综述，并介绍本书的研究目的、方法、研究框架及结构安排。

第二部分是本书研究的基本假说。首先在借鉴国内已有研究成果的基础上建立后起国家产业技术进步路径的选择模型；然后阐述自主创新与中国汽车产业技术进步路径转换的必要性；在此基础上，提出本书的基本假说——实现中国汽车产业技术进步路径从模仿学习到自主创新的转换条件。

第三部分是本书的理论分析基础，重点是从理论上检验产业技术进步路径转换的影响因素。从系统论的角度分析经济、技术、组织、制度等因素对某一具体产业的技术进步从引进模仿向自主创新转换的影响，构建产业自主创新的 ETSI 分析模型；并运用经济学理论对 ETSI 的内部逻辑进行分析，进而对 ETSI 各因子与产业自主创新的关联性进行理论分析。

第四部分是本书理论分析的扩展，重点从企业层面阐释从模仿学习到自主创新转变的条件和内在机制。首先用企业竞争优势来源理论和自主创新的利润激励模型来阐述企业自主创新的动力机制；然后通过学习理论和技术能力理论，得出"研究开发中学"是自主创新过程中企业的主导学习模式的结论，并运用制度经济学相关理论来分析影响企业形成自主创新能力的机制和环境因素；最后用我国企业自主技术创新的"社会学习理论"，综合说明企业实现从技术引进向自主创新转变的过程和条件。

第五部分是我国汽车产业技术进步轨迹的实证分析，运用统计分析工具对汽车产业 1990—2004 年间的技术进步贡献率、技术进步过程中的障碍因素进行系统的实证研究和检验。这部分首先运用生产函数理论和索洛余值法对我国汽车工业技术进步贡献率进行测算，以说明不同时期的技术进步主要方式的经济绩效；然后应用本书的 ETSI 分析模型，从经济、技术、组织、制度等方面对我国汽车产业技术进步的制约因素做了实证分析，为后续章节的对策分析奠定基础。

第六部分是对比分析，重点是对已经成功地实现从模仿学习到自主创新转变的日本、韩国汽车产业的技术进步路径进行实证研究和国际比较。通过比较实证研究，探寻汽车产业后起国家技术进步路径转换的关键因素以及政府的政策支持，并总结日本、韩国经验对我国汽车产业自主创新发展的借鉴与启示。

第七部分是研究的基本结论，即我国汽车产业向自主技术创新的转变路径与公共政策。在理论和实证检验验证了本书的基本假说的基础上，结合国际汽车产业技术创新发展趋势和我国的现实基础，提出实现我国汽车产业开放式自主创新的可行路径及对应的政策选择。

第八部分是结论与研究展望。对全书的分析加以总结。

第九部分是全书基本研究内容的进一步扩展。在借鉴国内最新研究成果的基础上，结合辽宁省汽车产业的实际，进行深入的产业自主创新能力的定量化分析。

# 2 基本假说：中国汽车产业技术进步的路径转换

## 2.1 自主创新与技术进步路径转换

### 2.1.1 自主创新的理论内涵[①]

技术创新是指把新技术成功地结合到产品或工艺上，理解创新概念的一种便捷方法是把创新与发明区分开来：发明是第一次产生有关某种新产品或新工艺的想法，而创新则是第一次把这种想法付诸实施，所以两者的区别在于后者一定包含商业化的内容。从定义上看，无论创新的主体是个人还是组织，创新的动机、决策、实施及其承担后果（无论是失败还是成功）的责任都只能统一于同一个主体，所以世界上不可能存在"不自主"的创新。既然如此，"自主创新"概念的实质就无关乎创新活动"自主"或"不自主"的问题，而是强调中国的经济发展必须要以创新为动力。

那么，为什么中国还要产生一个并不是世界通行的"自主创新"概念？从上面的分析看，放在"创新"之前的"自主"一定能够反映出一个特定的关联背景，而这个背景的内容一定是存在认为中国不可能或者不应该以创新作为经济发展动力的主张和政策思维。因此，提出自主创新概念的本身就意味着存在政策辩论，而辩论的焦点集中在中国的发展是依靠技术引进还是必须依靠自主创新的分歧上。在特定的历史和理论背景下，产生这种分歧的原因有以下两点：

---

① 对这一问题的详细讨论可参见路风《理解自主创新》，《中国科技产业》2006 年第 10 期。

第一，"自主创新"的概念与技术落后状态有关，或者说与中国在发展过程中能不能有创新的认识有关。自从英国工业革命开启了现代经济增长的发动机之后，"先进国家"和"落后国家"的分界就成为世界政治经济体系的一个主要现象，而掌握工业技术的状况成为划分这两类国家的一个主要因素。同时，由于全球所有的民族都逐渐被卷入统一的世界市场体系中，先进国家在技术上的先行者优势（通过商品形式）转化成为一种市场锁定，使任何落后国家都不可能走出完全摆脱技术先进国影响的道路。因此，落后国家的经济发展只能从获取和吸收先进国家的现有技术开始。这种现实容易使人以为创新只有在处于技术前沿时才可能发生，所以产生了落后国家不可能创新而只能接受先进国家技术的看法和心态。但是，在世界经济发展的实际过程中，总是会出现落后国家追赶，甚至超越领先者的情况。事实证明，追赶国家在经济发展过程中不仅有可能进行创新，而且必须进行创新才能够实现赶超。例如，美国和德国在 19 世纪和 20 世纪之交对英国的超越，就是因为美、德在以科学技术为基础的第二次工业革命中，率先通过技术和组织的创新（集中体现在工业组织向设立研究开发机构的多部门大企业转变上）而取得了更高的生产率。日本在第二次世界大战后的三十年里迅速跻身发达国家行列，也是因为在引进外国技术的基础上进行了一系列创新，特别是在生产组织方式上的创新，使日本工业在生产率上接近或超过欧美。更后进的国家如韩国（其工业和技术基础曾经比中国还落后），也是在引进外国技术的基础上强化自主创新才实现了发展。因此，"自主创新"的第一层含义是一个判断：虽然中国在工业和技术发展上是一个后进国家，但是不仅能够进行创新，而且只有通过创新才能赶上发达国家的经济发展水平。

第二，"自主创新"与技术学习的政策和战略有关，或者说与中国在发展过程中应不应该有创新的认识有关。在落后国家获取和吸收外国技术的过程中，学习外国技术与依赖外国技术是两种截然不同的行为，反映出不同的政策和战略，而且必然导致不同的后果。但是在中国，总是有人把两种行为混为一谈，甚至认为在全球化的条件下不必进行为创新所必需的产品开发或技术研发。若干年来，有两种流行理论为这种主张提供依据。一种是"比较优势论"，认为由于中国穷（要素禀赋结构的水平低），没有进行技术研发的比较优势，所以只应该依靠引进技术并集中发展劳动密集型工业。另一种是"技术借用论",认为引进外资可以通过产生自然的技术外溢而带来先进的管理经验和技术,所以外资的重要性不是内资可以替代的。虽然表达形式有所不同,但这两种理论都假设资本要素的增加可以自动导致技术进步和产业结构升级。但是,中国经济发展 20 年来的经验证明,单纯依赖技术引进以及外资的大量涌入并没有自动导致中国工业技术能力的提高,高储蓄率和高积累也没有自动导致技术和产业结构的升级。其原因在于,技术水平和技术能力的提高必须依靠以自主研发为主要途径的技术学习。例如,虽然日本在第二次世界大战后的经济高速发展是以大规模引进外国(主要是美国)技术为基础的,但使进口技术能够被迅速转化为日本工业增长力量的关键仍然在于技术引进是与本土改进和创新相结合的。事实上,日本通过自主创新来消化、吸收外国技术始终伴随着该国的现代化过程,而引进技术是日本本国研究开发的补充而不是替代物。所以,在日本引进技术的高峰期,能力成长的源泉仍然是在技术引进基础上的自主创新。韩国的追赶是比日本更加戏剧性的例子,因为韩国在经济起飞时的技术水平更加落后,但却在更短的时间内实现了追赶。因此,"自主创新"的第二层含义指明,中国经济发展需要更高强度的技术学习,并需要加以自主发展的技术能力作为经济发展的动力。

### 2.1.2　技术能力与经济增长

　　已有的对发达国家经济增长源泉的研究证明,创新和技术进步是经济发展最重要的驱动力。从亚当·斯密的《国民财富的性质和原因的研究》(1776)、卡尔·马克思的《资本论》(1867)到约瑟夫·熊彼特的《经济发展理论》(1911),技术和组织的创新都在经济理论中占据着中心位置。20 世纪 50 年代,美国经济学家摩西·阿布拉莫维茨(Moses Abramovitz, 1956)和罗伯特·索洛(Robert Solow, 1957)几乎同时发现,20世纪美国经济增长的来源至少有 4/5 不能归结于资本和劳动的增加,而是归结于"技术进步"。从那以后,包括近年来产生影响的"新经济增长理论",都把创新所导致的技术进步和知识增长看作是经济增长的主要动力。即使是在主要关注微观组织行为的商学院,创新和技术战略也是一个主要的教学和研究领域,因为这个领域的活动被看作是决定企业竞争力的主要因素。由于全球化的市场竞争使任何企业都逃脱不了"创造性毁灭"

（熊彼特语）的过程，所以技术创新能力不仅决定着企业的兴衰，也决定着产业和国民经济的兴衰。

而在第二次世界大战后兴盛起来的发展经济学曾经把发达国家和发展中国家之间的生产率差别主要归结于在资本／劳动比率上的差异，并由此把提高资本积累率看成是决定落后国家经济发展的主要变量。事实证明，这些早期的理论低估了落后国家经济发展的复杂性，可以被称为"天真的"发展理论。到了20世纪70年代，以新古典经济学的自由贸易理论为基础的"市场论"在经济发展领域产生了很大影响，并受到世界银行和国际货币基金组织的大力支持。这种发展观主张实施反映自由市场供求力量的价格体系，减少或消灭贸易保护，促进资本和技术的国际自由流动，削减政府对于经济活动的干预。实际上，这种"市场论"就是国内流传的"比较优势论"的思想根源。

无论是"天真的"发展理论还是自由市场的发展理论，它们有一个共同的理论前提就是把技术看作可以自由获得的公共品。在这样的理论框架中，技术进步是伴随着设备投资而自然发生的事，而创新表现为生产函数的移动。由各种要素的相对稀缺状况（禀赋结构）决定要素价格的比率，并由此决定最优化生产的资本／劳动比率水平，所以劳动力较便宜而资本较贵的发展中国家应该集中发展劳动密集型的工业。从这个逻辑出发，创新只能是发达国家的事，而发展中国家可以随着自身资本积累水平的提高，去从发达国家的货架上购买资本密集度更高的技术。但这些理论并不能解释为什么各国贫富之间的差异会长期持续，而以这些理论为基础的政策也从来没有导致过发展中国家的成功，因为它们既不能解释创新如何发生，也不能解释技术能力从何而来。

同样是在第二次世界大战之后，经济学对于技术进步的研究也逐渐兴盛起来。日益壮大起来的创新经济学或技术进步经济学却从根本上否定了新古典经济理论对于技术的假设。这个领域中的学者在大量研究的基础上逐渐形成了一个基本理论框架：技术进步是一个充满不确定性的演进过程，所以创新和技术进步根本无法用最大化行为或最优选择来解释，而只能被理解为累积性的学习过程；技术知识具有强烈的缄默性，不可能像公共品那样被自由使用，只能由工作组织经验性地获得；即使是一个组织吸收外部技术知识的能力，也主要取决于现有的知识基础和技术学习努力的强度，所以创新和学习是技术研发的两个方面；正是由于缄默性和累积性，所以特定于产品、工艺、企业和工业的知识、技能、经验和诀窍在组织之间的转移是困难的，而技术转移的有效性并非取决于是否存在技术来源，而是取决于技术接受方对于技术学习和能力发展的努力。

技术进步的研究进展极大地影响了对发展问题的理解，推动一批研究经济发展的学者开始从技术变迁的角度看待工业化。对发展中国家经济发展绩效差异的研究表明，资本积累并不是导致成功发展的唯一主要因素。虽然获取和吸收先进国家的技术要求对物质资本和人力资本的投资，但仅仅是资本投资并不足以导致发展中国家技术能力的成长，因为高投资率并不必然导致有效的技术学习，而技术能力的成长还要求敢于承担风险的企业家精神、高强度的技术学习创新以及政府对于本国企业技术学习的鞭策、支持和保护等因素。换句话说，成功的经济发展要求高强度的技术学习，而有效的技术学习是独立于资本积累的一个关键变量。于是，这些学者逐步形成一个重要的共识：经济发展的实质不是一个简单地提高资本积累率的过程，而是一个获得技术能力并在技术不断变化的条件下把这些能力转化为产品和工艺创新的过程。

### 2.1.3　自主创新作为国家战略

技术能力成长对于经济发展的重要性清楚地说明为什么自主创新关系到中国发展的基本问题。中国在改革开放以来的20多年里取得了惊人的发展，但也面临着非常严重的问题，集中表现在经济增长的可持续性和国际竞争力上。就经济增长的可持续性来说，中国2004年实现的GDP约占当年全世界GDP的4.4%，但为此消耗的原油、原煤、铁矿石、钢材、氧化铝和水泥，却分别约占世界消费量的7.4%、31%、30%、27%、25%和40%。即使消耗这样大量的资源、能源和投资，2005年中国的人均GDP也才1700美元，仍然排在世界各国的第100位之后，还只有世界平均水平的1/5。这就产生了一个悖论：一方面由于人均国民收入仍然很低，所以中国的发展需要在相当长的时间里保持较高的经济增长速度；另一方面，如果中国的经济增长继续依靠现有的粗放方式，那么就会在远远接近发达国家收入水平之前遭遇到自然的极限。

国际竞争力则是中国经济发展在全球化条件下受到的另一个挑战。加入世界贸易组织使中国工业处于开放市场条件之下，在这种条件下的经济发展要求具有国际竞争力，而这种竞争力是一个国家能够生产经受得住国际竞争并能提高国民收入水平的产品和服务的能力。大约从20世纪90年代中期开始，中国的经济增长越来越依靠出口导向的加工贸易，而出口的扩大主要是依靠外资企业。目前，中国的对外贸易顺差主要是对欧美的，而同时对日本、韩国和东南亚地等都是逆差，表明中国主要是扮演了一个亚洲"加工中心"的角色。虽然中国的经济增长受益于这种国际分工，但这种模式的隐忧也日益严重。通过从事低附加值加工组装活动大量出口的方式不仅引发了反倾销浪潮，而且中国在付出资源消耗和环境污染代价之后所获得的收入并没有多少。

如果外资攫取了财富增加值，就会产生使中国经济陷入"贫困"增长的危险。很明显，如果不转变依靠粗放消耗资源和低端加工贸易的增长方式，中国经济发展的动力就会逐渐枯竭，并引发严重的社会问题。但转变经济发展方式需要实现以技术能力成长为动力的产品和产业结构升级，而这种需要恰恰暴露出中国经济发展中的一个严重问题，即中国工业的技术进步动力不足——大多数中国企业至今仍然没有技术研发活动，而是依靠引进技术、依靠加工组装别人的产品或低水平复制原有产品进行生产。这种状况使中国企业处于产业价值链的低端环节，只能靠价格竞争，并经常导致中国经济发展中的"产能过剩"问题；而更长远的问题是，在市场越来越开放的条件下，没有技术的中国企业可能根本就无法生存下去。因此，只有实施自主创新的战略，才有可能转变经济发展的方式。

迫切需要转向自主创新的理由尤其在于，中国工业技术进步动力不足并非是必然的，其中至少部分是政策导向的结果。在改革开放初期，中国与发达国家的技术差距产生了引进技术的强烈需求。学习外国技术没有错，但由于包括战略判断、政策思维和体制束缚等诸多原因，对技术引进的偏重在实践中逐渐发展成为对自主开发的替代，并产生了可以依靠引进技术和外资来发展中国经济的幻觉，甚至出现了排斥自主创新的政策倾向（例如外资企业比中国企业享受更优惠税收待遇的不平等）。当这种惯性在一定范围内导致技术依赖和自主开发信心缺失的时候，为这种政策进行辩解的需要还鼓励了"比较优势论"和"技术借用论"的流行。但事实已经证明，不仅引进技术并不能代替自己技术能力的发展，甚至这种引进也变得越来越困难和昂贵了。

使自主创新不得不以政策辩论的形式提出来的原因还在于中国所具有的创新潜力。且不说中国早在遭到全面封锁的计划经济时代就曾经取得过以"两弹一星"为标志的成就，就是在最近十几年来，中国不仅取得了诸如载人航天这样的重大技术突破，而且在市场经济中崛起了一批自主开发的竞争性企业，显示出中国经济体系本来就具有的创新动力。与许多发展中国家不同的是，中国已经具有一个相当规模的知识生产基础结构以及丰富的科技人力资源。只是由于中国工业在过去若干年里缺乏自主开发的努力，才导致了对上游科技知识的需求不足，并造成基础研究体系与经济发展的脱节和错位。如果能够从政策上鼓励中国企业更多、更普遍地进行产品或工艺开发，这个知识生产的基础结构就能够发挥应有的作用。

综上所述，自主创新是一个企业或一个国家坚持技术学习主导权，并把发展技术能力作为竞争力或经济增长动力主要源泉的行为倾向、战略原则和政策方针。因此，中国走向自主创新是一个重大的战略和政策转折，其实质就是要使科学技术进步成为中国经济增长和社会发展的主要动力源，同时把本土技术能力的发展看作是提高中国经济国际竞争力的主要途径。实现这个转折意味着要在保持开放的条件下摒弃技术依赖以及以此为理由的外资依赖道路，把中国经济发展的动力源更明确地置于中国内生的技术能力基础之上，从政策上鼓励、支持和保护中国企业的自主开发和中国知识生产基础结构的健康发展。伴随着理论界对自主创新问题认识的深化和经济现实的发展，我们迫切需要一种关于产业技术进步从引进模仿向自主创新转换的理论分析框架。

## 2.2　后起国家的产业技术进步路径：技术引进与自主创新

新古典经济增长理论和内生经济增长理论表明，技术进步是影响经济增长的重要因素。为了加速经济增长、提升产业国际竞争力，世界各国普遍把技术进步作为一项重要战略举措加以扶持。对发展中国家而言，产业技术进步主要沿着两条途径展开：一条是自主创新，另一条是技术引进。关于我国应该选择哪一种技术进步路径，理论界存在两种不同的看法。一种观点认为，中国与发达国家的技术水平存在较大的差距，利用发达国家的技术扩散和知识外溢效应，引进发达国家的技术可减少重复性研究和开发，降低成本，节省时间，能够在较快的时间内缩短与发达国家之间的技术差距；而且从我国比较优势、市场需求、R&D 的结构和技术创新的发展阶段来看，在相当长的时期内，技术引进仍将是国家技术来源的主流模式（赵兰香，2003；林毅夫，2003）。另一种观点认为，由于技术创新具有路径依赖效应，选择自主研发的发达国家可以通过设立一系列技术标准和规范来实现自我增强的良性循环，并在竞争中取得绝对优势，而选择技术引进的发展中国家只能扮演技术追随者的角色，最终陷入"落后—引进—再落后—再引进"的被动局面；因此，我国要打破这种恶性循环，避免对国外技术的过分依赖，就必须进行自主研发（丁云龙，2001；卢文鹏，2003；李斌，2003）。

关于上述争议，笔者认为，上述两种观点不但并非截然对立，而且在一定程度上还具有互补性。这当中，技术引进是从当前的实际出发而作出的一种选择，而自主创新则是从国家长远利益出发的一种目标取向。基于技术引进而形成的技术基础、技术能力与学习能力是迈向自主创新的基础与前提。因此，研究我国具体产业的技术进步路径问题，重点应该是如何更快地实现产业技术进步路径从引进模仿向自主创新的转变。这首先需要研究技术进步路径选择的决定变量，本节就是上述认识的深化。

首先要建立技术进步路径选择的理论模型①。由于技术进步主要源于技术引进和自主创新，因而技术进步的函数可以写为：

$$T = f(X, Y) = X^\alpha Y^\beta \qquad (2-1)$$

式中，$T$ 表示技术能力水平（技术能力的提高就是技术进步），$X$ 表示技术引进，$Y$ 表示自主创新，$\alpha$ 表示技术引进的技术产出弹性，$\beta$ 表示自主创新的技术产出弹性。

利用公式（2-1），我们可以得到一簇等技术曲线（见图 2.1）。

---

① 本部分借鉴了丁树桁《技术进步路径选择：理论及中国的经验研究》，《工业技术经济》2005 年第 4 期，以及陈国宏《经济全球化与我国的技术发展战略》，经济科学出版社 2002 年版的相关研究成果。

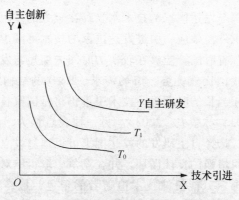

**图 2.1　等技术曲线**

由于国家某一具体产业对于技术进步投入的资源（资金、人才、知识等）总是有限的，因而在这一既定的资源约束的情况下，如何合理安排技术引进和自主创新的资源投入以实现最大的技术能力产出，就是我们所要解决的问题。

我们假定：国家某一具体产业对于技术进步投入的资源总量为 $S$，单位资源价格为 $P_s$；技术引进每单位的价格为 $P_x$，技术引进量为 $X$；自主创新每单位的价格为 $P_y$，自主创新量为 $Y$。这样我们的问题就等价于：

$$\underset{X,Y}{\text{Max}}\,(X^\alpha Y^\beta)$$

$$s.\,t.\quad P_x X + P_y Y = P_s S$$

为了求解这一数学问题，我们构造一个拉格朗日函数：

$$V = X^\alpha Y^\beta + \lambda\,(P_s S - P_x X - P_y Y)\,(\lambda \neq 0) \tag{2-2}$$

$$\begin{cases} \dfrac{\partial V}{\partial X} = \alpha X^{\partial-1} Y^\beta - \lambda P_X = 0 \\[2mm] \dfrac{\partial V}{\partial Y} = \beta X^{\alpha\beta} Y^{\beta-1} - \lambda P_Y = 0 \\[2mm] \dfrac{\partial V}{\partial \lambda} = P_s S - P_x X - P_y Y = 0 \end{cases} \tag{2-3}$$

解联立方程组（2-3）可得最优的技术引进量和自主创新量：

$$\frac{\dfrac{\partial T}{\partial X}}{\dfrac{\partial T}{\partial Y}} = \frac{\alpha Y}{\beta X} = \frac{P_X}{P_Y} \tag{2-4}$$

$$X^* = \partial P_s S / (\alpha + \beta) P_x \qquad (2-5)$$

$$Y^* = \beta P_s S / (\alpha + \beta) P_y \qquad (2-6)$$

（2-4）式表明：在最优的（$X^*$，$Y^*$）组合点上，技术能力曲线的斜率与资源约束线的斜率刚好相等（见图2.2），这一斜率的经济含义是单位技术引进对技术能力成长的贡献率与单位自主创新对技术能力成长的贡献率之比刚好等于二者的单位价格之比。

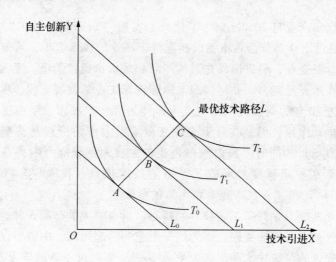

**图2.2　技术进步的最优路径选择**

如图2.2所示，在资源约束线 $L_0$、$L_1$、$L_2$ 的约束下，技术进步的最优解分别是 $A$、$B$、$C$ 点，连接这三个点我们就可以得到一条技术进步的最优路径 $L$。从（2-5）式和（2-6）式，我们可以知道这条最优路径的选择主要取决于 $\alpha/(\alpha+\beta)$、$\beta/(\alpha+\beta)$、$P_x$、$P_y$ 的取值。当 $P_x$、$P_y$ 的值相对稳定的时候，若 $\alpha$ 的增长速度快于 $\beta$ 的增长速度，则 $X^*$ 的值就会相应增加，而 $Y^*$ 的值就会相应减少，也就是说，这时就应该更多地采用技术引进、而较少采用自主创新来推动技术进步；反之，若 $\alpha$ 的增长速度慢于 $\beta$ 的增长速度，则应该更多地采用自主创新，而较少采用技术引进来推动技术进步。而当 $\alpha$、$\beta$ 的值相对稳定的时候，若 $P_x < P_y$，表明技术引进的单位价格小于自主创新的单位价格，这时应该多引进技术而较少

进行自主创新；若 $P_x > P_y$，表明技术引进的单位价格大于自主创新的单位价格，这时就应该多自主创新而较少采用技术引进；若 $P_x = P_y$，表明技术引进的单位价格与自主创新的单位价格一样，这时技术引进与自主创新是无差异的。

## 2.3　中国汽车产业的技术进步路径及其转换

中国汽车产业自 20 世纪 90 年代开始实施"以市场换技术"的发展战略，即通过出让部分国内市场以换取汽车产业的技术进步，希望通过与国外建立合资企业，引进国外先进的产品和技术，通过消化、吸收来逐步形成自主技术开发能力，并尽快跟上国际汽车工业的发展步伐。尽管这种战略实施近 20 年，对我国汽车工业生产能力和生产技术水平的提高起到了很大的推动作用，但是在外资企业获得了很大市场份额（甚至垄断了我国轿车市场）的同时，国内汽车企业自主技术创新能力的提高却进展缓慢，甚至在一定程度上形成了严重的技术依赖，我国汽车产业面临"技术空芯化"和"支柱产业附庸化"的危险。

产品开发能力是汽车工业技术的核心，具备强大的产品开发能力是汽车产业实现自主发展的关键。作为汽车工业的后起国家，中国不仅要引进发达国家先进的制造技术和工艺，更重要的是要通过不断的学习和积累，消化、吸收国外先进的产品研发技术，不断提高自身产品质量、改善产品性能，逐步形成自主的产品开发能力。通过多年来"以市场换技术"的合资发展模式，我国汽车企业的制造、管理、营销水平虽大幅度提升，但是在合作中，跨国公司在汽车整车以及发动机、变速器等关键总成的设计开发领域，却一直不赞成或阻碍在合资企业开展实质性的研发工作；在技术转让费、关键设备及零部件供货价格等方面，也提出了较为苛刻的条件。即使目前对外合资汽车企业基本上都已建立了研发中心，但这些研发机构大部分的功能只是在做国产化配套和生产准备工作，很少开展实质性的开发活动。虽然近年有少数合资企业在外方的支持下开始进行一些开发的尝试工作，也只是对一些产品的局部进行改进，离整车开发的距离还相当遥远①。对汽车企业来说，以零部件国产化为代表的生产技术能力和自主产品开发是两种不同方式的知识积累模式，前者主要包括在给定产品设计条件下的制造能力（以生产活动为主），知识的积累主要通过"干中学"实现；而后者包括集成多种技术设计出新产品的能力（以研发活动为主），知识积累主要取决于"研究开发中学"。进行国产化的努力与产品开发层次上的技术学习在内容和性质上根本不同，两者不存在相互替代关系，所以国产化的任何进展都不代表产品开发技术能力的增长，没有"研究中学习"知识的积累，企业的技术能力也只能停留在复制模仿阶段。我们以图2.3来表示汽车工业不同的活动类型。

汽车产品制造、产品开发的技术内容如图2.4所示。需要指出的是，虽然汽车的产品开发就不同功能而言可以分为四大部分，但这些不同部分开发过程之间却具有高度的相关性和互动性。例如汽车的底盘开发与车身的设计就具有紧密的联系，因为两者都与汽车的动力特性密切相关。仅以车身为例，整个产品开发过程如图2.5所示。由图中可以看出，一是新车型的开发是一个复杂的过程；二是无论从理论逻辑还是操作过程上说，产品开发在前、制造过程在后，前者是后者的先决条件；三是产品开发与制造两种活动相互联系，但其实质内容不能互相替代。

综上所述，产品开发是汽车工业技术结构的首要环节，中国企业在合资模式下的技术学习基本不发生在产品开发层次，而仅发生在产品制造环节，即在产品的生产图纸、生产流程以及所采用手段已经确定的条件下进行的，所以，现有"以市场换技术"战略指导下的合资模式并不导致中国汽车企业掌握产品的开发能力及其知识产权。因此，迫切需要探求实现中国汽车产业从模仿学习到自主创新转变的可行路径及其支持政策。

---

① 我国汽车企业在合资的过程中一般学习到了生产工艺、非关键零部件的国产化制造、质量控制系统、物流及生产管理、合同产品的开发和技术、工厂管理、售后服务、其他与生产技术有关的内容等。而许多关键（技术含量高）设备、工艺往往并没有被消化吸收，呈现出技术"空芯化"，这里的"芯"指核心高级知识，如汽车的高效发动机技术、轿车车身开发技术、汽车排放控制技术等。这种掌握不了核心技术的现象在中国汽车产业内十分普遍，因而我国汽车产业始终处在全球生产链的低端。

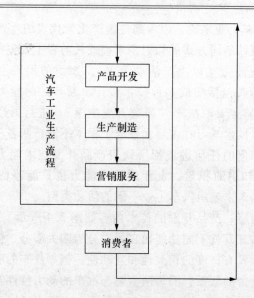

**图 2.3　汽车工业生产流程概况**

注：一般意义上冲压、焊接、封装、涂装、总装，均属于生产制造过程。从狭义上来说，在生产目标（产品图纸和成本控制）和生产手段（生产流程以及所采用的设备）已经确定的前提下，对冲压、焊接、封装、涂装、总装等环节的效率提高，属于工艺改造过程。而产品开发过程以产品概念为起点，就技术内容来说，汽车从产品开发的角度而言主要分为发动机、底盘、车身、电器和电子控制系统四大部分。

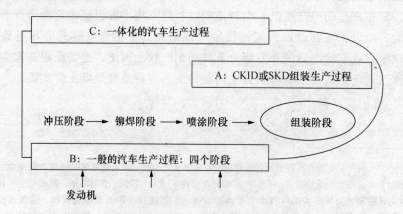

**图 2.4　汽车产品制造与产品开发的技术内容示意图**

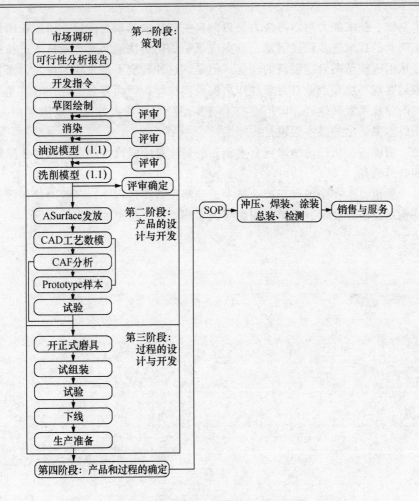

**图 2.5　新车型开发与生产的不同环节**

## 2.4　中国汽车产业技术进步路径转换条件的基本假说

　　技术创新已经成为世界汽车工业持续发展的动力。汽车工业技术创新具有的连续性和阶段性、集成化和高效性、研发的高投入等特征，决定了汽车工业技术创新是一个系统工程。本书认为，基于技术引进而形成的技术基础、技术能力与学习能力是迈向自主创新的基础与前提，研究我国汽车产业的技术进步路径问题，重点应该是如何更快地实现产业技术进步路径从引进模仿向自主创新的转变。但是，这种转变不是主观的设定，而是依据客观环境和产业自身条件作出的现实抉择，因而客观上存在着有差异的产业技术发展轨迹，即产业技术进步路径与产业内外部多重因素相关。所以本书提出的基本假说是：

假说一，从模仿学习到自主创新的转换是中国汽车产业技术进步路径的必然选择。

假说二，在中国汽车产业技术进步路径转换过程中，产业内外部因素特别是经济、技术、组织、制度等因素起着至关重要的作用。

# 3  理论检验 I：产业技术进步路径转换的影响因子与关联效应

逻辑推论与经验事实的一致性是检验理论合理性的基本标准。本章主要是对笔者提出的中国汽车产业从模仿学习到自主创新转换的经济、技术、组织、制度（ETSI）基本假说，从逻辑演绎和经验事实两方面进行深入的论证和检验，旨在构建本书理论分析的落脚点和基本框架，为后续的分析提供理论依据。

## 3.1  产业技术进步路径转换的影响因素分析

由于产业是由诸多生产经营相同或类似产品的企业组成，因此产业内的企业群无疑是产业创新的主体。同时，产业又是属于一个国家的①，对于代表国家行使权力的政府部门来说，主要是为企业的创新行为提供硬件和软件方面的创新环境与支持，诱导或指导企业的创新，有时也参与产业的技术创新，如组织对产业共性和前瞻性技术的攻关和推广应用，从事行业管理与调控等，因此政府也可以视为产业创新的辅助主体。研究产业技术进步路径转换问题也应从企业和政府两方面出发，考虑影响某一具体产业从引进模仿向自主创新转换的内外部多种因素。

### 3.1.1  ETSI：产业技术进步路径转换的决定因素

（1）经济因素对产业技术进步路径转换的影响

经济因素在宏观方面集中体现在一国的经济发展水平上，而实现产业技术进步路径的转变总是与经济发展水平相联系的，经济因素从供给和需

---

① 这里有两个层次的原因：一是任何一个产业都是国民经济的一部分；二是在产业内的企业产权构成中，有一些产权是国有的。

求两方面对产业技术创新的转变起作用①。在供给方面，随着经济的发展，企业用于技术创新的资金增加，人员素质提高，有能力增加技术创新投入，这在全社会表现为研究开发投入增长加快、比重提高。在需求方面，经济发展引起产业结构调整，技术在竞争中的作用日益增强，企业对新技术的需求增加。采用新技术恰当，能给企业带来厚利，而且使采用新技术的市场风险下降。此外，在市场需求扩大时，采用新技术的企业能在更低的保本点下盈利；于是，企业技术创新的积极性提高，从而不断提高技术创新能力，最终在产业技术创新上出现阶段转变。

经济因素在微观方面则主要体现在市场对企业自主技术创新的激励上，这又是通过市场竞争与市场结构进行的。

首先，市场竞争机制关乎技术创新企业的经济利益。市场中的激烈竞争将会为企业创造两种结局，要么生存发展，要么淘汰死亡，在竞争的外在压力下，企业必然会努力改善机制，增强实力。竞争对企业产生的紧迫感、压力感会把企业的积极性、创造性激发出来，激发企业技术创新的动机和行为，从这个意义上说，竞争是市场机制激励技术创新行为的最重要的因素。为了保证竞争有效激发技术创新行为、引导技术创新正常运行的重要作用得以发挥，必须强调竞争的适度强度和规范性竞争。一方面，只有强度适度才能有效地推动技术创新，强度过弱不足以激发创新行为，而强度过大又势必降低企业的合理经济收益，削弱企业创新投入能力，而且竞争强度过高会导致企业间展开激烈的价格战、广告战，削弱企业盈利能力，使企业无力创新。另一方面，在不正当、不公平竞争条件下，企业总是倾向于利用自身的特权和等级优势，采取不规范的手段取得市场垄断和优势，谋取超额经济利益，而不是从事艰苦的技术创新活动，这既可能直接侵害创新性企业的利益，也可能挤占创新性企业的市场空间，间接影响创新性企业的发展，使多数企业对创新性活动难以形成较高的收益预期。

其次，市场结构对技术创新也有直接的影响。阿罗（Arrow，1962）

---

① 一国经济发展水平可用人均国民生产总值作为首要衡量指标。已有的经济研究表明，处于不同人均国民生产总值水平，国家的产业结构和消费结构也是不同的；同样，人均国民生产总值或者说经济发展水平与科技发展也有关系。例如，研究开发经费的增长与经济发展水平具有很强的正相关。分析韩国和日本的人均国民生产总值与研究开发投入强度的相关性，两国的相关系数（$R^2$）分别是 0.7446 和 0.4824。

曾经对竞争和垄断对厂商创新动力的影响做过理论比较，认为竞争的市场结构比垄断的市场结构更有利于影响产品成本的过程创新；经济学家 M. 卡曼和 N. 施瓦茨（1982）、谢勒尔（1984）也用其他理论分析方法对阿罗的研究成果进行了补充，他们在研究技术创新与市场结构的关系时，发现最有利于技术创新活动开展的是垄断竞争型的市场结构。他们认为，在完全竞争市场条件下，企业规模一般较小，缺少足以保障技术创新的持久收益所需的推动力量，难以筹集技术创新所需的资金、物资条件，同时也难以开拓技术创新所需的广阔市场，因此难以引起较大的技术创新动机；而在完全垄断的市场条件下，由于缺乏竞争对手的威胁，也难以激发出企业重大创新的活力；而介于垄断和完全竞争之间的垄断竞争的市场结构，既避免了上述两种极端市场结构的缺陷，又兼有二者之优点，因而是最能推动企业技术创新的市场结构。虽然这一观点经常受到其他学者的质疑，但却表明了市场结构与技术创新动力之间存在紧密联系。

（2）技术因素对产业技术进步路径转换的影响

产业技术创新来自技术与创新的结合，技术因素在技术创新由低级阶段向高级阶段发展时具有决定性作用。技术因素主要包括以下几个方面：知识基础、研究开发水平、产业共性技术的支持与供给、技术创新政策等（高建，2006）。

知识基础由知识积累而成。积累的时间长、单位时间积累得多，知识基础就雄厚；知识基础越雄厚，新技术的水平才可能越高。某一具体产业支撑技术创新的知识基础的雄厚与否，能否具有创新能力，研究者认为有一个知识阈值（knowledge threshold）[①]。若把创造力看成是因人而异的一种把知识转换为创新的关系，以 $I$ 表示创新（innovation），$K$ 表示知识（knowledge），$fp$ 表示创造力——因人而异的函数关系（function of person），则可以用下式表示知识、创新和创造力三者之间的关系，即创造力曲线：$I = fp(K)$。不论何人在进行创新时，都需要掌握一定的基础知识，包括创新领域中事物的本质和发展的基本规律、个人在实践中积累的经验以及创新所涉及的其他领域内的一些知识。如果一个人不具备这样的基础知识就无法创新。我们可以把进行创新活动所必备的基础知识定义为知识

---

① 陈德智：《技术跨越》，上海交通大学出版社2006年版。

阈值，以 $KTp$ 表示。这样我们可以把创造力曲线修正为：$I = fp$（$K - KTp$），当 $K \leqslant KTp$ 时，$I \approx 0$；当 $K > KTp$ 时，$I > 0$。式中的 $KTp$ 因人而异，对具有系统知识并能深入掌握的人来说，知识阈值小；反之，知识阈值就大。在创新过程中，知识越多，创新应越多、越好、越有成效。而且在创新过程中，经受了失败和挫折后能进一步增强能力，有利于创新。因此，自主技术创新需要经历一个知识积累到技术积累的过程。除核心技术所必需的原理知识外，还需要相关的知识。对于创新主体而言，不仅仅是显性知识的学习与积累，更重要的是隐性知识的学习与积累。

产业技术创新越往高级阶段发展对研究开发投入的依赖性越强。研究开发投入包括人员数量与质量、经费、设备的投入。研究开发也具有积累性，某一具体产业知识基础建立和加强的基本途径是研究开发，研究开发投入与技术创新成果成正相关，要想实现技术创新阶段的转换，没有足够的资金投入是难以实现的[①]。由于研究开发活动属于创造性活动，新的创造性依赖于已有的创造和学习，企业在明确的商业目的引导下进行研究开发时，研究开发的水平会越来越高，相应的技术创新能力会越来越强。这个过程延续下去，研究开发投入将把技术创新水平推向更高层次。

产业共性技术研究介于基础研究与应用研究之间，与基础研究和应用研究既有联系又有区别[②]。产业共性技术的主要特征是：

---

① 从美国、日本、韩国的时间序列数据可以看到，研究开发经费在投入强度上随技术创新的发展而提高。从日本研究开发分工体系的时间行列数据可以看出，在技术创新的发展过程中，其分工体系发生相应的变化。参见高建《主要国家的科技起飞及其条件》，载清华大学技术研究中心主编《创新与创业管理》，清华大学出版社 2006 年版。

② 共性技术（generic technology）的概念最早由美国国家标准与技术研究院（NIST）的经济学家格雷戈里·塔西（Gregory Tassey）和阿尔伯特·林克（Albbert Link）等于 1992 年提出。目前国内对产业共性技术尚无统一的定义，已有的定义主要有三种：第一种是从共性技术所处的技术研究阶段出发，即将技术分解为实验技术、共性技术、应用技术和专有技术，或者提出共性技术处于基础研究之后的第二个基础技术（infratechnology）研发阶段（Tassey，1997）；第二种定义是从共性技术的影响范围出发，如共性技术是对整个行业或产业技术水平、产品质量和生产效率都会发挥迅速的带动作用，具有巨大的经济和社会效益的一类技术（徐冠华，1999），或者是指在很多领域内已经或未来可能被普遍应用，其研究成果可共享并对整个产业或多个产业及其企业产生深度影响的一类技术，国内目前比较多的是这种定义；第三种定义是从涵盖范围方面来界定的，如日本产业技术研究院（AIST）将共性技术定义为：在标准化、测量和标准化技术方面的基础性研究（李纪珍，2004）。

第一，超前性。从科学技术转化为生产力的过程来看，技术商品化经历了基础研究、应用研究、开发研究和工程化等阶段，因此，共性技术是基础科学研究成果的最先应用，是基础研究迈向市场应用的第一步，属于"竞争前技术"。共性技术是企业专有技术开发和技术产品商品化、市场化的基础。

第二，非独占性。共性技术研究成果比应用研究成果更无形，难以实施知识产权方面的保护，其外部性强。

第三，共享性。共性技术是科学知识的最先应用，其研发成果可为某个产业或多个产业共享。

第四，风险性。通过共性技术的研究，进而开发出企业专有技术需要一个创新的过程，这个阶段技术风险、投资风险和市场风险都比较大。

第五，集成性。共性技术成果往往凝聚着多学科的知识，特别是关键共性技术突破，需要多学科研究人员的联合攻关。

第六，社会效益性。共性技术具有公共产品和私人产品的双重性质，称为准公共产品。一方面企业在共性技术基础上开发出专有技术，可以形成自主知识产权，提升企业的核心竞争力；另一方面由于共性技术具有共享性，可以为一个产业或多个产业共享，因此，具有广泛的效益性。从产业共性技术上述特征可以看出，共性技术是企业形成专有技术的基础，是企业技术储备的关键，是提高企业自主创新能力的源泉。同时，由于共性技术创新主体具有多元性，包括企业、政府、高校和科研院所，单个企业由于受创新能力和创新积极性的制约，难以承担起共性技术开发主体的重任，依托市场推进共性技术创新受到限制。因此，产业共性技术的支持与供给是一项复杂的系统工程，必须构建产业共性技术创新体系，在我国从引进模仿向自主创新转变、建设创新型国家的过程中，实行以政府为主导的产业共性技术创新体系运作模式是现实选择。

技术创新政策是一个政策体系，但是，在对产业技术创新阶段转变的影响上，技术创新政策突出表现在国家倡导什么样的技术创新道路。例如，日、韩两国选择的技术创新政策都是先学习国外技术再重视自主创新，但是，在技术创新政策的持续时间上不同①。从政策结果看，两国都是成功的，成功之处在于使国家创新政策符合国情和国际环境。

（3）组织因素对产业技术进步路径转换的影响

产业技术创新具有很强的系统性。这个系统既有内部的自组织机理作用，同时又有与系统外的能量交换。首先，虽然企业是产业创新的微观的和直接的主体，但是由于产业是一个国家或地区的产业，政府对于其创新的内容、方式等必然具有影响作用；其次，独立的科研机构、教育培训机构、中介机构、其他关联产业等也会在不同时间和空间上提供创新源、创新人才、创新路径等。此外，国际同行也会影响产业创新。这些组织和个体对产业创新的方方面面形成一种动态的网络结构，共同推动或影响着产业的创新效率和创新阶段的转换。

现代科技与产业的日新月异，产品更新节奏加快以及市场竞争的加剧，将产业创新活动的复杂性和重要性提高到了一个前所未有的高度。一方面，单个企业面临着知识呈几何级数的增长和快速多变的市场需求；另一方面，专业化不断加深，制造设备和工艺技术刚性加强，单个企业的技术创新能力范围也不断弱化，技术创新的难度加大，即使那些大的跨国行业巨人也很难独行其是。随着美国硅谷、中国台湾新竹及日本筑波的成功，人们注意到技术创新单元已从单个企业走向群体，再转向网络化的发展趋势，技术创新网络因此应运而生，自组织网络②遂成为实施复杂技术

---

① 日本从 20 世纪 50 年代到 80 年代初的这段时间一直以引进和改进国外先进技术为基本的技术方针，在此期间日本已出现世界知名的大工业企业并具有相当的竞争力，新产品风靡全球，技术创新能力很强。然而，反映日本国家形象的技术创新风格是"模仿"。也就是说，在我们关于技术创新的三阶段发展论中，日本在第二阶段驻足了很长的时间。相反，韩国似乎不愿在第二阶段多做停留。韩国从 20 世纪 60 年代中期到 1980 年的技术政策目标是引进和消化国外先进技术，科研放在其次；80 年代后则迅即转为以增强自己研究开发实力为主，1980 年研究开发经费投入强度为 0.6%，1983 年提高到 1.05%，1990 年则猛增到 2.60% 的世界一流水平。

② 除了直接进行创新的企业外，这种自组织网络一般还包括研究机构、大学和政府等机构。自组织网络一般拥有核心能力、辅助资产和学习能力三类资源。自组织网络的基本构成单位是技术共同体。自组织网络是一种适应性的网络，即网络及其中的个体都采取柔性的战略以适应创新形式的变化，从而实现网络与技术的共同进化（Rycroft & Kash, 1999; Rycroft & Kash, 2004）。

创新的基本组织形式①。

技术创新网络作为一种新的产业技术创新组织形式，具有如下一些特征：

①以动态开放性为表现形式

网络组织形式不同于一般群体组织，它由许多技术单元企业形成纵向维度企业间具有技术竞争性，横向维度具有技术互补性的组织制度创新，因此技术创新网络结构和功能的形成不可能一蹴而就，技术的创新不仅需要不同专业技术成员加盟，还需要供货商、销售商与用户的参与。动态性和开放性能保证技术创新网络与外界保持信息、知识的交流和沟通，不断优化和扩大合作伙伴、合作水平和规模，形成真正既竞争又合作的网络式结构，否则技术创新网络就会沦为一个没有活力的单元个体。

②以提高核心竞争力为目的

创新网络中每个成员企业能从网络中分享利益，能使自己技术创新提升到通过自身的努力难以达到的水平，各成员企业通过交流、学习和合作，利用各成员企业技术创新资源，包括人才、资金、设备、技术专利、技术诀窍等，互通有无，提高资源和知识的协同效应来形成和巩固自身的核心竞争力。

③以核心企业为驱动力

虽然技术创新需要广泛的专业支持，创新网络不管是政府主导还是自发的形式，不管是紧密型还是松散型，都存在核心主导企业，这些核心企业提供着技术创新后台，通过网络组织中处于行业价值链不同环节的企业利用各自的专业优势，获取技术创新在整体上突破，达到技术创新的连续性和系列性来缩短技术创新周期。如果没有核心企业提供的技术后台，技术创新网络因缺乏技术基础底蕴和技术持续创新前景，而导致合作动力不足，创新网络就有随时夭折的可能。同时技术创新网络是非法人结构，除了彼此信任外，还需要核心企业通过有效的规章和公正的程序来协调和

---

① 卡什和赖克罗夫特（Kash & Rycroft，1998）对复杂技术给出了较为宽泛的定义：复杂技术就是任何个人都无法完全理解并且能跨越时空进行充分沟通的产品或工艺技术。复杂技术包括复杂产品技术（如汽车、航空器、电信设备、计算机、电子设备、生物技术和新材料等）和复杂工艺技术（如精益或敏捷生产系统）。技术的复杂性可以用零部件数量、技术与环境界面的数量等变量来描述。

整合。

④以信任为基础

技术创新是企业核心竞争能力形成的重要内容，为了提升和维护企业的核心竞争能力，企业往往不愿将技术诀窍、技术方法等技术成果公之于众或与合作伙伴分享，以免使自己丧失这种特有的能力而在竞争中处于弱势。因此，要使技术创新通过网络组织进行，相互高度信任是非常重要的，信任在网络组织中被认为是一种治理方式，有了信任的前提，机会主义及其带来的技术创新风险才能被降到最低限度，竞争合作的技术创新方式才能得以维系①。

（4）制度因素对产业技术进步路径转换的影响

从最广泛的意义上讲，制度因素对产业技术进步路径转换的推动或抑制作用，表现为现存的经济制度与技术创新是否相容。我们说制度因素与技术创新相容是指存在一个有助于经济因素和技术因素发挥作用的制度框架，不相容则指技术创新需求受到抑制、技术因素不受重视、缺少技术与经济的结合机制。借鉴其他国家促进产业技术创新的制度因素，笔者认为，对产业技术进步路径转换具有深刻影响的制度因素有产权制度、政府相关政策与法律法规三个。

早在 1962 年，阿罗就注意到技术创新活动的搭便车行为。产权制度实际上即改变支付的条件，使创新者获得较多的收益，足以补偿其创新所付出的代价。产权制度对创新的激励作用至少表现在三个方面：一是有效地解决了技术创新溢出效应的外部性问题，通过授予创新者一定的垄断权，将外部性内部化，使得私人收益率与社会收益率趋于一致，改进了投资者的成本与收益（相对价格），从而提供了创新的激励；二是改变了人们的价值取向，使创新成为一个社会的风尚；三是改变了资源配置的状况，使资源流向创新活动。

市场对于推动企业技术创新具有基础性作用，然而市场不是万能的，市场机制也存在着缺陷，在某些领域还会出现市场失灵。因此，要加快产业技术创新的进程，除了依靠市场的作用外，还需要借助政府行为来促进市场体系的发育，更好地发挥政府的宏观调控职能，加强政策面的导向和

---

① 黎继子、蔡根女：《论技术创新网络的竞争优势》，《商业时代》2004 年第 17 期。

支持。政府的政策支持和相关法律法规的结合能起到有效配置创新资源的作用，构成了产业技术创新的制度环境中的核心基础构件。具体来讲，政府应当调动多种政策手段，从供给与需求两个方面，作用于企业和市场，形成新的激励力量，弥补市场机制之不足。结合西方发达国家技术创新政策实践的成功经验，政府对产业技术创新的激励政策包括财政刺激政策、公共采购政策、风险投资政策、中小企业政策、专利政策和放松政府管制的政策等。其中，财政刺激政策往往以税收优惠或研究开发投入的形式对企业的创新行为进行支持，提高企业进行技术创新的积极性；专利政策的主要目标是通过排他性产权的确立来保护发明者的收益，以保证发明者为其发明活动获得一定数量的回报来刺激研发行为；公共采购政策则要通过提供一个稳定可靠的公共消费市场来减少技术创新过程中市场方面的风险和不确定性；放松政府管制则是通过减少或者简化政府干预来减少技术创新过程中与制度环境有关的不确定性；风险资本政策和中小企业政策在技术创新过程中的作用是综合性的，风险投资政策主要是为项目的研究和开发提供充裕的资金支持，建立金融资本与产业资本之间分担技术创新过程中的不确定性的机制，中小企业政策则主要通过鼓励中小企业发展来在大企业与中小企业之间建立起一种分担技术创新过程中的不确定性的良性机制①。

### 3.1.2　ETSI 的内部逻辑关系及产业自主创新模型

根据以上对产业技术进步路径转换影响因素的探讨，笔者构建了产业自主创新的分析模型（见图 3.1）。

上述产业自主创新模型的运行机理为：

第一，在产业自主创新系统的运行过程中，产业技术进步路径的转换主要依靠产业内的企业群（创新主体）和政府（辅助主体）来进行。

第二，产业创新受来自政府直接或间接控制的创新政策、相关的法律法规、各种资源（包括自然资源、资本资源、人力资源、知识与技术资源等），以及有政府推动的产业共性技术、关键技术与前瞻性技术等因素的支持或制约。

---

① 赵玉林：《创新经济学》，中国经济出版社 2006 年版。

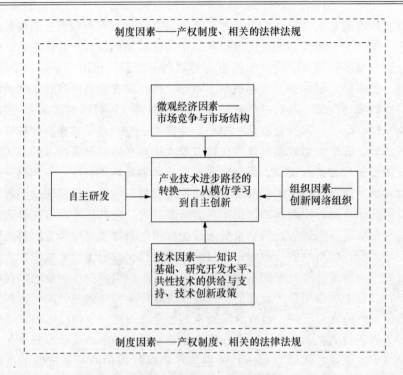

**图 3.1　产业自主创新分析模型**

　　第三，市场竞争和压力是产业内企业群进行自主创新的基本动力，企业之所以要实施创新行为，目的是满足市场的各种要求，并要在市场竞争中取胜。对于产业技术进步路径转换过程中出现的市场失灵，政府可以调动多种政策手段，从供给与需求两个方面作用于企业和市场，形成新的激励力量，以弥补市场机制之不足。

　　第四，创新主体的知识积累、研究开发水平是实现产业从模仿学习向自主创新转变的决定性技术要素。

　　第五，产业自主创新具有高投入、高风险和经济规模性，并且需要产业价值链的整体配合，因此产业技术创新网络成为实施复杂技术创新的基本组织形式；通过网络组织中处于行业价值链不同环节的企业利用各自的专业优势，以获取技术创新在整体上的突破，达到产业技术创新的连续性和系列性。

　　第六，产业自主创新系统存在反馈与调控机制，对于某个具体产业的技术创新，不仅要在市场上经受检验，更需要政府掌握其效果，政府在对产业自主创新的效果进行评价后应该作出进一步的反应，即调整产业政策和相关法规，调配各种可供资源，进一步加强关键与共性技术研发的组织与力度，也可以通过适当的手段直接干预产业创新。

## 3.2　ETSI各因子与产业自主创新的关联效应

　　上一节中构建的产业自主创新模型，体现了产业技术进步路径转换分析的基本逻辑思路，从中看出技术进步从模仿学习到自主创新的转变是与产业内外部多重因素相关的。我们在确定具体产业的自主创新实现路径之前，有必要进一步分析ETSI模型中各因子与自主创新的关联性，进而确定多维因素下产业技术进步的转换路径与政策选择。

### 3.2.1　经济因子与产业自主创新

　　（1）实现自主技术创新总是与经济发展水平相联系的

　　技术创新一般要经过使用技术、改进技术和创造技术三个阶段，其演进具有明显的经济和技术标志。经济、技术标志与工业化阶段和技术创新阶段之间存在着如表3.1所示的关系。

**表3.1**　　　　　　　　　　　**技术创新阶段的标志划分**

| 工业化阶段 | 工业化前阶段 | 工业化第一阶段 | 工业化第二阶段 | 工业化后阶段 |
|---|---|---|---|---|
| 经济标志（人均GNP） | <300美元 | 300—2000美元 | 2000—4750美元 | >4750美元 |
| 技术标志（R&D/GNP） | <1% | 1%—2% | 2% | >2% |
| 技术创新阶段 | 使用技术为主 | 改进技术为主 | 创造技术为主 | 创造技术为主 |

　　资料来源：高建：《中国企业技术创新分析》，清华大学出版社1997年版，第36页。

　　世界各国产业技术创新阶段转换的实证研究也表明，宏观经济发展水平不同，科技发展阶段和水平也不同。在人均GNP低于2000美元时，美国、韩国的研究开发经费投入强度均处低于1%的时期。美国达到1%强度的年份是1950年，当年的人均GNP为1912美元；韩国达到该强度的年份是 1983 年，当年的人均 GNP 为 1914 美元；日本则有显著不同的特点，日本的研究开发经费投入强度在 1959 年就达到 1%，当年的人均 GNP 仅为 385 美元，直到 1966 年，日本人均 GNP 才首次超 1000 美元，达到 1056 美元，那年的研究开发投入为 1.24%，1970 年日本人均 GNP 为 1947 美元，研究开发投入为 1.59%。1995—2000 年一些国家的 R&D/GDP 值如表 3.2 所示。

表 3.2　　　　　　　　　　研究开发/GDP 国际比较

| 年份<br>国家 | 1995 | 1996 | 1997 | 1998 | 1999 | 2000 |
|---|---|---|---|---|---|---|
| 中国 | 0.6 | 0.6 | 0.64 | 0.69 | 0.83 | 1.0 |
| 日本 | 2.9 | 2.7 | 2.8 | 2.95 | 2.95 | 3.0 |
| 美国 | 2.5 | 2.55 | 2.6 | 2.6 | 2.65 | 2.7 |
| 德国 | 2.3 | 2.3 | 2.35 | 2.4 | 2.45 | 2.5 |
| 英国 | 2.0 | 1.9 | 1.85 | 1.80 | 1.85 | 1.85 |
| 韩国 | 2.5 | 2.6 | 2.7 | 2.5 | 2.48 | 2.7 |

资料来源：http：//www. sts. org. cn/report – 3/documents/0006. htm.

（2）市场需求拉力和竞争外在压力推动自主创新

这种动力机制表现为：市场出现需求增长或新的需求，或者竞争加剧，从而引起产业内的企业竞相研发生产满足市场需求的产品，扩大生产规模，改进企业组织机构，调整与竞争者的关系。在此过程中，企业通过工艺创新、生产组织与管理的创新以降低产品成本，开发生产适销对路的产品、提高竞争力。可以说市场需求状况及其变化趋势引发了企业的创新积极性，因此，市场创新是产业技术创新的起点。例如，汽车消费法规的新出台和修改、汽车能源的变化都会形成新的产品市场需求，从而引发汽车产业内相关企业的技术创新活动，通过不断进行的产品创新满足市场的需求，通过工艺创新和管理创新，降低产品成本以适应顾客对交货期和质量的要求。

（3）市场结构因子对自主技术创新具有客观性的、长期性的影响

①市场组织特征对企业技术创新动力的影响

熊彼特认为企业家之所以甘冒引进新思想和克服旧障碍的风险，就是出于期望获得当时的垄断地位，并在垄断维持期间享受高额的创新利润。

熊彼特理论也是一个阈值理论，它意味着偏离完全竞争状态是创新的先决条件，但并非偏离的越多创新就会越多。如图 3.2 所示，市场集中度存在一个阈值，在未达到阈值时，随集中度增大企业创新努力增大，超过这一阈值，随集中度增大企业创新努力减小[1]。

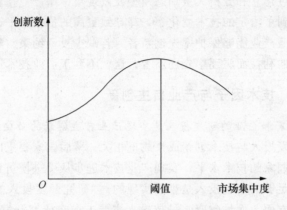

**图 3.2　市场集中度与创新数的关系**

　　产业的市场集中度趋向决定了市场结构一般出现四种类型，产业高集中度趋向可能使产业演变为完全垄断型、寡占型或垄断竞争型市场结构，而产业低集中度趋向则使该产业一般带有完全竞争市场特征。从技术创新角度看，一般认为在完全垄断型市场结构下，若属于资源垄断、行业垄断或政府特许垄断，则企业处于高度保护状态，其效率不高、进取心不强、也缺乏技术创新的积极性；在经济性垄断或技术性垄断情况下，企业的垄断具有一定的脆弱性，企业生存危机始终存在，从而迫使企业进行技术创新以保持企业的垄断地位。完全竞争型市场结构下因为企业规模一般较小，缺乏足以保证创新收益的垄断力量，故不利于技术创新。垄断竞争型市场结构中，企业技术创新有着垄断前景的拉动和竞争压力的推动，一个有一定规模的企业，为了确保自己在市场中的地位，防止对手的竞争，需要投资于新技术、新产品的开发，又由于这种新技术、新产品的开发肯定

　　① Baldwin W. & Scott J., *Market and Technological Change* [M]. Switzerlland: Harwood Academic Pulishiers, 1987.

能给企业带来垄断利润，这就增强了它们从事技术创新的信心和决心。

②市场组织特征对企业技术创新方式的影响

有高集中度趋向的产业中，由于高额利润的驱使，企业可能进行率先创新和重大创新；集中度趋向低的产业则一般选择模仿创新方式。纳尔逊和温特曾通过建立和分析大量动态模型，发现集中型产业在较小的研究开发费用下达到了给定的技术变化率，却导致更高的价格水平；若出现投资约束，集中型产业能够保护率先创新者，若缺少投资约束，集中型产业则为了模仿者的利益而驱逐率先创新者，这就不利于产业技术进步①。

### 3.2.2　技术因子与产业自主创新

（1）政府和企业的研发投入是实现产业自主创新的必要条件

研究开发投入与技术创新成果成正相关，落后国家要想以技术发展速度赶上发达国家的技术水平，实现产业技术进步从引进模仿到自主创新的跨越，没有足够的资金投入是难以实现的②。研究开发投入的主体有政府和企业两个方面，而且政府的科技投入主要方向在研究开发活动的前端，侧重于基础研究、部分应用研究和其他公益性研究。基础科学即使并不直接导致技术创新，但能增加人们对技术的敏感性，这是需求作为"认识范畴"的一个表现。因此可以认为，即使是在较好的市场经济条件下，政府的科技投入也是形成和维持对科技有效需求水平的重要因素。

在发达的市场经济国家，企业是技术创新的主体，因为企业具有对科技的"有效需求"，但这种有效需求的形成并不一定就是市场经济制度自然而然的结果，还需要政府的科技投入来引发或维持这种需求。例如，在研究开发投入水平较高的美国，政府研究开发投入占财政收入的比例高达4.5%—6%；而韩国作为追赶型国家的代表也显示出类似的特征：韩国的研究开发活动扩张最初也是由政府率先发动的，1970 年韩国政府投入为92.11 亿韩元，到 1974 年政府投入增到 177.77 亿韩元，1975 年增到

---

① 陈国宏：《经济全球化与我国的技术发展战略》，经济科学出版社 2002 年版。

② 按照国际通行的方法，企业投入的创新资源分为研究开发投入和非研究开发投入。研究开发投入集中体现在经费、人员和设备上。斯切特（Scheirer）和曼斯费尔德（Mansfield）分别得出类似估计式（$P = A + BI + CX$），说明企业研究开发投入与企业创新成果之间有着明显的关系。

284.59亿韩元，1976年猛增到391.82亿韩元，到1981年达到1973.77亿韩元，年均增幅达32%。在"突增"初期，政府投入一直超过韩国研究开发总投入的2/3，在韩国，对技术的需求是通过供应的累积来实现的，而政府是先行的"供应者"，政府的先行投入起着提高技术能力和形成研究开发资源的作用。由此可见，企业的研究开发规模化是由政府研究开发活动规模化引发和诱导的，是对政府投入的"响应"。这就意味着在市场经济条件下，政府科技投入起到促进市场对科技的需求的作用，政府科技投入的变化引起企业科技投入的变化，当政府科技投入达到并维持一定水平时，企业科技投入才能达到并维持一定的规模。

（2）自主创新需要产业共性技术的支撑

实现产业自主技术创新，客观上要求产业内的企业群能够在竞争中把握主导权和主动权，掌控具有技术平台性质的产业共性技术。从制度上说，产业共性技术处于政府（包括非营利机构）和以企业为代表的营利机构关注点的中间地带。由于产业共性技术既不是经济学意义上的公共品，也不具备商业上的独占性，因而很容易出现营利机构和非营利机构都不供给的局面，即制度供给的"失灵"。另外，科学技术的一体化使得处于中间地带的共性技术包含的知识众多，单独的企业或者政府经常会感到供给上力不从心，导致制度上的"无人"供给。此外，由于研究开发活动出现"分层"趋势，也需要有专门的机构来研究开发产业共性技术，而中国目前缺乏这类机构，因而产业共性技术的研究开发可能会出现"制度空洞"。产业共性技术供给的双重失灵，决定了政府在共性技术供给与扩散中应当发挥更大的作用，通过供给和扶持共性技术来达到促进企业自主创新、整体提高产业自主创新能力的目的（李纪珍，2006）。

### 3.2.3　组织因子与产业自主创新

要完成产业层级的技术创新跨越，实现从技术引进模仿阶段向自主创新阶段的跃迁，必须建立与整个产业价值链相匹配的产业内互动型协作，在价值链的上下游环节一起完成价值传递，仅引进或复制模仿发达国家某个阶段的生产技术和生产线，难以形成实现技术跨越所需的产业生态环境。真正的产业技术创新能力的跃升只能在产业价值链层级的整合过程中实现（余江、方新，2002）。创新网络组织在面向整个产业市场构筑高度匹配的互动型协作、促成产业级别上的从技术吸纳到自主创新的跃迁过程中，起着互补资源、分担风险、促进组织学习和形成经济规模的作用①。

（1）技术创新网络降低交易成本费用

技术创新是一种企业经济行为，也是一项风险投资活动，预期收益的多寡、交易成本的大小和风险的高低都会影响技术创新全过程。威廉姆森的交易成本理论认为，包括技术和知识在内的用做交易的商品具有资产专用性高、交易不确定性大等特点，交易频繁而且存在高额交易成本，对技术进行创新和交易的成本费用往往高于介于市场与企业之间的创新交易方式，即网络组织方式。另外，随着时代发展，创新投入费用也成倍增长，企业创新风险陡增，根据美国盖普勒调查公司的调查结果，技术创新从研制成功到被市场所接受，并能为企业创造价值的概率只有 10%—30%。利用网络组织形式，在信任的基础上通过适度规模和对网络的有效管理，可以达到降低企业技术创新成本费用、分散技术创新风险的目的，避免企业单独面临高额的技术研究开发费用和潜在风险。

（2）技术创新网络利于资源互补

企业是产业技术创新的主体，企业技术创新又依赖于企业所拥有的资源。企业可以被看做不同种类资源的集合体，米勒和沙姆萨依将企业资源划分为以物料、机器设备、资金等组成的以产权为基础的显性资源，以及以信息获取能力、技术知识、组织文化、企业品牌等以知识为基础的隐性资源，企业的技术创新需要这两方面的资源做保障。但任何一个企业，无论大小，它所拥有的资源都是有限的，难以满足技术创新的需求，且一企业所拥有而另一个企业所缺乏的资源，对于这两个企业来说，往往具有不可流动性、不可触摸性和不可替代性，那些隐性的和基于知识的互补性资源更是如此。企业只有通过技术创新网络的途径来获取优化资源，使资源的价值达到最大化，获得互补资源是企业组建技术创新网络的动因之一。

（3）技术创新网络有助于快速响应

企业技术创新的成功与否，很大程度上取决于所推出的产品能否满足市场的需求，尤其是对于创新度高的技术，往往要涉及技术产业化的各个环节，某个环节滞后都会影响到技术创新推出的速度和对市场的快速响

---

① 黎继子、蔡根女：《论技术创新网络的竞争优势》，《商业时代》2004 年第 17 期。

应。而技术创新网络在结构组成上的网络链状模式,保证了在网络中包含不同环节的技术研发企业单元,既能够保证纵向维度某个环节技术上的突破,也能使技术在横向维度实现总体平行运作;同时,产业技术创新往往需要整体协调,一个环节技术的研发还需要上游或下游环节的配合与协作,否则的话技术创新就很难在整体上实现最优化设计和突破,而技术创新网络能大大缩短技术研发的周期,加快市场化和产业化的速度,为各创新企业赢得时间。

(4) 技术创新网络强化组织学习

技术创新网络不仅为企业营造了合作的创新环境,同时也吸引其他相关的企业聚集其中,来共享技术创新网络带来的知识溢出。技术创新网络有效地为企业创造一个便于技术知识分享的环境,通过人员的交流、不同技术的交叉和知识内化,将技术创新知识有效移植到网络成员企业中,进而更新或强化企业的核心技术能力。企业作为一个学习型组织,虽然可以通过内部的"干中学"和"用中学"来提升技术能力,但其学习效率和学习速度却远低于技术创新网络组织的"组织合作中学"和"知识溢出中学"等途径。技术创新网络的动态开放性,能使组织学习层次从单环学习方式升华到双环及三环学习方式,这就是说,在竞争合作的环境中,各成员企业从不断调整组织的策略和行为,到进一步适时调整组织结构和学习方式及方法,来满足技术创新的要求,这样才能循环不断地提高企业技术创新能力 (吴晓波, 2006)。

## 3.2.4　制度因子与产业自主创新[①]

传统经济学把技术进步仅仅视为一种市场现象,似乎企业采用这种技术而不采用那种技术,只是基于简单的成本收益分析,这与人们在市场上选择这种商品而不选择其他可替代的商品,在本质上没有什么不同。事实上,企业技术创新在很大程度上依赖于制度安排和制度创新,因而更多的是一种制度现象。技术创新是否发生、何时发生、朝什么方向发生都不是

---

① 按照康芒斯 (John R. Commons) 的观点,制度就是在一个有稀少性和私有财产,以及因此而发生冲突的世界里,解决冲突和维持秩序的集体行动,或者说是集体对个人交易关系的控制,是集体行动的运行规则。

随意的，而是取决于一定的制度安排。制度要素就是以制度框架的形式提供信息沟通和创新个体的博弈规则，以减少创新所处环境状态的不确定性。

（1）自主创新需要产权制度安排的有力支撑

产权制度保障是企业技术创新的首要动力源。企业技术创新与制度创新形成良性互动需要具备两个条件：一是社会为企业提供足够的创新激励和创新空间，二是企业成为技术创新的主体并拥有一个具有强烈责任感的企业家群体。但责任和激励并不能在企业中自发产生，需要产权制度安排来提供。分析企业产权制度对技术创新的激励作用，一是从确定排他性产权的角度来分析技术创新的专利权激励。通过制度安排来保证创新者对技术成果一定的独占权，排除仿制者对技术创新的产权所有者利益的侵犯，让技术创新主体最大限度地承担经济责任并享受其利益，引导人们实现将外部性内在化的激励。二是从形成有效企业产权结构的角度来分析企业股权激励效应。通过企业产权制度改革来完善企业产权结构，以股票期权制等形式使企业经营者、技术人员的个人利益与企业的长远发展有机结合起来，形成企业员工技术创新的持久动力系统。

另外，自主创新能力作为企业重要的基础性战略资源，其外部最主要的表现形态是自主知识产权。企业通过实施自主创新战略，掌握了企业发展的核心技术，形成先发优势并体现在市场上：一方面，技术优势必然增强企业的产品优势，从而提高其产品的市场占有率；另一方面，市场占有率的提高必然增加企业的效益，赢得高额利润，这会导致其他企业纷纷模仿，使企业自主创新技术本应产生的自有效益扩散为社会经济效益，这就不利于企业的进一步创新。因此企业的自主创新成果必须通过知识产权加以保护。

（2）政府政策和相关法律法规的结合，能起到有效配置创新资源的作用

产业政策对后起国家自主技术创新起着重要的推动作用。在过去的五十年中，发展中国家的产业政策多为：在没有重大技术突破的情况下，通过鼓励企业快速学习以缩短与领先国家的技术差距；在一些重要的技术领域，当有重大的产业技术机会来临时，政府往往通过强有力的产业政策，支持企业获得技术和建立技术开发的能力，并较早进入新的产业技术领

域, 迅速整合新技术并抢占市场, 为实现产业技术的赶超和跨越奠定基础。

此外, 政府对自主创新的激励性制度安排, 能够突出政策的诱发效应和导向作用。如通过建立、健全激励自主创新的法律体系, 用非市场的方法形成有利于技术创新的社会和法律环境, 以消除技术创新的各种不确定性, 加快科技成果从潜在生产力到现实生产力的转化。

## 3.3　本章小结

产业技术进步路径的转换主要依靠产业内的企业群 (创新主体) 和政府 (辅助主体) 来进行, 从系统论的角度来说, 本书认为经济、技术、组织、制度等因素 (ETSI), 都对产业技术进步从模仿学习到自主创新的转换有决定性的影响。产业技术进步路径的转变总是与经济发展水平相联系的, 经济因素在宏观方面从供给和需求两方面对产业技术创新的转变起作用, 在微观方面则主要体现在市场对企业自主技术创新的激励上。包括知识基础、研究开发水平、产业共性技术的支持与供给、技术创新政策在内的技术因素, 对于实现从引进模仿到自主创新的转变也具有决定性作用。技术创新网络作为一种新的产业技术创新组织形式, 也影响着产业的创新效率和技术进步路径的转换。制度因素对产业技术进步的影响作用, 表现为现存的经济制度与技术创新是否相容。笔者认为对产业技术进步路径转换具有深刻影响的制度因素包括产权制度、相关的法律法规等。

本章还构建了产业自主创新的 ETSI 分析模型, 体现了影响技术进步路径转换的各种因素间的关联性。市场竞争压力是企业进行自主创新的基本动力, 企业实施创新行为目的是满足市场的各种要求, 并在市场竞争中取胜。对于产业技术进步路径转换过程中出现的市场失灵, 政府可以调动多种政策手段, 从供给与需求两个方面作用于企业和市场, 形成新的激励力量, 以弥补市场机制之不足。此外, 产业自主创新具有高投入、高风险和经济规模性, 需要产业价值链的整体配合, 通过技术创新网络组织中处于产业价值链不同环节的企业发挥各自的专业优势, 才能获取技术创新在整体上的突破, 达到产业自主创新的连续性和系列性。

# 4 理论检验Ⅱ：企业从模仿学习向自主创新的转变

企业作为技术创新的主体，是否具备足够的创新动力和创新能力，对实现产业技术进步从模仿学习到自主创新的顺利转变也起到决定性作用。所以，本部分依据企业竞争优势理论和社会学习理论，进一步从微观层面对企业向自主创新转变的过程和条件进行相关的理论分析。

## 4.1 企业自主创新的动力：竞争压力与利润激励

### 4.1.1 企业竞争优势来源的理论回顾

在战略管理领域，关于企业竞争优势的来源有很多研究和理论，其中"资源基础论"代表了最新的研究成果（Foss，1997）。从"资源基础论"看，一个企业持续的竞争优势来源于其独特的"资源"，这种资源的主要特点：一是有价值，能够为企业带来竞争优势；二是稀缺性，难以在竞争性市场上买到；三是难以模仿，竞争者不可能在很短时间内开发出相同的资源；四是难以替代，其他资源不能带来同样的竞争优势。

虽然"资源基础论"还没有清楚地描绘出能够为企业带来竞争优势的"独特资源"的所有具体表现形式，但是很多研究表明，以核心技术为主体或基础的"知识资产"（knowledge based assets）是最重要的表现形式之一（Prahalad & Hamel，1990；Kogut & Zander，1995；Mowery & Nelson，1999；Amsden，2001）。换句话说，核心技术不是企业竞争优势的唯一来源，但一定是最重要的来源之一。两个企业直接竞争时，在其他条件一定的情况下，缺乏核心技术的企业一定处于不利地位。

（1）从"资源基础论"看比较优势论

如果"资源基础论"是正确的，而且也有很多研究对此提供了重要的支持（Mowery & Nelson，1999；Prahalad & Hamel，1990），那么，对在国内市场竞争中应用"比较优势论"就需要非常谨慎。实际上，"比较优势论"是关于国际分工、国与国之间贸易的理论，我国企业在国际市场上遵循这一理论，发挥特有的优势（比如劳动力成本低）是有一定道理的。但是，如果把"比较优势论"泛化，用于国内市场上的竞争就非常值得商榷。因为我国已经加入世界贸易组织，国内市场已经非常开放，国内企业与跨国公司在国内市场上是直接面对面的竞争。在这种情况下，如果跨国公司拥有核心技术，而国内企业没有，国内企业如果还想通过发挥"比较优势"来参与竞争，就只能是死路一条（高旭东，2006）。

一个紧密相关的问题是，如何看待"比较优势论"在韩国和日本产业发展中的作用。一方面，韩国、日本的很多企业在追赶跨国公司的过程中，其产品出口的确遵循了"比较优势"原则，充分发挥了自身劳动力成本低的优势，但这只是发生在国际市场上，而在国内市场上，韩国、日本企业在相当长的时间里并没有真正同跨国公司正面竞争，由于外资流入很少，因此其国内市场的竞争主要发生在国内企业之间，起作用的也不是"比较优势"而是"竞争优势"。另一方面，韩国和日本在发展很多支柱产业时（如钢铁、汽车、通信设备产业），也都违反了"比较优势论"，但这些产业同样具备了强大的国际竞争力（Cusumano，1985；Amsden，1989；Kim，1997）。因此至少在这些产业，"比较优势论"是难以成立的，企业国际竞争力的培养也不一定要遵循"比较优势"原则。实际上，韩国和日本企业提高其国际竞争力的核心是在得到高度保护的国内市场上，国内企业以"竞争优势"而非"比较优势"为基础展开竞争，先逐步培养竞争力，待竞争力达到国际水平之后，再大举进军国际市场（Cusumano，1985；Fransman，1995）。

（2）企业资源与产业竞争阶段匹配理论

如果"资源基础论"是正确的，另一个随之而来的问题是如何解释"改革开放以来，我国很多企业并没有核心技术等独特资源，却也能够迅速发展"。为了解释这种现象，我国学者高蔚卿提出了"企业资源与产业竞争阶段匹配模型"，根据这一模型，企业的成长不仅取决于其拥有的资源，也受产业竞争阶段和环境的影响①。

企业拥有的资源可以分为通用性资源和独特性资源两类。通用性资源是能够在企业不同业务单元中使用并具有较强共享性和可转移性的资源，比如各种职能管理能力、品牌和声誉、企业文化、资金等；与通用性资源相反，独特性资源很难在不同业务单元之间转移或共享，比如有特定用途的自然资源、技术优势和专有知识等。高蔚卿认为，产业竞争也可以分为两个阶段，即初级阶段和高级阶段。在产业竞争的初级阶段，存在很多有利于企业以通用性资源参与竞争的条件，企业可以凭借通用性资源获得竞争优势；而在产业竞争的高级阶段，通用性资源在竞争中的地位趋于下降，独特性资源在竞争中的作用显著提高。他还认为，改革开放以来，我国很多企业之所以在没有多少"核心技术"等独特性资源的情况下仍然能够快速发展，是因为我国很多产业处于产业竞争的初级阶段，通用性资源在竞争中起着关键性作用。但是，随着多数产业的竞争从初级阶段走向高级阶段，"核心技术"等独特性资源的作用将日益增强，我国企业缺乏独特性资源的负面影响正在显现。

上述关于企业竞争优势来源的理论说明，我国企业现在必须进行自主技术创新、发展自主核心技术，实施技术进步路径从模仿学习向自主创新的转变，否则就难以应对开放条件下来自跨国公司的直接竞争。

### 4.1.2　企业自主创新的利润激励机制及模型

(1) 自主创新的利润激励模型

企业作为技术创新的主体，其行为是理性的，是以经济效益为前提的，企业要自主选择某项创新行为，必须确保创新的收益大于创新的成本。企业自主创新的利润激励机制既包括创新的收益、成本、风险，同时也包含机会成本等主要因素。具体模型阐述如下：

第一，如果该创新行为的收益扣除风险因素后超过其预期成本，则企业创新可能进行。企业创新决策类似于风险投资项目决策，参照风险投资项目的净现值法，笔者给出以下模型：

$$\Pi_{innovation} = f(R, C, i, h, n) = R_n / (1 + i + h)^n - C_n / (1 + i)^n > 0$$

---

① 高蔚卿：《企业竞争优势——资源类型与竞争阶段的匹配》，知识产权出版社 2005 年版。

式中，$R_n$ 为创新在 $n$ 期的预期收益；$C_n$ 为创新在 $n$ 时期的预计成本；$i$ 为无风险利率，$h$ 为风险因素。

第二，如果创新所获取的收益扣除风险因素超过创新项目的机会成本，则创新才能进行，即

$$\Pi innovation > \Pi imitation$$

收益主要包括企业运作项目实际收入和政府补贴、税收优惠等。风险主要指项目创新在技术、市场、收益、制度等方面存在较大的不确定性。成本主要包括人力、设备、资金等投入及交易成本。机会成本是指将资源投入引进模仿所创造的收益、扩大再生产所创造的收益以及技术的后发优势，等等。

企业是理性的，一个企业要选择某项创新，必须满足以上两个条件，必须得到足够的正激励。从以上模型可以看出，要促使企业进行自主创新，应该从提高创新收益 $R_n$，降低风险因素 $h$，降低创新成本 $C_n$ 上下工夫；而且要形成制度，才能不断提供正反馈和激励机制，促使创新成为大多数企业自发的行为，形成良性循环的自主创新体系。由于自主创新的成功具有许多不可预见的因素，而且成功几率也比较低，因此需要建立企业自主创新的激励体系，其作用在于尽可能促进企业创新的成功、提高创新的收益、降低创新的成本和风险。

（2）自主创新激励体系解析

创新激励体系是一系列的制度安排，它们都会不同程度地影响创新者的收益与成本，并最终影响创新者的预期（或实际）利润，而企业创新的动力与创新的利润是高度正相关的。遵照自主创新的特点和自主创新的激励机制，自主创新的激励政策可以分为三大类：提高创新收益、降低创新成本、降低创新的不确定性及风险①。

第一，通过减少创新活动的外部性以强化创新收益的激励机制。新技术通常容易被其他企业或竞争对手模仿，在缺乏制度保护的情况下，企业的创新收益往往不能得到保证。这将严重影响人们从事技术创新活动的积极性。为了激励企业进行创新，政府应该设计制度来减少企业创新活动的

---

① 曹阳、李林：《我国企业自主创新的促进机制及政策分析》，《中国科技产业》2006 年第 8 期。

外部性，以增加创新者的创新利润，使创新的私人收益率接近社会收益率。这些制度包括传统的专利制度、奖励制度、财政资助制度等。

第二，通过降低创新过程的交易费用以减少企业创新成本的激励机制。并非所有的技术都能够通过企业内部研究开发获取。通过市场购买技术仍然是企业获取技术的一条重要途径。而要从市场上获取有用的技术信息，如果仅靠企业自己搜寻的话，必然要付出很高的搜寻成本。通过建立各种中介组织、技术市场和科技园区等来为企业提供技术信息，往往能够起到节约交易成本从而推动企业创新的作用。

第三，通过减弱创新的不确定性以增加企业创新者预期收益的激励机制。企业自主创新过程具有不确定性。一般来说，企业创新的不确定性越大，创新的风险与潜在损失也就越大，人们对创新的预期利润就越小，创新的激励也就越小。企业创新过程中的不确定性虽然不可能彻底消除，但却可以通过恰当的、系统的制度安排来减弱。

综上所述，企业是自主技术创新的主体，它对技术创新的热情、投入和所付出的努力决定产业的技术创新能力。构建企业自主创新动力机制具有关键意义，政府要着力消除抑制企业创新动力不足的体制和政策原因，重建企业技术创新动力机制，创造有利于技术创新的市场环境。企业自主创新的价值只能通过市场实现，因此，持续创新的动力来自于市场竞争和利润激励，包括政府支持和鼓励企业创新的政策，也只能通过市场才能吸引企业注重自主创新。没有市场力量的驱动，企业不会平白无故地去自主创新；有获取利益的捷径，谁也不会多走一步，即便是政府号召、舆论推动，企业也不会为之所动。在只有创新才能生存，或成功的创新能安全地获得高回报的市场环境下，企业才会不断将所控制的资源投向创新，创新成果才会随之不断出现。而营造企业必须走自主创新之路的商业环境，"逼迫"和"吸引"企业走上创新之路的责任则在政府。

## 4.2　技术学习、制度激励与企业自主创新能力

企业自主创新不仅要有技术创新的动力，还需要具备相应的能力。企业自主创新能力是指在企业主导下，支持其技术创新战略实现的产品创新能力、工艺创新能力等能力的集合，是自主创新过程中投入的各种要素及

其组合体现出的整体功能，其本质是企业特有的知识和资源（操龙灿，2006）。虽然引进模仿是后起国家的企业实现技术赶超的重要途径，但技术引进并不一定会提升引进国企业的自主创新能力，关键是在技术引进的过程中形成有效的技术学习机制，而这需要有效的响应制度支持（唐要家，2006）。

### 4.2.1　技术学习与企业创新能力的发展

企业核心技术的形成是一个长期而复杂的过程，它通常建立在经验性知识的长期积累之上，通过组织内部不断的学习而得到提高①。因此，企业在自主创新过程中，不仅要追求技术的突破和产品的市场实现，更重要的是加强自主创新过程中的组织学习，学习、积累和整合知识，形成新的知识系统和技术平台，提高自主创新能力。

（1）后起国家企业技术能力的一般发展路径

后起国家的企业技术能力发展路径与发达国家不同，其技术发展多起源于选择、获取、消化吸收和改进国外技术，基本上可以概括为技术移植然后走向技术开发（斋藤优，1988）。跨国公司向后进国家的企业转让技术，以此作为延长其产品生命周期，是其在世界市场拓展技术的全球商业战略的一部分。因此，后进国家的企业是在了解、依赖发达国家技术发展轨迹和国外技术供应全球战略的技术环境下，寻求自身技术能力的获得。

从"技术引进"、"消化、吸收"到"自主技术创新"的引进创新过程是技术后进国家企业技术能力提升的一般过程，在这个过程中其技术能力也从"技术选择能力"、"技术吸收能力"、"技术改进能力"提升到"自主创新能力"（安同良，2004）。从图4.1中可以看出，随着引进创新的不断深入，企业的技术知识和能力不断积累，当量的积累到一定程度，将发生质的飞跃，企业彻底摆脱对引进技术的依赖，实现自主创新。在此阶段，企业开始建立自己独特的核心技术能力和独立的技术平台，形成完善的创新组织与广泛的创新网络。而企业技术能力演化的不同阶段各自的表现也大不相同，具体分析如表4.1所示。

---

① Prahalad C. K. & Hamel G., The Core Competence and the Corporation [J], *Harvard Business Review*, 1990, 68（3）: 79—91.

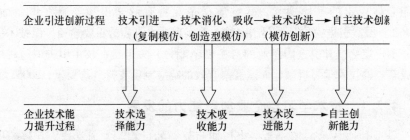

**图 4.1　引进创新过程中企业技术能力的提升过程**

表 4.1　　　　　　　　　企业技术能力演化各阶段的比较分析

|  | 技术特征 | 技术资产 | 组织整合 | 外部网络 | 技术战略 |
|---|---|---|---|---|---|
| 模仿能力阶段 | 对成熟技术的使用和简单模仿 | 先进的设备；生产经验、诀窍 | 生产系统优化与有效控制 | 简单的技术连接：技术引进 | 低成本战略，进口替代 |
| 模仿创新能力阶段 | 在现有的产品平台上，使用并跟随先进企业开发成长中的技术与产品，或对成熟技术进行创造性改进 | 高水平的信息系统与研发实验设备；专注于开发技能或市场需求知识 | 开发部门、生产部门和营销部门的协调 | 与外国企业合作开始，或从用户处获得创新思想 | 紧跟国外先进技术，或者改进产品，满足用户多样化需要 |
| 自主创新能力阶段 | 自主研究发展最新技术，或使用外部研究中的技术进行技术整合，由此建立独特的核心技术能力及产品技术平台 | 高水平的信息系统与研发实验设备；高水平的研究开发技能与丰富的市场知识的结合 | 通过项目组进行内部功能整合、知识共享 | 完善的创新网络：特别是多种技术互补的战略联盟和用户参与创新 | 通过自主研究追求技术领先；或获取最新技术，进行技术融合 |

资料来源：赵玉林：《创新经济学》，中国经济出版社 2006 年版，第 401 页。

　　企业的技术引进、消化吸收过程本质上是通过组织学习，引入知识、消化吸收、积累整合的过程，包括知识的获取、处理、存贮与应用（操龙灿，2006）。赫勒莱洛伊德和西莫宁（Helleloid & Simonin）详细论述了组织学习、核心能力与企业竞争优势的关系，明确提出组织学习是建立与提高核心能力，获得持续竞争优势的根本途径①。当知识积累到一定程度，通过加强知识管理，企业原有的知识体系将被新的知识体系所取代，形成新的知识和技术体系，企业的知识和技术创造能力将上升到新的台阶，知识有效地转化为企业技术创新能力，从而形成企业专有的核心竞争力，企业也完成了从模仿学习到自主创新的跨越。

　　（2）企业创新能力的发展与技术学习模式的动态性

　　如上所述，技术学习不仅在后进国家企业从技术引进向自主创新的转变过程中起到非常重要的作用，它也是形成企业技术创新能力的过程。在企业技术吸收、技术改进、自主技术创新的过程中，存在着"干中学"、"用中学"和"研究开发中学"这三类动态学习模式（陈劲，1994）。由于"干中学"主要与生产过程相联系，因而成为企业技术吸收阶段的主导学习模式，其间可以获得 do – how 和 do – why 等显性知识。"干中学"一般不需投入大量的研究开发经费与科学家、工程师，但技术工人的水平高低甚为重要，其创新内容主要是工艺创新。"用中学"指的是在使用产品或设备中可能导致渐进创新，而渐进创新是提高企业生产率的关键因素，所以"用中学"应是企业技术改进阶段的主导学习模式。"用中学"仍然不是严格意义上的研究与开发，只是工艺创新和产品的差别化创新，因此，"用中学"一般也不需要大量的研究开发投入，但对技术工人和研发人员的要求会更高。如果出于竞争的需要，企业引进的技术多是离散的知识和信息集合，就只有通过研究与开发才能掌握技术的本质，因此，"研究开发中学"是自主创新过程中主导的学习模式，企业通过研究开发来吸收引进方的显性知识和隐性知识，并与企业原有知识整合，实现技术变革和系统创新。企业创新过程中学习模式的动态特征如表4.2所示。

---

　　①　Helleloid D. & Simonin B., Organizational Learning and a Firms'Core Competence. In Hamel G. and Heene A. (eds.), *Competence – based competition* [C], New York：John Wiley & Sons Ltd., 1994.

**表 4. 2**　　　　　　　　企业创新过程中学习模式的动态特征

| 引进创新阶段 | 技术吸收 | 技术改进 | 自主创新 |
|---|---|---|---|
| 主导学习模式 | 干中学 | 用中学 | 研究开发中学 |
| 研究开发投入 | 较低 | 低 | 高 |
| 对研究开发人员数量和水平的要求 | 数量较少、水平不太高 | 数量一般、水平较高 | 数量较多、水平高且有领军人物 |
| 对工人技术水平的要求 | 较高 | 高 | 很高 |
| 高层决策者创新意识 | 反应型 | 先导型 | 创新型 |
| 研究开发体系与界面管理 | 无变革 | 变革且界面协调 | 较大变革且界面协调 |
| 获得的技术知识 | 显性知识 | 显性知识和部分隐性知识 | 显性知识和隐性知识 |
| 技术创新内容 | 工艺创新 | 产品创新和工艺创新 | 技术变革 |

资料来源：操龙灿：《企业自主创新体系及模式研究》，合肥工业大学博士论文，2006 年 6 月，第 6 页。

　　由此可见，企业的技术学习是真实而重要的过程。对于发展中国家的企业，它是有意识和有目的的，而不是自动的或被动的，即一个战略抉择并奋发向上的积极行为。在传统经济学中，企业被同质地假定为拥有可获得技术的全部知识，并且能够有效地选择技术，存在的技术知识也被简单地认为仅包括显性知识。尤为关键的是，自动的"干中学"成为金科玉律，而这种学习几乎没有风险。与此相反，在技术能力的发展中，自动的学习只是学习过程的极小部分。在同一时期使用给定技术的企业无须都有相同的效率：每家企业都会根据其构建能力的努力强度和效果而经历不同的学习曲线。为此，企业技术能力的发展并非简单易行，而是一个非常复杂的非线性过程，低层级技术能力的发展阶段并不会自动升级为更高一级的能力；同时，先进的技术学习方式也并不能通过有意识的模仿在短时间得到普及。为此，企业必须努力把握其动态演化的路径，并与政府等其他机构互动①。

　　① 安同良：《企业技术能力发展论》，人民出版社 2004 年版。

### 4.2.2　技术学习、制度激励与技术引进中的自主创新能力

对于发展中国家来说，技术创新能力的形成是一个动态的演进过程，它需要企业形成持续的技术学习机制，在技术创新的路径依赖过程中逐步形成。技术创新的产出成果可以跳跃，但是技术创新能力的提高只能是渐进的演化。而技术能力的形成需要相应的制度支持，激励企业的技术学习和自主创新，并促进自主创新成果的产业化发展。因此，本书认为技术引进绩效的关键是能否不断地提升本国企业的技术创新能力，技术引进绩效的影响因素主要是由政策制度环境、市场条件、企业的内部激励体制和企业技术学习和自主创新机制共同决定的。其中核心是企业的技术学习和自主创新的机制，这种机制的形成取决于企业的内部激励体制、市场条件和宏观政策环境的相应支持。

（1）引进技术的消化、吸收和创新的内在学习机制

技术学习机制是影响技术引进绩效的关键性环节。如果只是引进国外的先进技术而不关注对引进技术的后续研发，那么技术引进会陷入"引进—落后—再引进—再落后"的模式中。只有对引进的技术进行不断的后续研发，对其进行模仿，在模仿基础上进一步创新并形成自主的生产能力，才能真正地促进经济可持续发展和科技的进步。引进的技术消化、吸收并最终由技术学习向自主创新的转化问题能否有效地解决，从根本上决定了后起国企业技术引进的绩效。

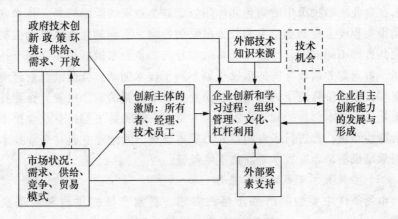

图 4.2　自主创新的制度支持

　　技术学习作为企业知识吸收、学习、扩散和创新升级的演化过程，实际上是受到不同知识载体的相互关系和行为作用方式的影响。因此，它直接受到企业内部的管理方式、组织文化、组织形式以及与外部组织之间的联系和杠杆利用所影响。

　　（2）技术创新主体的战略导向性内在激励机制

　　在国家所提供的技术引进的总体制度环境下，要有明确的技术引进主体，模糊的主体会带来权责不明的问题。在强政府、弱市场的国家和在弱政府、强市场的国家中的技术引进的主体不应是一样的。无论主体是政府还是企业，只要主体明确，并且权责分明，那么就会有利于技术引进，进而有利于本国经济发展。由于技术创新具有明显的不确定性，这种不确定性不仅包括技术本身的不确定性，而且还包括技术市场化、商业化的不确定性；而后者更多地取决于企业对市场机会的敏感把握和有效的决策，尤其是对本土市场需求特性的有效把握和科学的产品设计与市场定位。在此情况下，集权化的决策体制和政府干预会降低决策的有效性，技术创新的决策往往会背离本土市场需求的真实情况和无法适应市场的迅速变化。

　　企业作为技术创新主体，其内部激励体制很大程度上决定了技术创新的决策者和参与者的行为选择，因而决定了企业技术创新的绩效。企业内部激励机制对创新的影响主要体现在三个方面：一是公司治理结构。公司治理结构决定了作为长期战略投资的技术创新的决策问题，尤其是战略性股东在企业战略决策中的角色和作用。二是企业家的激励机制。技术创新活动很大程度上受到企业家的行为激励的影响，不同的企业家激励机制会促使其选择不同的经营行为，通常战略导向的企业家激励机制有利于技术创新，短期财务绩效导向的激励机制不利于技术创新，会激励企业经理采取规模扩张或价格竞争的行为。三是企业技术精英的激励机制。企业技术精英是企业技术创新的知识资本和人力资本，这些员工都拥有企业技术创新的隐性知识，都进行了专用性人力资本投资，因此建立起对企业技术精英的激励机制是企业技术创新的重要基础。

　　（3）企业技术创新的市场条件

　　市场条件主要包括产品市场的需求、要素市场的供给和市场竞争程度。

　　首先，市场强劲的"需求拉动力"能够为当地企业创造创新机会，尤其是当需求依赖于企业与消费者之间的交互式沟通时，需求拉动力的作用更为明显。市场需求对技术创新的影响主要体现在以下几个方面：

　　第一，私人消费需求。由居民收入水平和收入增长状况决定的对不同技术层次产品的需求规模和升级拉动作用，一个国家居民的收入水平较低或大多数人口的收入水平低，会刺激低水平技术产品的生产能力迅速扩张，在需求扩展速度过快而非渐进的升级演进的情况下，短期内的需求膨胀会刺激本国企业采取主要以满足市场需求为主的技术引进方式，迅速的市场需求满足带来市场需求空间迅速减少又导致很多引进技术不能够实现技术升级和自我创新。

　　第二，公共投资需求。技术创新作为一种投资，它的产出回报必须能够收回其投资的成本。某些投资巨大的基础性产业的技术创新由于投资大、回收期长，企业往往不愿意进行投资。如果一个国家的政府能够通过有效的公共投资和公共采购体制，通过技术和市场的双重引导，对重大的公共基础技术加以扶持，会使该技术获得迅速的发展。

　　其次，要素市场对技术创新的影响主要体现在以下几个方面：

　　第一，资本和劳动等要素的价格差异会影响一国企业的技术类型选择。根据要素组合情况，技术创新的类型通常被分为劳动节约型、资本节约型和中性的技术进步。一个国家的企业选择何种类型的技术通常并不是由政府来设定的，而是由追求利润的私有公司根据要素价格差异来选择的。从静态的意义上来说，一个国家的技术类型只有建立在本国的比较优势基础上才会有国际竞争力。而且主要体现在劳动力的教育水平和职业学习水平的一个国家的人力资本状况，很大程度上影响了技术创新的质量。

　　第二，不同要素市场的利润均衡状况。自主创新从根本上来说取决于创新能否成为企业的内在自主性行为选择，而这很大程度上受到外部行业利润差异的影响，如果某些要素市场由于政府的行政干预带来过高的行业利润，相对来说，创新的利润回报要远远低于行业"套利"的利润回报时，企业并不会选择技术创新。

　　再次，有效的市场竞争。根据产业组织理论，有效的市场竞争会促进企业进行技术创新。通常在垄断市场结构上，垄断利润会使企业缺乏技术创新的动力；但是在价格竞争过于激烈的市场上，企业进行技术创新的收益太小不足以补偿巨大的创新投入，因此企业也不会有创新的激励。因此，有效竞争的市场结构和企业市场行为导向很大程度上影响着技术创新的绩效。

（4）技术创新的宏观制度环境

技术引进绩效的好坏与国家所提供的宏观制度基础有关。它主要体现在政府的科技发展战略，政府的科研资助和管理体制，技术创新体系中各组织之间的网络关系和治理机制、与技术引进相关的法律法规，相关的财政、金融、税收等政策和政府采购体制，以及外资和国际贸易的相关政策等。

综上所述，技术引进是后起国企业技术创新能力提升的重要途径，技术引进的重点是掌握新技术和提升本国企业的技术创新能力。因此，后起国家在技术创新能力提升的过程中，要特别注重形成技术学习机制，重视对引进技术的消化、吸收和自主创新，并为企业的技术学习和自主创新提供一系列的相应的制度支持。

# 4.3 "社会学习理论"与企业自主创新能力发展

我国企业作为"技术后来者"，其创新能力的培养是一个社会学习过程，即从技术能力培养的"一般过程"（技术引进）开始，经过一个社会学习过程后，再到偏离这个"一般过程"，达到自主创新[①]。

（1）我国企业自主技术创新能力培养的"一般过程"是从技术引进开始的

这也是现有文献普遍倡导的观点（Amsden & Chu, 2003；Westphal, Kim, and Dahlman, 1985；Amsden, 2001；Kim, 1997, 1998）。主要依据是，从整体上来说，我国企业是技术跟随者，它们的第一目标往往是求得生存而不是技术追赶或技术超越。

----

① 高旭东：《自主技术创新的理论基础》，载清华大学技术研究中心主编《创新与创业管理》，清华大学出版社 2006 年版。

　　我国作为发展中国家，大多数产品和服务市场的兴起、成长以及成熟，一般都要落后于经济发达国家，因此，迅速抓住市场机会对我国企业的生存和发展具有重要的意义。

　　在市场快速成长的情况下，引进技术（即使是引进落后的技术，一般也都是成熟技术，因而具有较好的可靠性），可以迅速推出产品，满足市场需求、占领市场。相反，自主开发技术，一是需要时间，二是由于没有经过长期不断的使用和改进，技术的可靠性要低。在这种情况下，如果有可能，国内企业一般都会选择技术引进。

　　在国内企业都选择引进技术的情况下，国内企业（特别是优秀企业）就具有相似的技术能力，因此竞争的焦点就转移到了非技术领域，比如市场、服务、外观设计、质量控制等。只要还能够通过在这些非技术领域的努力求得生存，国内企业就没有压力进行自主技术开发。

　　面对拥有更强技术能力和竞争力的跨国公司，只要市场还处于迅速成长的过程中（如国内汽车市场），国内企业也可以通过加强非技术领域的管理求得生存，自主开发技术的压力也很有限。

　　（2）"社会学习"是我国企业从技术引进到自主创新转变的必要条件

　　许多有关"社会学习"和行为改变的研究发现，无论个人还是组织，既可以从自己的直接经验学习，也可以从别人或别的组织的经验中学习，并建立在何种情况下什么样的行为比较合适的假设，而且这些假设会成为其未来行为的指导，以趋利避害。也就是说，"社会学习"包括两个阶段，第一阶段是建立在什么情况下什么样的行为比较合适的假设，第二阶段是根据建立的假设采取行动（Bandura，1977；Luthans & Kreiter，1975；Miller & Dollard，1941；Cyert & March，1963；Gao，2003）。

　　我国企业也需要在"社会学习"中，逐步偏离技术能力培养的"一般过程"，从主要依靠技术引进转向自主创新。而我国企业需要在认识到技术引进已经失效，感受到进行自主技术开发的压力并建立起自主技术开发的信心以后，才会开始进行自主技术创新。需要特别指出的是，感受到进行自主技术开发的压力、特别是建立起自主技术开发的信心，并不是一件容易的事情。对于大多数国内企业而言，不到跨国公司明白无误地告诉它们，技术转让已经不可能了，或者技术转让费高得实在无法负担，进行自主技术开发的压力约束就是软的。同样，建立起自主技术开发的信心也非常困难：一是企业认识不到技术开发的"后来者优势"①，不了解自主技术创新的机会，这可能是因为其技术基础薄弱、技术人才缺乏，但更多的情况是，企业长期受各种不正确的观点的误导而形成了思维定式——"中国企业是跟随者，搞不了核心技术"；二是由于存在技术商业化的"后来者劣势"，国内企业普遍感到难以克服技术商业化的困难②。

（3）自主技术创新的核心是建立有效的研发体系

如果我国企业感受到了进行自主技术开发的压力，并建立起自主技术开发的信心以后，如何才能有效地进行自主技术创新？"社会学习"理论认为，关键是建立以开发自主核心技术（而不仅仅是消化、吸收引进技术）为目的的有效研究开发体系，其特点为：一是开展研究开发的起步时间早；二是研究开发的投入水平高；三是从事研究开发的人员的数量多、素质高；四是与科研院所的合作多而且深；五是选择特定技术作为突破口；六是独立自主地开展研究开发。

具备上述特点的研究开发体系之所以有效，是因为技术可以理解为一系列的知识，而且知识的获取（技术的开发）也具有自身的特点③。很显然，一是因为知识是逐渐积累起来的（Pavit，1985；Rosenberg & Frischtak，1985；Nelson，1992；Prahalad & Hamel，1990；Peteraf，1993），研究开发的起步时间会影响技术创新的效果。在其他条件相同的情况下，开展研究开发的起步时间早也就意味着更大的成效。二是同样的道理，因为知识的获取是一个"昂贵"的过程（Lundvall，1992；Iansiti，1998；Mowery & Rosenberg，1989），研究开发的投入水平会影响技术创新

① 技术开发的"后来者优势理论"，是指我国企业作为"后来者"，即比发达国家的"跟随者"企业（follower or second mover）起步还要晚的企业，在开发技术、提高技术能力上具有一系列的优势，这既体现在新兴技术的开发上，也体现在成熟技术的应用上（Gao，2003；Perez & Soete，1988；Utterback，1994）。

② 技术开发的"后来者劣势理论"，是指使我国企业在核心技术开发上取得了突破，同跨国公司相比，也往往更不容易被市场接受。通俗地讲，由于"出身"于发展中国家，同跨国公司相比，我国企业在技术的商业化上存在与生俱来的劣势。

③ 技术可以理解为一系列的知识，具有下列特点：一是知识是逐渐积累起来的；二是知识的获取是一个"昂贵"的过程；三是知识的获取是一个充满了"创造性"的过程；四是知识的获取往往需要利用企业外部的知识；五是不同种类的知识获取的特点是不同的（Iansiti，1998；Nonaka & Takeuchi，1995；Von Krogh，2000）

的效果。在其他条件相同的情况下，在研究开发上的投入越大，成效就会越大。三是因为知识的获取是一个充满"创造性"的过程，需要拥有专门知识的人才（王选，1999；Inasiti，1998；Henderson，1994；Henderson & Cockburn，2000；Cusumano & Selbey，1995；Pisano，1994，1996；Stewart & Nihei，1987），因此，在其他条件相同的情况下，从事研究开发的人员的数量越多、素质越高，成效就会越大。四是因为一个企业一般难以创造它所需的所有知识，利用企业外部知识是非常重要的（Lenard，1995；Fransman，1990），在其他条件相同的情况下，与科研院所的合作越多、越深，成效就会越大。五是因为不同种类的知识获取特点是不同的（Hobday，1987，1990；吴澄，2001；Pisano，1996），有些知识因为试验周期短，比较容易在短时间内积累起来，比如软件知识；相反，有些知识需要大量的投资和很长的时间才能积累起来，比如汽车发动机知识。因此，选择知识密集、试验周期短、资本投入少的技术，就更有可能在较短的时间内、在投入不太大的情况下取得技术突破。

所谓"独立自主地开展研究开发"，是指不要过多寄希望于外力来开发企业的核心技术。哈佛大学的加拉格尔（Gallagher）博士在研究中国汽车工业的发展问题时指出，合资这种形式就很难帮助中方合作者学习轿车开发的核心技术，从而实现发展我国自主品牌轿车的目的。他认为：第一，外方合作者没有动力，合资外方到中国来的目的是赚钱，而不是教中方合作者如何开发轿车。第二，中方合作者的学习主要是在生产制造技术方面，这对开发轿车是必要的，但却远远不够。第三，合资这种形式无法提供轿车开发的组织基础，使中方合作者无法走完从市场调研、形成产品概念、产品外观设计、工程设计、样车制造和试验，到大规模制造及销售的全过程，中方合作者没有实践的机会①。

（4）"社会学习理论"带给我们的启示

第一，作为"技术后来者"，在一定条件下（比如在国内市场快速成长阶段），我国企业不进行自主技术创新是"正常"的，进行自主技术创

---

① Gallagher K., Innovation and learning in the Chinese automobile industry through technology transfer ［R］, Paper Submitted and Presented at the 2004 Globlics Conference, http: // www. caam. org. cn/2005 - 09 - 12.

新是"不正常"的。只有在技术引进这条路"山穷水尽"时，我国企业才会主动进行自主技术开发。目前国内企业很多时候是由于生产上急需却又买不到（或者别人不卖，或者别人也没有），被逼无奈只好自己进行技术开发；而即使能够把技术开发出来，也缺乏计划性和主动性，缺乏长远规划；换句话说，我国大多数企业现阶段的自主技术创新并非基于战略意图的有计划的、有效的活动（Hamel，Gary & Prahalad，1989）。

第二，感受到进行自主技术开发的压力并建立起自主技术开发的信心，并不是企业自己可以完全控制的，很多时候外部环境的影响更大。比如政府大力支持技术引进的政策，在很多情况下是不利于企业感受到进行自主技术创新的压力；大量引进外资、过度开放国内市场，可能既不利于企业建立自主创新的信心，也不利于它们积累自主创新的资源。

第三，创新资源对企业自主技术开发的作用远比流行的观点要复杂。当企业感觉到需要进行自主技术开发并且建立了进行自主创新的信心后，资源对企业自主技术开发的影响是明显的，这时企业即使缺乏创新资源，它们也会想方设法增加技术创新的投入；相反，在企业没有感觉到压力也没有树立起信心时，即使有充足的创新资源，企业也不一定投资于创新能力的培养，而更多的是把资源用于扩大规模或者多元化①。

## 4.4  本章小结

本章是全书理论分析部分的扩展。作为产业技术创新的主体，企业能否具有创新动力和创新能力，对实现产业技术进步从模仿学习到自主创新的转变有决定性作用。企业竞争优势来源理论说明，一个企业持续的竞争优势源于它的"独特资源"，以核心技术为主体的"知识资产"是其最重要的表现形式之一。随着我国众多产业的竞争从初级阶段走向高级阶段，"核心技术"等独特性资源的作用日益增强，我国企业现在必须进行自主技术创新，发展自主核心技术，否则就难以应对开放条件下来自跨国公司

---

①  比如，我国优秀的电视机制造企业曾经拥有比较雄厚的资源，但它们开展的以自主技术开发为目的的研究开发活动有限，一个重要的原因是没有感觉到需要进行自主技术开发的压力。有的企业曾经认为，通过引进、消化、吸收国外技术就可以成为一个有国际竞争力的公司。

的直接竞争。

企业进行自主创新必须具备相应的能力。自主创新能力的本质是企业特有的知识和资源，其形成是一个长期而复杂的过程，通常需要建立在经验性知识的长期积累之上，并通过组织内部不断的学习而得到提高。后起国企业技术引进的重点是掌握新技术和提升本国企业的技术创新能力，因此，后起国家在技术创新能力提升的过程中，要特别注重形成技术学习机制，重视对引进技术的消化、吸收和自主创新，并为企业的技术学习和自主创新提供一系列响应制度的支持。

自主创新能力发展的"社会学习理论"，说明了企业从技术引进向自主创新转变的过程和条件。作为"技术后来者"，我国企业技术创新能力的培养多是从技术引进开始的，需要经过一个社会学习过程，才能偏离这个"一般过程"而达到自主创新。在一定条件下，比如在国内市场快速成长阶段，大多数企业不会主动进行自主技术创新，因而需要政府的引导和支持，需要政府提供一个适宜的环境，使企业有压力、有信心，并且不为技术商业化的后来者劣势所阻碍。

# 5 实证检验 I：中国汽车产业技术进步轨迹

本章应用计量分析方法对我国汽车产业技术进步轨迹进行实证分析。旨在探析改革开放以来，我国汽车产业"以市场换技术"的技术引进战略的作用和效果，并运用 ETSI 分析模型，对我国汽车产业技术进步的制约因素进行系统地实证检验，为本书的对策分析奠定基础。

## 5.1 中国汽车产业技术进步轨迹分析

### 5.1.1 中国汽车产业技术进步历程

我国汽车产业的技术进步大致可分为两个阶段：第一阶段，从我国汽车工业奠基到 1978 年；第二阶段，从 1978 年到目前为止。在上述两个阶段中，中国汽车工业都进行过大规模的技术引进以实现产业的技术进步，但技术引进所起的作用和影响深度却不相同。

中国汽车工业最初是从国外整体移植汽车制造厂开始起步的。在第一阶段的技术引进过程中，通过第一汽车制造厂的建设，全面移植了在当时世界上不算落后的苏联汽车工业体系，使中国汽车工业界比较全面地掌握和了解了汽车企业的设计、生产、管理，填补了我国工业的空白，使我国一下跨入了现代汽车生产的门槛，技术上的跃进是比较大的。但遗憾的是，在此之后，由于计划经济体制的局限，冷战的世界政治格局，过分地强调自力更生，科研与生产脱节等诸多因素，使中国汽车工业基本上处于与世界汽车工业相隔离的状态。除了个别车型以及汽车零部件的技术引进之外，没有持续地进行技术引进，使中国汽车工业在技术上与世界汽车工业的差距不断加大。在这一阶段，由于企业是政府行政机构的附属物，在

经济上缺乏技术创新的动力、技术上缺乏创新能力，因此产业技术进步
缓慢。

第二阶段是从 1978 年改革开放开始的。改革开放之后，中国汽车工业与发达汽车工业之间的差距进一步拉大，加剧了中国汽车行业的危机感，也迫使政府和企业选择了一条技术进步的"捷径"，即大规模的技术引进。技术引进的方式涉及许可证贸易、购买先进设备、技术咨询和 FDI 等多种形式，按照各种方式在技术引进中所占地位以及政府作用的不同，这一阶段又可以划分为两个时期。

其一是从 1978 年改革开放开始到 20 世纪末的再度大规模引进技术的时期。中国汽车工业在这一阶段实际上进行了又一轮政府主导的全面技术引进，政府试图通过有控制的技术引进，实现"以市场换技术"的发展战略①。这一阶段，中国汽车工业的技术引进规模不断扩大，深度不断增加，技术引进方式也随之多样化。在 80 年代主要引进了重型、轻型载货汽车生产技术以及关键汽车零部件生产技术；80 年代后期至 20 世纪末则转为重点引进轿车生产技术。由于引进的技术与国内企业的现实技术能力存在较大差距，已经进入的跨国公司在中国汽车产业实际上处于技术垄断地位；同时，由于国内企业缺乏技术开发的自主权和能力，对引进产品的国产化和引进技术的消化吸收比较缓慢。尽管存在上述问题，但是这一时期由于进行了比较全面的技术引进，中国汽车工业仍然大大缩短了与世界汽车工业的差距②。

其二是进入 21 世纪尤其是中国加入世界贸易组织后以轿车为主的加速发展时期。在这一时期与 FDI 相伴的技术引进占据了主导地位。这一阶段由于政府对汽车工业的规制放松，民间资本和外资加速进入汽车工业；中国汽车

---

① 这一时期许可证贸易所占比重较大。在 1981—1990 年间，全国以这种方式引进汽车技术 170 余项。其中，引进的整车制造技术有斯太尔重型系列车型、依维柯轻型系列车型等，共 21 项；引进的汽车总成制造技术，有美国的康明斯 N.B 系列发动机、德国的 ZF 变速箱等 22 项；引进的关键零部件制造技术有日本三菱公司的汽车化油器、日本电气公司的电子式汽车仪表等共 66 项；产品及工艺咨询改进 12 项；计算机应用、工艺、装备等专项技术 51 项。可以说引进项目几乎涵盖了汽车工业的主要领域。

② 20 世纪末，中国主要汽车产品的水平达到了世界 80 年代初的水平，某些产品达到了 80 年代末的水平。产品差距由原来的 20—30 年缩短到 10—15 年。

市场竞争更加自由、激烈，市场也迅速扩大；汽车企业活力增加，技术引进进一步深化。中国汽车工业全面融入国际汽车工业体系，与世界汽车工业在技术上的全面接轨也进一步深化。20 世纪 90 年代末至今，跨国汽车公司在中国已经进入从轿车到商用车、从整车到汽车零部件的各个领域。

与从改革开放之初到 20 世纪末的政府主导下进行重点技术引进不同，在这一阶段主要是企业根据市场的竞争需要，自行进行技术引进。引进技术的范围也更加广阔，既有我国汽车业不具有开发能力的技术，也有汽车工业已经具有一定开发能力、但与世界水平尚存在差距的技术（如对载货车的技术引进在 21 世纪初大大加速）；既有整车生产技术也有汽车零部件生产技术；既有生产技术也有装备制造技术、管理技术；技术引进也开始由生产领域转向研究开发领域。

综上所述，改革开放以来我国汽车产业的技术进步模式可以概括为基于技术引进的"以市场换技术"发展战略。从 1985 年北京吉普、上海大众等第一批汽车合资企业的成立，到 2002 年一汽丰田、东风日产的全面合资，在不到 20 年的时间里，我国共引进了 1000 多项整车、零部件的工艺和开发技术，建立了相对完整的汽车工业体系，满足了国内汽车市场 95% 以上的需求。在通过技术引进逐步追赶发达国家汽车工业的过程中，我国与发达国家汽车工业的技术水平差距在逐步缩小，国内汽车企业也通过合资合作中的学习，逐步获得了技术开发能力，但水平仍然较低。

## 5.1.2　中国汽车工业技术现状与差距分析

通过改革开放以来的全面技术引进与消化吸收，中国汽车工业的技术水平有了长足的进展，在产品水平和生产方式等方面正在逐步脱离传统制造业和传统工业产品的范畴。近十年中，电子技术的应用使国产汽车在安全、环保、节能方面有了突破性进展，主要产品性能指标大幅度提高。目前，我国一些主要汽车制造企业已经具备了世界一流的装配制造水平，并且初步掌握了大客车、面包车、微型车、载货汽车和普及型轿车的开发技术[①]。在品种系列化的基础上，汽车企业已经可以做到每年都推出大量

---

[①]　中国汽车工业协会：《汽车工业中长期科技发展战略研究》，http：// www. caam. org. cn/ 2003 - 12 - 30。

的新产品，学会了现代汽车工业的规划、实施、管理等经验。在开发模式方面，三大汽车集团相继实现了全面合资，引进和合资依然是国内汽车工业发展的主流；但是，以华晨、奇瑞、吉利、哈飞等为代表的一批新兴企业，正在提高自主开发能力的"第三条"道路上探索，在不排斥合资合作的同时，他们借鉴韩国汽车工业发展的经验，采取引进人才、引进关键技术、委托专业设计公司开发车型等投资少、见效快的方式，迅速推出了一批具有较高性能价格比的新产品。

　　尽管中国汽车工业的技术水平已经有了较大的提高，但整体上与发达国家汽车工业相比仍然存在较大差距。例如，在中国汽车工业已经具有一定开发能力的载货车领域，在高档产品的开发方面仍然与发达国家存在着较大差距；在同样具有一定开发能力的客车、专用车领域，在中高档产品的开发方面也存在着较大差距；在轿车领域的差距更大，中国汽车企业虽已能够进行某些轿车车身的开发设计，能够在原有平台的基础上做局部改进，推出所谓"年度车型"，但尚不具有成熟的、较高水平的整体轿车开发能力，缺乏具有自主知识产权的产品平台。目前，中国轿车生产企业在新产品开发中主要承担的是把跨国公司的车型本土化的工作，只是对某些产品具有了一定的升级改进能力，并且参加了某些联合设计。由于没有完整的轿车自主开发能力，没有自己的知识产权，我国主要汽车生产企业在产品技术创新方面处于被动地依赖跨国公司的境地，在产品开发与选择方面没有主动权。另外，在汽车零部件的技术开发方面，国内汽车工业企业在某些中低附加值产品方面具有相当的开发能力，而在汽车关键零部件的技术开发方面虽具有一定能力，但是与国际先进水平差距很大，许多关键零部件仅仅是对外国产品的简单仿制。仅以汽车发动机为例，中国汽车零部件企业生产的最先进发动机排放只能达到欧Ⅱ标准，而发达国家则已经是欧Ⅳ标准；中国汽车零部件企业批量生产的发动机只相当于国际20世纪90年代的水平。

　　总的来看，目前中国的汽车企业只能做一般性的技术开发，与发达国家在产品开发上的差距明显大于生产方面。罗兰·贝格国际管理咨询公司对中日汽车技术差距和未来发展所做的调查报告显示，与日本相比，中国的合资汽车企业在汽车通用技术领域（车门装饰、门铰链、玻璃、保险杠等）上的差距约为3—4年，汽车标准技术领域（车轴、活塞、散热

器、车身内装、制动器、稳定装置等）约为 6 年，汽车高级技术领域
（手动变速器、ABS、导航系统等）为 8 年左右，超高级技术（发动机控
制器元件、自动变速器、安全气囊等）为 10 年以上。该调查报告还表
明，若将参加调查的合资汽车企业换成中国独资企业的话，技术差距还要
加大 2—3 年，如果将调查涉及的车型改为包括高级轿车的话，差距还要
加大 2—5 年。

## 5.2　计量分析：中国汽车产业技术进步的贡献率

### 5.2.1　模型、方法与变量

自 20 世纪 50 年代以来，定量测算技术进步对经济增长的作用已经成
为各国经济学家、一些世界组织和国家政府普遍关注的问题。目前，在技
术进步水平测定中应用比较广泛实用的方法，就是运用经济数学的方法从
促进经济增长的各个因素中，把技术进步的作用单独分离出来，并给以定
量的估算，来衡量技术进步在经济增长中的作用。本书就是利用 C—D 生
产函数来测定我国汽车产业技术水平以及相关因素的变化，并确定各种因
素对于产出的贡献权重[①]。

柯布—道格拉斯生产函数的一般数学形式为：

$$Y = AK^{\alpha}L^{\beta} \qquad\qquad (5-1)$$

式中，$Y$ 是产出，$K$ 和 $L$ 分别表示资本和劳动力投入量，$A$、$\alpha$ 和 $\beta$ 是待
估参数，其中 $A$ 为效率系数，是广义的技术进步水平的反映；参数 $\alpha$ 和 $\beta$
分别代表资本 $K$ 和劳动力 $L$ 每变动 1% 所引起的产量变动的百分比，即产
出弹性，一般而言假设规模报酬不变，故 $\alpha + \beta = 1$。

由 (5-1) 式两边取对数，可得：

$$\ln Y = \ln A + a\ln K + (1-\alpha)\ln L \qquad\qquad (5-2)$$

$$\ln Y - \ln L = \ln A + \alpha (\ln K - \ln L) \qquad\qquad (5-3)$$

---

① 胡宗伟：《科技进步的最优测算方法研究——兼评索洛余值法》，《科学学与科学技术管
理》2005 年第 5 期。

$$\ln\ (Y/L)\ = \ln A + \alpha\ln\ (K/L)\ = c + \alpha\ln\ (K/L) \qquad (5-4)$$

变换后的一元线型模型消除了多重共线性，模型的因变量和解释变量分别是两个强度指标：$Y/L$ 代表劳动生产率，$K/L$ 代表劳动技术装备系数。其中 $Y$，$K$，$L$ 的值可由历史数据资料得到，利用最小二乘法（OLS）可估计出参数 $c$、$\alpha$[①]。

本书基于索洛的中性产出模型[②]，对于产出增长型生产函数，中性技术进步[③]并未体现在资本或劳动中而单独列出，因而生产函数为：

$$Y = At\ (K,\ L) \qquad (5-5)$$

式中，$Y$ 表示产出，$K$，$L$ 分别为资本与劳动，$A_t$ 为随时间变化的技术水平。对上式两端求时间 $t$ 的全导数，可以得到：

$$\frac{dY}{dt} = \frac{dA}{dt}f\ (K,\ L)\ + A_t\frac{\partial f}{\partial K}\frac{dK}{dt} + A_t\frac{\partial f}{\partial L}\frac{dL}{dt} \qquad (5-6)$$

上式两端同除以 $Y$，并定义 $\alpha = \dfrac{\partial f}{\partial K}\dfrac{K}{Y}$ 为资本产出弹性，$\beta = \dfrac{\partial Y}{\partial L}\dfrac{L}{Y}$ 为劳动产出弹性，则有：

$$\frac{dY/dt}{Y} = \frac{dA_t/dt}{A_t} + \alpha\frac{dK/dt}{K} + \beta\frac{dL/dt}{L} \qquad (5-7)$$

令 $y = \dfrac{dY/dt}{Y}$，$m = \dfrac{dA_t/dt}{A_t}$，$k = \dfrac{dK/dt}{K}$，$l = \dfrac{dL/dt}{L}$

则（5-7）式可以写成：

$$y = m + \alpha k + \beta l \qquad (5-8)$$

（5-8）式即为简化了的索罗洛产出增长速度方程。由该模型可以得出，产出的增长是由资本、劳动投入量的增量，以及资本、劳动的产出弹性和技术进步共同决定的。通常 $y$、$k$、$l$ 的值可由历史数据资料得到，而参数

---

① 在一般经济学教科书中，介绍 C—D 函数大都把 $A$ 作为固定常数，因此很难反映出技术进步随时间变化给产出带来的影响。为了克服这一不足之处，本书基于索罗洛的中性产出模型，对（5-1）式进行改进，为了测定技术进步对产出的影响作用，考虑到技术是随着时代的发展而不断进步的，因此可以把（5-1）式中的 $A$ 看成时间的函数，记为 $A_t$。

② Solow, Robert M., Growth Theory and After [J], *American Economic Review*, 1998 (78): 3—31.

③ 希克斯的中性型技术进步，是指使资本边际生产力对劳动边际生产力比率保持不变的技术进步，或者说技术进步并没有改变资本的边际产量对劳动的边际产量之间的比率。

$\alpha$、$\beta$ 可用适当方法估计算出，然后就可以将技术进步的作用 $m$ 作为余值计算出来，其表达式为：

$$m = y - ak - \beta l \qquad\qquad (5-9)$$

其中，$m$ 表示技术进步速度，$y$ 表示产出增长率，$k$ 表示资本增长率，$l$ 表示劳动增长率，$\alpha$ 表示资本产出弹性系数，$\beta$ 表示劳动产出弹性系数。（5-9）式就是索罗洛余值法的表达式，其中 $m$ 是一项反映一定时期内技术进步的综合指标，同时也反映了技术进步与经济增长的关系。

为了具体测算技术进步对产业经济增长的贡献率，我们做如下定义：

技术进步贡献率：$E_A = \dfrac{m}{y} \times 100\%$ $\qquad\qquad (5-10)$

资本进步贡献率：$E_K = \dfrac{ak}{y} \times 100\%$ $\qquad\qquad (5-11)$

劳动进步贡献率：$E_L = \dfrac{\beta l}{y} \times 100\%$ $\qquad\qquad (5-12)$

其中，$E_A + E_K + E_L = 1$ $\qquad\qquad (5-13)$

### 5.2.2　样本数据及处理

为了测算技术进步对我国汽车工业经济增长的贡献，模型选取（5-1）式的 C—D 生产函数，用计量经济学的最小二乘法（OLS），运用 EViews5.0 软件估算参数 $\alpha$ 和 $\beta$，再由（5-9）式索罗洛余值法测算技术进步速度，最后由（5-10）、（5-11）、（5-12）、（5-13）式得出技术进步、资金、劳动对产出增长的贡献率。在实证研究我国汽车工业技术进步时，最主要的变量是产出、资本投入与劳动投入的确定。为了保证分析结果的可靠性，有必要对有关变量的指标选择进行分析和调整。本书的数据资料主要来源于 1991—2005 年《中国汽车工业统计年鉴》，选取相应的指标以满足测算方程的需要[①]。

（1）产出量的确定

本书选取的产出量 $Y$ 是汽车工业总产值。由于采用的是 1991—2005 年《中国汽车工业统计年鉴》的时间序列数据为样本，因为价格的变化，

————————

① 这部分借用了倪燕《我国汽车工业技术进步研究》，合肥工业大学硕士论文（2006 年）中的相关数据，作者在此表示感谢。

会使不同样本点上实际相同的产出量表现出相差很大的观测值，所以本书利用价格指数来消除价格变化的影响，汽车工业总产值现行价按 90 年不变价换算，以使样本数据具有可比性。

（2）资本量的确定

在资本投入指标 $K$ 上，本书选取的是行业固定资产原值。同样由于选取的是时间序列数据，本书将固定资产原值的样本数据用 1991—2005 年《中国统计年鉴》中的年度固定资产价格指数进行换算，以消除价格变化的影响。

（3）劳动量的确定

生产函数理论要求劳动投入量应按投入的实际贡献来计算，可供选择的指标也比较多，如工资总额、总工时数、职工人数，等等。由于在我国工资总额与劳动效能还没有直接挂钩，工资外的收入越来越多，因此用工资总额来计量劳动投入量是不合适的。从理论上讲，总工时数作为劳动投入量指标是比较合适的，它既能反映职工总量的多少，又能反映有效利用的生产时间，但是在实际工作中，总工时数的历史资料比较少，搜集资料缺乏可行性。而职工人数作为劳动投入量指标，只说明了可能的劳动投入量，并不等于生产过程中的实际劳动投入量，因而有一定的局限性；但这一指标可以在一定程度上反映生产中劳动力的实际投入量，并且资料易于收集，所以本书在劳动投入指标 $L$ 上，由 1991—2005 年《中国汽车工业统计年鉴》中选取"年末职工人数"（其中自 2000 年起，年末职工人数及分类数为年末从业职工人数）。

本书的样本原始数据如表 5.1 所示，经过价格指数调整的样本数据如表 5.2。

**表 5.1　　　　　　　　　　　样本原始数据**

| 年份 | 汽车工业总产值 $Y$（现行价）万元 | 固定资产原值 $K$（万元） | 年末职工人数 $L$（人） |
|---|---|---|---|
| 1990 | 4924941 | 2803413 | 1565332 |
| 1991 | 7044959 | 3549483 | 1703850 |
| 1992 | 11910523 | 4603246 | 1848652 |

续表

| 年份 | 汽车工业总产值 Y（现行价）万元 | 固定资产原值 K（万元） | 年末职工人数 L（人） |
|---|---|---|---|
| 1993 | 17920016 | 6016366 | 1932575 |
| 1994 | 21830978 | 8140361 | 1968831 |
| 1995 | 25308668 | 11500202 | 1952542 |
| 1996 | 23990941 | 14260651 | 1950627 |
| 1997 | 26686835 | 18089091 | 1978091 |
| 1998 | 27873135 | 22236111 | 1962837 |
| 1999 | 31227177 | 22434175 | 1806815 |
| 2000 | 36125577 | 25457633 | 1781326 |
| 2001 | 44331852 | 27431315 | 1505507 |
| 2002 | 62246394 | 30423286 | 1570540 |
| 2003 | 83571570 | 32466907 | 1604558 |
| 2004 | 94631639 | 37589643 | 1693126 |

注：（1）1993 年以后固定资产原值改为固定资产原价；

（2）汽车工业总产值（不变价）为当年不变价。

数据来源：《中国汽车工业统计年鉴》1991—2005 年。

表 5.2　　　　　　经过价格指数调整的样本数据及对数值

| 年份 | 汽车工业总产值 Y（1990 年不变价）万元 | 固定资产原值 K（万元） | 年末职工人数 L（人） | ln（K/L） | ln（Y/L） |
|---|---|---|---|---|---|
| 1990 | 4680796 | 2803413 | 1565332 | 0.58274 | 1.095370 |
| 1991 | 6541996 | 3241536 | 1703850 | 0.643157 | 1.345352 |
| 1992 | 10345163 | 3992407 | 1848652 | 0.769938 | 1.722062 |
| 1993 | 14128036 | 4752263 | 1932575 | 0.899768 | 1.989308 |
| 1994 | 16935745 | 7373515 | 1968831 | 1.320455 | 2.151987 |
| 1995 | 20426681 | 10859491 | 1952542 | 1.715907 | 2.347710 |
| 1996 | 23331452 | 13712164 | 1950627 | 1.950132 | 2.481651 |

续表

| 年份 | 汽车工业总产值 Y (1990 年不变价) 万元 | 固定资产原值 K (万元) | 年末职工人数 L (人) | ln (K/L) | ln (Y/L) |
|---|---|---|---|---|---|
| 1997 | 27314755 | 17787601 | 1978091 | 2.196369 | 2.625295 |
| 1998 | 29875931 | 22280672 | 1962837 | 2.429329 | 2.722662 |
| 1999 | 34107626 | 22524272 | 1806815 | 2.523028 | 2.937955 |
| 2000 | 39538640 | 25180645 | 1781326 | 2.648718 | 3.099920 |
| 2001 | 48460884 | 27322026 | 1505507 | 2.898563 | 3.471627 |
| 2002 | 68813094 | 30362560 | 1570540 | 2.961791 | 3.779975 |
| 2003 | 93088998 | 31768010 | 1604558 | 2.985611 | 4.060708 |
| 2004 | 105408627 | 35596252 | 1693126 | 3.045664 | 4.131268 |

### 5.2.3　参数估计及检验

用生产函数法测算产业技术进步时，必须先确定资本的产出弹性系数 $\alpha$ 和劳动的产出弹性系数 $\beta$[①]。本书用回归分析法（OLS）确定 $\alpha$ 和 $\beta$，运用 EViews5.0 软件回归分析输出结果如表 5.3 所示。

表 5.3　　　　　　　　　　回归输出结果

| 变量和常数项 | 参数估计值 | 标准差 | $t$ - 检验值 | $F$ - 位计量 | $R^2$ | DW |
|---|---|---|---|---|---|---|
| $C = \ln A$ | 0.7439 | 0.1738 | 4.2791 | | | |
| ln (K/L) | $\alpha = 0.9740$ | 0.0804 | 12.1140 | 146.7490 | 0.9186 | 0.4158 |

由（5-14）式可得出：ln (Y/L) = 0.7439 + 0.9740ln (K/L)

即我国汽车产业的估计生产函数为：

---

① 资本的产出弹性系数 $\alpha$ 就是在其他条件不变的情况下，资金投入增加 1% 时产出增加 $\alpha$%；劳动产出弹性系数 $\beta$ 就是在其他条件不变的情况下，劳动投入增加 1% 时产出增加 $\beta$%。但是因为实际上当资金投入量发生变化时，劳动的投入量也在发生变化，两者不可能绝对分开，因此很难进行假定在其他条件不变情况下的检验。这也正是技术进步计量模型参数估计的困难所在。因此只能做一种在其他条件不变的情况下劳动和资本投入量变化的假定。

$$Y = 2.10411 K^{0.974} L^{0.026} \qquad\qquad (5-14)$$

对上式进行拟合优度（$R^2$）检验、$t$ 检验和 $F$ 检验（在 $\alpha = 0.05$ 的显著水平下），说明了参数的显著性，但回归方程（5-14）未能通过 D—W 检验（DW. 值为 0.4158，在 $\alpha = 0.05$ 的显著水平下，当样本容量 n = 15 时，由 DW 检验表可以查得 0 < D.W. < dL = 1.08，因此模型存在正自相关）。因而需要对上述回归模型进行修正。本书通过进行拉格朗日乘数检验[①]的方法来进行模型修正，在 EViews5.0 软件包下含二阶滞后残差项的辅助回归分析输出结果如表 5.4 所示。

**表 5.4**　　　　　　　　　　　　**模型校正后回归输出结果**

| 变量和常数项 | 参数估计值 | 标准差 | $t$ - 检验值 | $F$ - 位计量 | $R^2$ | DW |
|---|---|---|---|---|---|---|
| $C = \ln A$ | 0.7952 | 0.2406 | 3.3048 | | | |
| $\ln (K/L)$ | $\alpha = 0.9332$ | 0.1122 | 8.3133 | 149.6592 | 0.9803 | 2.2179 |
| AR（1） | 1.4341 | 0.2162 | 6.6322 | | | |
| AR（2） | - 0.8642 | 0.2559 | - 3.3764 | | | |

同样由（5-14）式得出：

$$\ln (Y/L) = 0.7952 + 0.9332\ln (K/L) + 1.4341 AR (1) -$$
$$0.8642 AR (2) \qquad\qquad (5-15)$$

即我国汽车产业的估计生产函数为：

$$Y = 2.2148 K^{0.9332} L^{0.0668} \qquad\qquad (5-16)$$

根据以上回归结果对于该模型进行如下检验：

第一，拟合优度检验（$R^2$）。拟合优度 $R^2 = 0.9803$ 接近 1，表明模型对于样本观测值的拟合程度高。

第二，参数显著性检验（$t$ 检验）。给定显著水平 $\alpha = 0.05$，常数项、AR（1）及 AR（2）等项均通过 $t$ 检验值，说明参数的显著性。

---

① 拉格朗日法克服了 D—W 检验的缺陷，适合于高阶序列相关模型中存在滞后被解释变量的情形。它是由戈弗雷（Godfrey）与布劳殊（Breusch）于 1978 年提出的，也被称为 GB 检验。

第三，回归总体线性的显著性检验（$F$ 检验）。$F = 149.6592 > F0.05$（1，13）$= 4.67$，表明模型的线性关系在 $\alpha = 0.05$ 的显著水平下是成立的。

第四，序列相关性检验。$dU < D.W. = 2.2179 < 4 - dU$，说明经过科克兰内—奥科特（Cochrane-Orcutt）迭代法进行修正后的模型已不存在序列相关性。

### 5.2.4　测算结果及分析

根据回归方程（5 - 16）中 $\alpha$ 和 $\beta$ 值，结合（5 - 10）、（5 - 11）、（5 - 12）式，可以得到技术进步、资本投入、劳动投入对我国汽车工业经济增长的贡献率。运用 EViews5.0 测算结果如下：

由表 5.5 可以看出，我国汽车工业在 1990—2004 年间的汽车工业总产值按不变价计算平均增长率为 25.63%，平均技术进步速度为 6.21%，平均资金投入增长率为 20.76%，平均劳动投入增长率为 0.76%。技术进步对汽车工业经济增长的平均贡献率为 - 0.98%，劳动的平均贡献率为 - 0.1%，而资金投入的平均贡献率为 101.08%。观察各生产要素贡献率的动态变化，可以发现 1990—2004 年以来，技术进步和劳动对汽车工业经济增长的贡献份额很低（但这并不意味着技术进步和劳动的作用微不足道），我国汽车工业的经济增长主要依赖资金的大量投入，通过资本的外延式扩张来实现增长，总体而言是粗放型的产业经济增长方式。

现代工业经济增长注重于资源效率的提高和质量的改进，这要靠技术进步来实现。技术进步对汽车工业经济增长的巨大推动作用，已被许多发达国家和新兴工业化国家经济高速增长的实践所证明。而我国汽车工业传统的粗放型经济增长不仅给资源造成了很大的压力，也由于没有充分发挥技术因素的巨大推动作用，从而降低了经济运行的稳定性，进而降低了经济运行的效率和效益，使得综合经济效益水平不高。由表 5.5 还可以看出，我国汽车工业在 1990—2004 年间，技术进步对汽车工业经济增长的贡献率多次高低波动，高的时候达到 96.55%，低的时候为负值。特别是 1994—1997 年期间，技术进步对汽车工业经济增长的贡献份额有较大幅度的降低，而同一时期资金贡献率有较大幅度的增加。分析其原因主要在于投资的剧烈波动，当投资大幅度增加时，技术进步贡献率就迅速减少；

反之，当投资减少时，技术进步贡献率就增加。依靠巨大的投资促进增长往往是低效率的，因为此时依靠技术进步获得的经济增长较低。因此，提高汽车工业的经济效率，使之从主要依靠巨大投资的粗放型增长向主要依靠技术进步的集约型增长转变，是我国汽车工业发展的重要经济政策取向。

表5.5 技术进步及各生产要素贡献率

| 年份 | 技术进步 $m$（%） | 产出增长速度 $y$（%） | 资金投入增长速度 $k$（%） | 劳动投入增长速度 $I$（%） | 技术进步贡献率 $E_A$（%） | 资金贡献率 $E_K$（%） | 劳动贡献率 $E_L$（%） |
|---|---|---|---|---|---|---|---|
| 1991 | 24.59 | 39.76 | 15.63 | 8.85 | 61.83 | 36.68 | 1.49 |
| 1992 | 35.95 | 58.13 | 23.16 | 8.50 | 61.84 | 37.18 | 0.98 |
| 1993 | 18.50 | 36.57 | 19.03 | 4.54 | 50.60 | 48.57 | 0.83 |
| 1994 | −31.73 | 19.87 | 55.16 | 1.88 | −159.64 | 259.01 | 0.63 |
| 1995 | −23.45 | 20.61 | 47.28 | −0.83 | −113.77 | 214.04 | −0.27 |
| 1996 | −10.29 | 14.22 | 26.27 | −0.10 | −72.34 | 172.39 | −0.05 |
| 1997 | −10.76 | 17.07 | 29.72 | 1.41 | −63.01 | 162.46 | 0.55 |
| 1998 | −14.14 | 9.38 | 25.26 | −0.77 | −150.85 | 251.40 | −0.55 |
| 1999 | 13.67 | 14.16 | 1.09 | −7.95 | 96.55 | 7.20 | −3.75 |
| 2000 | 5.01 | 15.92 | 11.79 | −1.41 | 31.47 | 69.12 | −0.59 |
| 2001 | 15.66 | 22.57 | 8.50 | −15.48 | 69.41 | 35.17 | −4.58 |
| 2002 | 31.32 | 42.00 | 11.13 | 4.32 | 74.58 | 24.73 | 0.69 |
| 2003 | 30.81 | 35.28 | 4.63 | 2.17 | 87.35 | 12.24 | 0.41 |
| 2004 | 1.62 | 13.23 | 12.05 | 5.52 | 12.24 | 84.97 | 2.79 |
| 年平均 | 6.21 | 25.63 | 20.76 | 0.76 | −0.98 | 101.08 | −0.1 |

另外，由于我国汽车工业在1990—2004年期间，各生产要素增减变

化幅度较大，所以上述整体状况分析并不能全面地反映技术进步对我国汽车工业经济增长的客观状况。为此本书又对各个时间段进行了具体数值计算和分析，如表5.6所示。

表5.6　　　　　　　　各时期技术进步及各生产要素贡献率

| 年份 | 技术进步 m（%） | 产出增长速度 y（%） | 资金投入增长速度 k（%） | 劳动投入增长速度 I（%） | 技术进步贡献率 $E_A$（%） | 资金贡献率 $E_K$（%） | 劳动贡献率 $E_L$（%） |
|---|---|---|---|---|---|---|---|
| "八五"时期（1991—1995） | 4.76 | 34.98 | 32.05 | 4.58 | −19.82 | 119.09 | 0.73 |
| "九五"时期（1996—2000） | −3.3 | 14.15 | 18.82 | −1.76 | −31.63 | 132.5 | −0.87 |
| "十五"时期 2001 2002 2003 2004 | 19.85 | 28.27 | 9.07 | −0.86 | 60.89 | 39.28 | −0.17 |

　　由表5.6可以看出，我国汽车工业在"八五"时期和"九五"时期，技术进步对汽车工业经济增长的贡献率较低，分别为 −19.82% 和 −31.63%。这十年间，我国汽车工业仍处于基本全面技术引进的状态，通过合资引进资金和产品，但国家和企业都对产品开发能力建设重视不够，忽视了在引进技术的同时培育自主产品开发能力。同时研究开发投入严重不足，国家虽然有研究开发投入要保证占销售额的 1%—1.5% 的要求，但绝大多数企业远未达到这一标准；汽车零部件企业也缺乏产品开发能力，难以适应整车技术水平发展和产品技术提高的需要，为引进车型配套的零部件技术来源同样大部分为引进，主要是国外原配套厂的设计图纸、技术标准、检测试验方法等；这样一旦整车换型或零部件更新换代，则还需重新引进技术，造成了全行业的引进、落后、再引进的被动局面。

　　我国汽车工业在"十五"前4年（2001—2004），技术进步速度为

19. 85%，技术进步对汽车工业经济增长的贡献率较高，为 60. 89%。"十五"期间，我国汽车产业技术政策有了很大的转变，以"坚持开放与加快自主发展相结合"为汽车工业发展的指导方针，以"加强产品开发能力建设，逐步提高自主开发能力，积极开发和推广新产品、新技术、新材料及新能源推动技术进步，促进汽车产业和产品升级"为重点任务。另外，"十五"时期也是我国汽车工业加入世界贸易组织、与国际汽车工业正式接轨的 5 年，在这一时期国内市场需求稳步增长，汽车产量迅速扩大，也促进了产业技术水平的不断提升；包括民营企业在内的多元化资本也在此时进入汽车产业，汽车出口量迅速增加，使中国迅速成长为一个汽车产销大国。这些都为我国汽车产业技术进步从引进模仿向自主创新转变奠定了基础。

## 5.3　中国汽车产业技术进步的制约因素分析

我国汽车产业技术进步从引进模仿向自主创新转变的过程中还存在诸多制约因素。应用本书的 ETSI 分析模型，本节即从经济、技术、组织、制度四个方面做一归纳和梳理，以便为后续章节展开对策分析奠定基础。

### 5.3.1　市场与规模的制约

（1）规模约束

汽车工业是一个规模经济特点突出的行业，随着技术密集度的提高，范围经济也对汽车工业产生着重要影响。汽车企业必须具有足够的规模，才能够在激烈的市场竞争中生存，才能够在开发系列产品中消化巨大的科技投入成本。产业规模偏小一直是制约我国汽车产业技术进步发展的主要因素之一。2003 年，在全国 123 家汽车生产厂中，产量超过 50 万辆的只有 2 家，超过 10 万辆的企业只有 8 家，产量不足 1 万辆的企业 95 家；2004 年产量超过 100 万辆的只有一汽集团 1 家，产量超过 50 万辆的增至 5 家，但前 10 位中还有一家未超过 10 万辆。2004 年，一汽作为我国最大的汽车企业，销量（包括其生产的外资品牌）仅为美国通用汽车公司的 1/4。与外国汽车企业先进水平相比，我国前 3 家企业在规模和效率上差距甚远，平均年销量仅是外国汽车先进企业的 1/9（见表 5.7）。

表 5.7　2003—2004 年一汽、东风、上汽主要汽车产品产量及生产集中度

| 年份<br>产品 | | 三大汽车集团汽车产量合计（辆） | | 三大汽车集团生产集中度（%） | |
|---|---|---|---|---|---|
| | | 2003 | 2004 | 2003 | 2004 |
| 载货汽车 | 重型 | 183321 | 239812 | 70.0 | 65.0 |
| | 中型 | 108346 | 122582 | 79.7 | 70.9 |
| | 轻型 | 132963 | 139539 | 19.3 | 17.3 |
| | 微型 | 58586 | 65571 | 41.1 | 39.2 |
| 客车 | 大型 | 3726 | 7723 | 18.6 | 29.7 |
| | 中型 | 17071 | 12786 | 31.6 | 24.1 |
| | 轻型 | 55138 | 90921 | 12.4 | 21.1 |
| | 微型 | 217826 | 252306 | 32.1 | 33.3 |
| 轿车 | | 1351741 | 1439311 | 67.0 | 62.1 |
| 所有汽车产品总计 | | 2128718 | 2289511 | 47.9 | 46.5 |

资料来源：《中国汽车工业统计年鉴》（2005），《我国汽车产业产销快讯》。

　　虽然我国汽车生产企业近年来扩张较快，但是与世界重要汽车公司横向相比，规模仍然偏小。从表 5.8 可以看出这一点，中国三大汽车生产企业的产量加起来还比不上最后一名戴·克公司的产量。

表 5.8　　2001—2002 年世界和中国的主要汽车公司产量比较

| 年份 | 2001 | | 2002 | |
|---|---|---|---|---|
| | 产量（万辆） | 占世界汽车工业比例（%） | 产量（万辆） | 占世界汽车工业比例（%） |
| 世界 | 5616 | 100.0 | 5878 | 100.0 |
| 通用 | 375 | 6.7 | 409 | 7.0 |
| 丰田 | 342 | 6.1 | 335 | 5.7 |
| 福特 | 311 | 5.5 | 341 | 5.8 |
| PSA | 192 | 3.4 | 199 | 3.4 |
| 大众 | 206 | 3.7 | 121 | 2.1 |

续表

| 年份 | | 2001 | | 2002 | |
|---|---|---|---|---|---|
| | | 产量（万辆） | 占世界汽车工业比例（%） | 产量（万辆） | 占世界汽车工业比例（%） |
| | 现代 | 151 | 2.7 | 170 | 2.9 |
| | 日产 | 131 | 2.3 | 139 | 2.4 |
| | 本田 | 128 | 2.3 | 139 | 2.4 |
| | 戴·克 | 174 | 3.1 | 117 | 2.0 |
| 中国汽车企业 | 第一汽车工业公司 | 41.5 | 0.7 | 65.7 | 1.1 |
| | 东风汽车工业公司 | 26.3 | 0.5 | 41.8 | 0.7 |
| | 上海汽车工业公司 | 44.0 | 0.8 | 59.2 | 1.0 |

注：统计中只包括本公司统计数字，不包括集团全球生产的数字。

资料来源：《日本汽车工业统计年鉴》，转载于《中国工业发展报告》（2004），第227页。

　　我国汽车企业不仅与外国大汽车公司存在着经济规模上的差距，而且分散。例如，2003年中国轿车产量达到201.89万辆，生产这200多万辆轿车的厂家达到十多家。其中上海大众、一汽大众、上海通用、一汽夏利、广州本田、神龙汽车、长安汽车、上汽奇瑞、风神汽车和北京现代10家主要轿车企业产量为159.43万辆，占全国轿车产量的78.97%。与之相反，国际跨国汽车公司通过资产重组，兼并联合，不断扩大生产规模，充分发挥产品研发能力优势，扩大销售网络，提高国际竞争力。相比之下，我国的汽车产业规模小而分散，直接导致产品利润率远远落后于外商投资企业（见图5.1）。没有足够的经济规模，经济效益又难以与跨国公司相比，中国汽车工业劳动力低廉的优势难以得到发挥，也就难以对研究开发活动进行大规模投入。

　　（2）市场约束

　　目前在中国汽车市场上，占主导地位的轿车产品几乎都是合资企业生产的，并且基本上是外国品牌，在商用车领域，使用外国品牌的趋势也有扩大之势，跨国公司以技术和品牌在合资公司中实际上具有话语权和产品开发主导权①，其技术优势与品牌优势的结合使中国本土汽车企业在技术开发中处于不利状态。第一，跨国公司通过知识产权实际上对合资公司产品开发产生着巨大影响。第二，由于市场上跨国公司产品品牌占有优势，因此加剧了中方对于引进产品的依赖。第三，巩固了跨国公司在中国汽车市场中的地位，使自主开发产品的本土企业处于困难境地，如在目前中国的轿车消费市场上，已经产生了对于外国品牌的迷信、崇拜心理，这进一步加大了自主开发产品的市场难度。第四，由于产品升级换代加速，在中国轿车市场上竞争的基本上是外国产品，使合资企业在独立开发产品与引进产品之间的选择，更加倾向于引进产品，以便应付市场竞争，而不愿意进行自主产品开发。

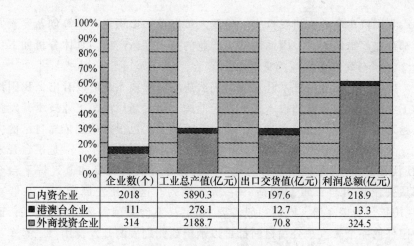

| | 企业数(个) | 工业总产值(亿元) | 出口交货值(亿元) | 利润总额(亿元) |
|---|---|---|---|---|
| □内资企业 | 2018 | 5890.3 | 197.6 | 218.9 |
| ■港澳台企业 | 111 | 278.1 | 12.7 | 13.3 |
| ▨外商投资企业 | 314 | 2188.7 | 70.8 | 324.5 |

图 5.1  2003 年部分企业规模及效益比较

资料来源：作者根据中国汽车工程学会资料整理。

## 5.3.2  技术因素的制约

从技术的角度来讲，创新是研发费用、研发人员以及知识积累存量等

---

① 中国社会科学院工业经济研究所：《中国工业发展报告》（2004），经济管理出版社 2004年版。

要素组合的产出，即在不考虑外部经济、制度等因素的状况下，创新产出由上述几个因素共同决定[①]，其表达式为：

$$Y = F \text{（R\&Dexp, R\&Dres, knowqua）}$$

其中，R&Dexp 代表研究开发费用；R&Dres 代表研究开发人员；Knowqua 代表知识存量。

上述的创新函数需满足：

第一，在 R&Dexp. R&Dres ＝ 0 时，Y ＝ 0，也就是说，在不进行任何研发投入或没有可以获得的研发人员时，不会产生任何的创新成果；

第二，F′（R&Dexp）≥ 0、F′（R&Dres）≥ 0 及 F′（Kmowqua）≥ 0，即随着研发费用、研发人员以及知识积累存量的增加，创新产出至少不会减少。

我国汽车产业在研发投入、研发人员以及知识积累存量等创新要素方面都存在严重的不足，因而制约了产业的技术创新产出。具体分析如下：

（1）研发经费投入严重不足

中国汽车工业的技术开发能力仍然薄弱。从表 5.9 可以看出，我国汽车工业用于研究开发的投入仍然是很低的。随着当代汽车工业技术开发投入越来越高，风险也越来越大，即使是跨国公司也很难单独依靠自己的力量，全系列开发新产品。例如，开发一款轿车有两个层次。一是平台开发（换代开发），将车辆的动力总成、传动系统、底盘车身和电气等平台全部从头设计组合，重新创造一个新车系列。这种开发周期长，一般要5—10年，费用高昂，欧洲一般需要 20 亿马克，美国需要 10 亿美元，而中国任何一个大汽车公司目前都难以承担如此之大的开发费用。二是车身开发，即对现有车型的车身底盘、电气系统、动力总成和传动系统等方面进行改造，赋予车身内外饰全新的造型和设计。这种开发周期相对较短，所需费用为 10 亿—20 亿元人民币，中国某些大汽车生产企业已开始在这一层次进行轿车产品的开发或合作开发。

---

① 冯根福、刘军虎、徐志霖：《中国工业部门研发效率及其影响因素实证分析》，《中国工业经济》2006 年第 11 期。

表 5.9　　　　　　　1999—2004 年我国汽车工业研究开发投入情况

| 年份 | 全行业研究开发投入（亿元） | 占汽车产业总产值比例（%） | 占销售收入比例（%） |
|------|------------------------|-------------------------|--------------------|
| 1999 | 57.4 | 1.68 | 1.84 |
| 2000 | 67.7 | 1.88 | 1.90 |
| 2001 | 58.6 | 1.32 | 1.38 |
| 2002 | 86.2 | 1.38 | 1.45 |
| 2003 | 107.3 | 1.28 | 1.32 |
| 2004 | 129.5 | 1.36 | 1.42 |

资料来源：中国汽车工程学会。

由于中国汽车工业用于产品开发和研究的投资相对较少，使我国汽车企业普遍缺乏产品发展的经济基础。研发投入的差距不仅反映了科研实力的差距，也反映了产品水平、质量水平的差距。国内外企业的技术开发费用都是从销售收入中提取的，外国公司一般在 5%—6%，国内企业销售额总额小，提取比例又低，研发资金积累也就有限了。如表 5.9 所示，2004 年我国汽车工业的研究开发费为 129.5 亿元，仅占汽车工业销售总额的 1.42%。

国外企业这些巨额研发投资主要用于以下几个方面：一是整车方面，包括造型设计、结构设计、实验验证、原型车制造、模具制造。二是发动机方面，主要用于结构设计和实验验证，核心供应商的开发费用方面所占比例也很大。三是实验设备方面，虽然计算机在开发过程中显得越来越重要，支持着设计、实验和制造各个方面，但是由于计算机模拟只对设计提供定向性参考，所以还需要大量的实验设备投入，包括测量与分析系统在内的试验台架等。比较而言，我国汽车行业目前的研发范围比较窄，主要是以产品开发、工艺设计为主。我国汽车产品自主开发与国际先进水平相比，主要差距表现在以下几个方面：一是缺乏完整系统的设计标准、设计规范、数据库和设计开发平台。二是缺乏整车性能匹配和优化关键技术。三是缺乏完整系统的试验开发规范、产品验证规范以及试验测试方法与开发试验能力。四是缺乏关键子系统、零部件的研发、集成和匹配能力。

此外，在资金使用上明显存在重生产能力的形成、轻开发技术的提高，重硬件投入、轻基础研究，重局部问题的解决、轻系统集成能力的提高等问题，使得用于研究攻关和新产品开发的资金投入受到很大制约。企业重产品引进、轻技术消化与吸收的现象非常严重，如 2002 年我国引进技术和消化吸收的经费投入比是 1∶0.08，而日本和韩国在产业化发展阶段的比例是 1∶5—1∶8，从而形成了"引进—吸收—试制—自主创新"的良性发展。相比之下，我国无论是从汽车行业创新投入的总量还是比率来看，与汽车强国都存在巨大差距。研发投入不足，造成技术研发基础落后，直接影响我国汽车企业技术能力建设和技术创新水平的提升。

（2）技术开发人员投入不足，人才短缺

中国汽车工业也面临缺乏高级技术开发人才的问题，这可以通过考察汽车行业内的研究与试验发展人员数量以及科技活动人员数量来看出。研究与试验发展人员是指参与研究与试验发展项目研究、管理和辅助工作的人员，包括项目（课题）组人员、企业科技行政管理人员和直接为项目（课题）活动提供服务的辅助人员。该指标用来反映投入从事拥有自主知识产权的研究开发活动的人力规模。我国汽车研发人才短缺现象是比较严重的，欧美发达国家汽车研发人才一般都占全行业的 30% 以上，而我国仅为 4%。根据《中国汽车工业统计年鉴》资料显示，2001 年我国汽车工业研发人员 44836 人，占从业人数的 2.98%；2002 年为 53074 人，占从业人数的 3.38%；2003 年为 61587 人，占从业人数的 3.84%；2004 年为 71061 人，占从业人数的 4.2%。2004 年我国部分汽车企业研究开发人员状况如表 5.10 所示。

表 5.10　　　　　　　　2004 年部分汽车企业研究开发人员状况

| 企业名称 | 职工总数 | 科技人员数量 | 研发人员数量 | 从事研发工作时间 | | 硕士及以上学历的 | 有海外培训经历的 | 有海外学习经历的 |
|---|---|---|---|---|---|---|---|---|
| | | | | 6—10 年 | 11 年以上 | | | |
| 华晨 | 7828 | 1268 | 500 | 45 | 231 | 70 | 10 | 5 |
| 长城 | 10000 | 1500 | 600 | 420 | 180 | 50 | 40 | 10 |
| 广本 | 4363 | 389 | 135 | 20 | 39 | 26 | 50 | 1 |
| 汇众 | 7445 | 1047 | 284 | 75 | 11 | 22 | 38 | 6 |
| 曙光 | 4093 | 332 | 133 | 731 | 56 | — | 24 | 3 |
| 宇通 | 2800 | 450 | 279 | 102 | 81 | 38 | 60 | 5 |
| 玉柴 | 5280 | 495 | 330 | 100 | 80 | 31 | 48 | 2 |

资料来源：中国汽车工业协会。

　　科技活动人员指直接从事科技活动，以及专门从事科技活动管理和为科技活动提供直接服务，累计的实际工作时间占全年制度工作时间10%及以上的人员。直接从事科技活动的人员包括在独立核算的科学研究与技术开发机构、高等学校、各类企业及其他事业单位内设的研究室、实验室、技术开发中心等机构中从事科技活动的研究人员、工程技术人员、技术工人及其他人员。该指标用来反映投入科技活动人力的规模。表5.11反映出我国汽车企业1990—2004年科技活动人员投入情况。这一时期我国汽车工业科技活动人力规模逐渐扩大，但总体水平不高。

表 5.11　　　　1990—2004 年国内汽车企业科技活动人员投入情况

| 年份 | 年末职工人数（A）（万人） | 工程技术人员（B）（万人） | 工程技术人员占职工总数百分比（B/A）（%） |
|---|---|---|---|
| 1990 | 156.5 | · 13.7 | 8.8 |
| 1991 | 170.4 | 14 | 8.2 |
| 1992 | 184.9 | 15.4 | 8.3 |
| 1993 | 193.3 | 16.2 | 8.4 |
| 1994 | 196.9 | 16.8 | 8.5 |
| 1995 | 195.3 | 16.6 | 8.5 |
| 1996 | 195.1 | 16.7 | 8.6 |
| 1997 | 197.8 | 17.1 | 8.6 |
| 1998 | 196.3 | 16.9 | 8.6 |
| 1999 | 180.7 | 16.9 | 9.4 |
| 2000 | 178.1 | 16.4 | 9.2 |
| 2001 | 150.6 | 15.6 | 10.4 |
| 2002 | 157 | 16.8 | 10.7 |
| 2003 | 160.5 | 17.3 | 10.8 |
| 2004 | 169.3 | 20 | 11.8 |

数据来源：《中国汽车工业统计年鉴》（2004—2005）。

　　（3）自主开发实践经验少，数据资源积累不够

　　我国轿车产品由于长期缺少自主开发实践，导致开发经验的缺乏和数据资源积累太少。产品开发活动缺少数据库支持，有限的产品设计资料和试验数据也没有能够转变为可供长期借鉴的数据资源，设计、工艺、制造数据库集成度不够，设计过程中经验设计的成分较多，或者几乎没有以往

成功和失败的数据作参照，因此汽车工程师们在进行任何产品结构改进、工艺改进和材料改进工作时都不得不谨小慎微，轻易不敢改变原有产品的结构，或不得不重复进行大量的试验，严重影响了产品开发的进度和开发质量。因此，数据积累不够已成为国内不少汽车企业不敢进行自主创新的重要因素或不愿进行自主开发的主要借口。

总之，我国汽车企业自主创新能力与外国先进汽车企业相比，无论在技术层面、研发制度，还是研发投入、研发手段等方面，都存在较大差距，从整体上看，还处于跟踪、学习、消化国外先进技术阶段。就汽车产品开发总体水平而言，同汽车产业发达国家相比，存在的差距主要体现在如表 5.12 所示。

**表 5.12　　　　　　　　中外汽车企业研究开发能力比较**

| 科目 | 发达国家汽车企业 | 中国汽车企业 |
| --- | --- | --- |
| 研究开发目标 | 中长期，主要为开发远期产品服务 | 中近期，主要为开发未来市场的热销产品服务 |
| 研究开发范围 | 范围大，重视基础理论和技术研究，形成基础研究、应用研究和产品开发三个层次 | 范围窄，以产品开发、工艺设计为主，应用研究薄弱，基础研究几乎空白 |
| 研究开发费用 | 平均占企业销售收入的 5%，基数大 | 仅占企业销售额的 1.5%—2.5%，基数小 |
| 研究开发管理 | 采用矩阵式管理，以团队为单位开展工作 | 统一管理方式，以科室为单位开展工作 |
| 研究开发设施 | 设施齐全，先进，满足现代化要求 | 存在不同程度缺口，投资较少 |
| 研究开发手段 | 充分利用 CAD、CAE、CAT 和 CAM 网络，并将 CAE 贯穿整个开发过程 | 能够初步应用 CAD、CAE、CAT 和 CAW 系统开发产品 |
| 研究开发人员 | 阵容强大，结构合理，以高层次人才为主 | 人数少，结构不合理，高层次人才缺乏 |
| 研究开发形式 | 有独资、合资、合作、联合及跨国研究开发 | 形式单一，对外合作交流少 |
| 产品开发水平 | 具有独立研究开发产品的能力 | 以引进技术、消化吸收为主，初步形成一定的整车和零部件开发能力 |

资料来源：王小广、高国力、刘国艳：《中国汽车何去何从?》，中国经济出版社 2000 年版，第 272 页。

### 5.3.3　组织因素的制约

（1）汽车零部件与相关工业发展滞后

汽车产业自主创新能力不仅与产品的设计、匹配和集成能力有关，也与汽车零部件的创新能力密切相关。我国汽车零部件技术基础较弱，投资严重不足，零部件研发能力差距明显，长期滞后于汽车整车发展。零部件研发能力还不足以支撑汽车产业的技术进步，主要表现在零部件企业基本产品开发能力不强（见表 5.13），无法根据整车产品技术发展需要为其提供性能优异、质量稳定、价格合理的零部件。

表 5.13　　　　　　　　　　　我国汽车零部件领域与国外差距

| 技术领域 | 典型技术 | 差距 |
|---|---|---|
| 通用技术领域 | 玻璃、保险杠等车身内外饰件 | 差距不大 |
| 标准技术领域 | 车轴、活塞、散热器、制动器等 | 差距 3 年以上 |
| 高级技术领域 | 手动变速箱、ABS、导航系统等 | 差距 5 年以上 |
| 超高技术领域 | 发动机控制元器件、自动变速箱、液压转向器、安全气囊等 | 差距 8 年以上 |

资料来源：作者根据中国汽车工程学会资料整理。

由上表可见，越是在高技术领域我们与国外的差距越大。若以中资企业与日本企业相比较，以上差距还要再加大 2—3 年；若以高档车比较，则差距还要再加大 2—5 年。以汽车发动机为例，虽然近年来我国发动机技术水平开始有明显进步，出现了一批先进样机，但作为批量生产的产品基本上还属于 20 世纪 90 年代水平，除一些合资机型外，汽油机基本处于国外 90 年代中期水平，直喷增压柴油机的总体技术大致处于国际 20 世纪 90 年代初期水平，燃油经济性和排放指标与国外的差距在 10 年以上。

另一方面，我国零部件的产业结构不合理、产品开发能力极弱，这是当前国际汽车产业零部件全球化采购条件下需要迫切解决的问题。发达国家汽车工业的新产品开发已经建立在模块化的基础上，而中国汽车整车生产企业却缺乏强大的零部件工业的支持。中国汽车零部件企业规模小、技术水平低的状况近年虽然有所改观，但是与国际大汽车零部件生产企业相比，仍然差距巨大。随着中国整车生产企业产品更新换代加速，整车企业与零部件企业之间的技术差距在进一步拉大，薄弱的零部件基础制约着中国汽车工业的发展，制约着整车生产企业的产品开发。

此外，中国汽车工业的相关工业发展也相对滞后，一些基础性研究工作没有引起足够的重视，应用研究工作也没有形成完善的体系。如中国电子信息产业尚不能提供高水平、高附加值的汽车电子零部件；轻量化材料应用水平还不能满足现代高水平汽车生产需要；先进高强度钢用量少、品种少，应用技术和工艺落后；镁合金、钛合金在汽车部件上的应用、开发落后于世界同类技术；无污染、少污染的表面处理技术落后于国外；制造工艺及装备水平的提高还主要依靠国外引进，快速模具制造在国内轿车开发中虽初步应用，但与新材料应用相关的工艺技术对国外的依赖性仍然很强。

（2）尚未建立起汽车产业自主创新网络体系和汽车行业公共技术平台

由于我国汽车技术力量分散，各种资源分布广泛，所以集各方优势和科技资源、共建自主开发科技创新体系，对基础、共性技术和关键、核心技术进行协同攻关，是提高我国汽车产业自主创新能力的必然选择。另外，目前我国单个汽车企业的规模还不足以支撑新一代汽车开发所需的技术基础和成本支出，所以，客观上也要求把汽车行业分散的技术力量和科技资源组织起来共建汽车行业公共技术平台，以实现更快、更好的创新效果，这也是新一代汽车取得重大技术突破和获得竞争前主动权的捷径。

自主创新体系和公共技术平台主要应具有如下职能：一是开展基础、共性和关键、核心技术的研究，以实现关键技术的创新突破。二是建立共享数据库、公共实验室或公共测试研究平台等，以支持新产品的开发，节约开发成本，提高创新效益。三是开展高性能节能环保汽车的研究开发，以实现我国汽车产业的持续和稳定发展，并力争使我国汽车技术处于国际领先地位。发达国家也都非常重视汽车创新体系的建设，美国政府为了保持和提高汽车产业的国际竞争力，由政府组织于 1993 年 9 月建立起了官产学研大联合的"CPNGV 新一代汽车合作计划"；2002 年 1 月，美国政府支持的《自由合作汽车研究计划》（FREEDOMCAR）出台，该计划目标是开发具有商业前景的氢燃料电池汽车技术及氢气供应基础设施以极大地改善环境，目标是加快实现汽车燃料电池商品化。日本政府为确保21世纪汽车工业健康发展，日本汽车工业技术协会召集了工业界、学术界和政府部门从各个角度研究了未来汽车技术发展最前沿的问题，拟定了汽车技术发展战略规划。"清洁能源汽车开发计划"就是日本政府站在21世纪的制高点与企业、科研机构和大学联合推进的研究汽车"竞争前技术"的创新系统；日本政府在"汽车工业发展战略研究报告"中还特别强调工业界、学术界和政府部门的密切合作，形成汽车产业技术创新平台以最大限度地实现人力、物力、财力资源的共享。

但我国汽车工业的产学研还没有形成科学体系，缺乏通过建立技术联盟来解决行业共性、战略性技术研发的有机整体。政府对科研资源的整合与协调创新机制还不健全，国家和企业均未能建立起运转有效的技术创新机制和体系，对组织行业产学研有关单位、对重大课题进行联合攻关没有提出具体的组织政策和技术政策。这就使我国汽车产业难以形成创新合力，以致造成人力和设备资源的浪费，以及国内企业间的过度竞争，不利于产业整体创新水平的提升。

### 5.3.4　制度因素的制约

（1）企业尚未真正成为技术创新主体，知识产权保护意识淡薄

企业成为技术创新主体需要具备的必要条件之一，是企业的制度安排具有追求技术创新的内在推动力[1]。我国的经济体制改革虽已进入现代企业制度的建设阶段，但还存在许多不完善之处。表5.14是我国企业制度创新中存在的主要障碍，其中的"政企职责不分"和"产权制度改革滞后"，比重分别为40.4%和39.1%；这说明政府对微观经济特别是国有企业的直接干预依然较多，致使企业在技术创新中的自主决策权难以完全实现，企业吸收科技成果的行为无法摆脱政府行为的影子，无法成为企业自己的行为，导致企业缺乏创新的积极性。为此应通过改革创造有利于企业技术创新的制度条件，真正建立现代企业制度，形成规范有效的企业法人治理结构和适应市场经济要求的经营机制，使企业真正成为技术创新的主体，成为推动技术进步的主导力量，这是从根本上解决创新积极性问题的关键。

---

[1]　吕政：《工业技术创新体制与政策分析》，《吉林大学社会科学学报》2005年第2期。

**表 5.14** 我国企业制度创新中存在的主要障碍

| 障碍因素 | 政企职责不分 | 产权制度改革滞后 | 社会保障制度不健全 | 改革法律法规不配套 | 未形成职业企业家队伍 | 缺乏创新动力 |
|---|---|---|---|---|---|---|
| 百分比（%） | 40.4 | 39.1 | 30.8 | 27.9 | 24.6 | 22.0 |

资料来源：国研网，http://www.drcnet.com.cn，2004-06-25。

企业自主知识产权的拥有数量和质量、能力与水平也是反映一个企业竞争能力的重要指标。如本书第二章所述，在我国汽车工业合资企业中，国外公司提供技术在国内进行生产，合资企业做得最多的是对引进产品的本土化，从而缺乏拥有自主知识产权的创新技术。在与外方合资合作的过程中，由于我国企业知识产权保护意识淡薄，一定程度上阻止了企业自主知识产权的发展。表 5.15 和表 5.16 反映了国内外汽车企业的专利年度公开情况。

**表 5.15** 1990—2003 年上半年国内外汽车相关专利年度公开情况对照

| 年份 | 国 内 | | | 国 外 | | |
|---|---|---|---|---|---|---|
| | 发明 | 实用 | 合计 | 发明 | 实用 | 合计 |
| 1990 | 91 | 662 | 753 | 87 | 3 | 90 |
| 1991 | 103 | 786 | 889 | 67 | 1 | 68 |
| 1992 | 140 | 1325 | 1465 | 68 | 5 | 73 |
| 1993 | 199 | 1023 | 1222 | 92 | 3 | 95 |
| 1994 | 193 | 1561 | 1754 | 156 | 9 | 165 |
| 1995 | 161 | 1249 | 1410 | 200 | 7 | 207 |
| 1996 | 174 | 1227 | 1401 | 442 | 11 | 453 |
| 1997 | 206 | 1055 | 1261 | 612 | 4 | 616 |
| 1998 | 255 | 136 | 1392 | 662 | 9 | 67 |
| 1999 | 232 | 2238 | 2470 | 621 | 15 | 636 |
| 2000 | 317 | 2040 | 2357 | 607 | 117 | 724 |
| 2001 | 353 | 2003 | 2356 | 919 | 206 | 1125 |
| 2002 | 393 | 2102 | 2495 | 952 | 249 | 1211 |
| 2003 | 254 | 823 | 1077 | 463 | 111 | 574 |
| 合计 | 3072 | 19260 | 22332 | 5958 | 750 | 6708 |

数据来源：赵鹏飞：《中国汽车工业专利工作现状分析及对策研究》，《知识产权》2004 年第 3 期，第 32 页。

表 5.16　　　　　　　2003 年部分汽车企业在我国拥有专利数统计

| 公司 | 总数 | 发明专利 | 实用新型 | 外观专利 |
|---|---|---|---|---|
| 本田 | 2807 | 2226 | 25 | 556 |
| 丰田 | 1124 | 665 | 1 | 458 |
| 日产 | 551 | 384 | 5 | 162 |
| 一汽集团 | 312 | 43 | 192 | 77 |
| 东风公司 | 288 | 59 | 168 | 61 |
| 现代 | 268 | — | — | — |
| 大众 | 223 | 197 | 9 | 17 |
| 戴·克 | 170 | 39 | 0 | 131 |
| 奇瑞汽车 | 154 | 3 | 60 | 91 |
| 长安汽车 | 82 | 5 | 48 | 29 |

数据来源：中国汽车工程学会。

　　从表 5.15 数据来看，国外汽车企业为了扩大在中国汽车市场竞争中的优势，纷纷把在中国申请专利（特别是发明专利）作为其行业专利战略的重要组成部分。从国内外企业的对比来看，国外企业的专利申请主要集中在发明专利上，说明其掌控着大量核心技术，而我国企业的专利申请更多地集中在实用新型上。

　　（2）汽车企业自主创新缺乏"趋利政策"

　　政府在鼓励自主开发能力建设方面的政策不完善和措施不配套，导致了我国汽车企业忽视在开发层次的学习和能力的提高，并在不断扩大的市场开放与国际合作中滋长了对国外技术的依赖。如上所述，汽车产业自主创新的主体应当是企业，而企业进行自主创新不仅需要付出巨大的代价，而且要冒很大的风险。在市场经济条件下，企业是趋利的，如果企业不自主创新也可以获利，甚至可以获得更大的利益，自主创新的动力就会衰减甚至消失。这就需要国家在贷款、税收、用地和购置设备等方面为企业提供自主创新的"趋利政策"。但事实上政府不仅没有在上述诸方面为企业提供鼓励，反倒是为企业引进外资、外国技术和产品提供了不少"趋利政策"。如在我国现行税制中，国有汽车企业和民营汽车企业的所得税为33%，而合资企业只有 17%。政府在给予外资"超国民待遇"的同时，对本国企业却没有任何有效的扶持。

# 5.4　本章小结

　　本章运用生产函数理论和索洛余值法对我国汽车工业技术进步贡献率进行测算，数据资料主要来源于 1991—2005 年《中国汽车工业统计年鉴》，选取汽车工业总产值为产出量，固定资产原值为资金投入量，年末职工人数为劳动投入量，运用 EViews5.0 统计软件测算出各生产要素的贡献率。测算结果显示，我国汽车工业的经济增长主要是依赖资金的大量投入，通过资本的外延式扩张来实现增长，总体而言是粗放型的产业经济增长方式，技术进步和劳动对汽车工业经济增长的贡献份额很低。

　　我国在"八五"时期和"九五"时期，技术进步对汽车工业经济增长的贡献率非常低，而这一时期我国汽车工业处于全面技术引进的状态，通过合资引进资金和产品，但国家和企业都对产品开发能力建设重视不够，忽视了在引进技术的同时培育自主产品开发能力，造成了全行业的引进、落后、再引进的被动局面。在"十五"期间，技术进步贡献率有很大提高，这一时期我国汽车产业技术政策有了很大的转变，加之国内市场需求稳步增长，以及投资主体的多元化都促进了产业技术水平的不断提升，为我国汽车产业技术进步从引进模仿向自主创新转变奠定了基础。

　　应用本书的 ETSI 分析模型，本章还对我国汽车产业技术进步的制约因素做了归纳和梳理，以便为后续章节展开对策分析奠定基础。研究表明，市场与规模约束、研发经费和人员投入不足、数据资源积累不够，汽车零部件与相关工业发展滞后、尚未建立起汽车产业自主创新网络体系和汽车行业公共技术平台，企业尚未真正成为技术创新主体、缺乏自主创新的"趋利政策"，都制约了我国汽车产业技术进步从引进模仿向自主创新的转变。

# 6 实证检验Ⅱ：日本、韩国汽车产业技术进步路径的比较

为了探究汽车产业后起国家技术进步路径转换的关键因素以及政府的政策支持作用，本部分对已经成功实现从引进模仿向自主创新转换的日本、韩国汽车产业技术进步路径进行比较分析。

## 6.1 日本汽车工业的技术引进与技术能力演化

### 6.1.1 日本汽车工业的技术学习轨迹

20世纪50年代初，日本汽车工业在产品技术上与欧美差距很大，特别是在轿车领域。由于担忧日本的轿车市场被欧美厂商占据，日本政府从1952年开始鼓励本国企业通过与外国企业的合作、进口散件组装生产外国品牌的产品，以期加速掌握技术。在这种被称为"tie–ups"的合作下（只有技术许可和散件供应协议，没有外资介入），日产、五十铃、日野和三菱分别组装奥斯汀（英）、希尔曼（Hillman）（法）、雷诺（法）和美国吉普。这些合作到60年代初都相继按期结束，而1964年之后日本企业再也没有与外国企业进行过类似合作。更重要的是，日本企业在进行这种合作的同时从来没有放弃过自主开发。例如，日产公司在此期间就始终保持着自己的Datsun轿车及品牌；1953—1959年间，采用散件组装或者国外厂商许可证生产的轿车也一直没有超过日本汽车总产量的13%和轿车总产量的30%。

日本汽车生产技术在第二次世界大战后初期，同欧美主要汽车生产国相比也相当落后，要在短期内消除这一差距、达到世界先进水平，从国外引进先进技术是一条捷径。1951—1969年，日本先后从美、英及意大利

等国引进了 405 项先进技术，这对加速汽车工业发展和促进汽车工业技术进步起到了重大作用。但日本汽车工业迅速发展并不仅仅靠大量引进先进技术，更重要的是靠先进技术与本国技术革新相结合，使日本汽车工业无论在生产手段和汽车性能上均得到迅速提高，增强了产业国际竞争力。如东洋工业于 1961 年从联邦德国汪克尔公司购买了转子发动机专利后，首先进行研究、试验，在进行 200 小时连续运转实验后，发现缸体与活塞接触产生了震纹，为解决这一难题，他们于 1964 年研制成功新型材料，克服了震纹，使转子发动机功能进一步提高，并在 1967 年使转子发动机走向市场。这项研究先后经过了 6 年时间，花费 1400 万美元。目前，日本这种转子发动机产量和质量均超过德国。由此可见，日本汽车企业及时把引进技术与改造相结合，提升自主创新能力，使其技术水平位于世界前列，为企业培育和发展自主品牌创造了有利条件。

很显然，通过合作组装外国品牌产品不是日本汽车工业技术进步的主要源泉，其主要贡献是通过提高竞争压力而迫使日本本土企业加速技术升级。从时间上看，日本汽车工业开始腾飞是在几个日本企业结束与外国厂商合同之后的 20 世纪 60 年代上半期——日本汽车产量在 1964 年达到 170 万辆，其中出口 15 万辆，占 8.8%；1970 年产量达到近 529 万辆，出口 108 万辆，占 20.4%；1980 年产量达到 1104 万辆，出口 596 万辆，占 54.0%，至此日本成为全世界汽车生产产量第一大国[1]。从产品结构上看，日本汽车工业腾飞初期的主要产品也不是欧美主流的标准型轿车，而是体型偏小、耗油量低的微型轿车和小型轿车——1965 年这两类车型的产量占日本汽车总产量的 81.9%，而 1970 年占到 68.4%，并且占据了日本汽车出口的主要份额。正是这些小型省油的轿车在石油危机后风靡国际市场，使日本汽车工业震撼了整个世界。因此，日本汽车工业起飞所凭借的产品并不是模仿当初合作的外国产品，日本车的节能性能更是其本国独有的，其相应的产品概念和特定设计只能来自在技术学习基础上的自主创新，而两次石油危机又把这些起源于日本独特需求结构的产品特性，变成了符合世界普遍需要的产品性能。支持这个判断最重要的证据是，后来成

---

[1]　张仁琪、高汉初：《世界汽车工业——道路、趋势、矛盾、对策》，中国经济出版社 2001 年版。

为日本汽车工业领袖的丰田公司，以及不顾通产省的阻挠执意进入汽车工业并获得巨大成功的本田公司，都始终坚持自主开发，从未与外资合作过；尽管它们的自主开发在早期阶段都充满了模仿，但因为必须依靠自己独立解决各种技术和生产上的问题而发展出较强的能力。丰田本来是以美国为模仿学习的对象，但狭小的国内市场、有限的投资能力以及特定的劳资关系结构等制约，使丰田无法照搬美国的大批量生产方式，而克服这些制约的努力却使丰田创造出震撼世界的丰田生产方式（精益生产方式）。

### 6.1.2  日本的技术引进与技术能力的形成

第二次世界大战后为了实现经济发展，日本政府采取了科技兴国的复兴路线，出台了一系列的政策法规，促进日本的技术进步和经济发展。技术进步和经济发展的一个重要的实施手段就是技术引进。日本的引进技术政策的核心就是引进后的自主创新，即在技术引进的基础上进行创造性的自主开发。近几年以来，针对传统的"重应用开发，轻基础研究"的政策带来的"高技术、低科学"的技术结构，日本政府变"欧美的基础研究—欧美的应用研究—日本的新产品开发研究"模式为"日本的基础研究—日本的应用研究—日本的新产品开发研究"模式，正在从以技术引进、产品开发为主的传统技术发展路径向基础研究与应用研究并重、突出自主创新的新的技术发展路径转变。

在第二次世界大战后的日本经济发展过程中，政府很少涉足竞争性的行业，主要是由企业担当市场竞争的主要角色。因此，在日本的长期赶超过程中，企业一直是技术创新的主体，市场机制是配置创新资源的主要方式。日本政府在技术引进的贯彻与实施过程中，主要从两个方面对技术引进施加影响：一是在通产省的严格监管下，抵制外国技术的冲击，同时运用贸易壁垒，为企业创造消化、吸收引进技术的良好条件。二是通过各种政策手段对企业的技术引进进行引导，以适应本国经济的总体发展。同时政府在国民教育、本国技术人才的国际学习、产业组织政策和贸易政策等方面发挥积极的作用，为技术创新创造动态的支持性宏观制度环境。

日本采取官民一体的科技体制，政府除了积极采取措施创造一个有利于推动企业加强研发的宏观经济环境以外，还对研发工作进行必要的直接参与和资助。日本政府对企业重大研究开发项目提供补助金、税收的优惠措施，由政府系统金融机构提供低息贷款等。日本政府还建立国立与公立研究机构，这些机构除了承担从公共利益出发的研究项目外，主要是为企业的研发工作发挥重要的补充作用。为了通过本土市场扶持本国产业的发展，日本政府还采取了积极的国内市场保护政策，并通过激发民族意识和相关的消费和采购政策来购买本国自主创新的产品。

日本企业在技术引进的过程中非常重视引进技术的消化吸收和二次创新，不是把引进技术单纯作为生产的手段，而是在引进技术的基础上不断加以改良和提高，制造出比引进技术厂家质量更好、价格更便宜的产品，反过来大量销往国外。引进加再度研发创新，是日本技术引进的精髓。第二次世界大战后日本在引进技术的初期，也把购买机器设备作为引进技术的主要途径。然而由于他们能够对引进技术很好地进行消化、改进，形成"一号机引进、二号机国产、三号机出口"的技术发展路径，即在引进一台机器设备后，能够很快将机器设备中的技术消化吸收，然后利用消化吸收的技术制造国产机，同时又加以改进创新，使国产机达到出口的水平。日本引进技术的费用仅为再度研发费用的 1/2—1/7。如 20 世纪 60 年代中期，日本机械行业的研发费用中只有 16.9% 用于技术引进，68.1% 则被用于引进技术的消化和创新。20 世纪 50—70 年代，日本技术引进费用增加了 14 倍，其中用于消化、吸收、创新的研发费用则增长了 73 倍。

日本企业的技术创新之所以引人注目，一个根本的原因是企业非常重视技术学习，通过对员工的专用性岗位技能的培养、长期导向的人力资本激励机制和团队化的柔性组织体制，企业形成隐性知识和显性知识相互促进、螺旋上升的知识创造和转化机制。以渐进的工艺创新为核心的这一特征使日本成功地提高了企业国际竞争力。在追赶过程中他们大量地投资于反求工程和内部研发，不仅迅速地学习和掌握了引进技术，并且在其工厂内部运用，不断地努力改进效率。在这个系统中，企业管理者认为生产过程是一个整合的系统，从产品和工艺设计到制造。日本汽车工业的"精益生产方式"成为日本汽车工业国际竞争力的重要基础。弗里曼（Freeman，1987）将他们在许多制造行业中的成功归因于他们将研发与工程设计、采购、生产和营销重新整合的创新管理，即使在最大型的组织中，日本研发与生产工程师和过程控制的工作紧密相关。当与美国企业相比日本企业已经很少进行迅速的创新时，他们的渐进创新已经导致推出在质量和功能方面更好的产品。另外，日本企业集团之间、集团内部的大中小企业之间建立了很好的分工、合作、知识共享和创新竞赛的体制，避免了国内市场企业之间的无序竞争的负面影响，促进了消化、吸收与创新。

### 6.1.3　日本政府对汽车工业自主创新的政策支持

在日本汽车工业从技术引进到自主创新的发展过程中，日本政府扮演了一个积极的角色。20世纪50年代，日本政府在鼓励本国厂商与国外企业合作的同时，采取了保护性关税、进口配额、税收减免、加速折旧等一系列措施来促进本国轿车工业的快速成长，同时有意识地逐步减少对CKD厂家的外汇配给，迫使其加快国产化过程。在这种情况下，日产公司仅仅用4年时间就实现了奥斯汀的零部件国产化，另外三个主要厂商也在1958年实现了国产化。

1958年日本政府实施的"国民车计划"，激发了日本轿车工业的自主开发浪潮。该计划由通产省提出并规定了一个当时被认为不可能实现的目标，即发展一种不超过0.5升的4座微型车，它的正常速度在60公里/小时，最高速度在100公里/小时，同时发动机应该能够保证油消耗不低于30公里/升，10万公里才需要一次大修，造价在15万日元（折合417美元）/辆，售价在25万日元/辆以下（当时日本的人均国民生产总值不足300美元），并期望单个企业的年生产量在2.4万辆以上。通产省的这一计划几乎被所有的企业认为在技术上是不可能实现的，但它却为日本汽车工业提供了一个发展的指导方向。企业尽管抱怨，但为了不失去政府的支持还是沿着这个方向进行技术开发。同时，这个计划还引发大量期待进入轿车市场却又找不到机会的企业开始加速进入，如富士重工（原来生产航空发动机，在此前生产小轮摩托车转而进入汽车领域）、东洋工业（后来改名为马自达，从20世纪30年代就开始生产岩石钻孔设备、机床以及三轮车，只是在1958年的国民车计划后才进入汽车工业）、三菱（此前生产小轮摩托车、三轮车以及美国吉普）。以此为转折点，日本的汽车生产转向以微型、低油耗为主，并且激发了企业自主设计、创新的热情，同时成功地使一大批原来生产三轮车的企业得以成功地转型为汽车生产商。从1955年开始，微型车开始逐步成为日本汽车工业的重要组成部分，其中代表性的有光环 RS、脱兔 110、三菱 550、马自达 360 以及大众 700①，而日后日本汽车凭借低油耗、小体积的技术特点在世界市场得以畅销。因此，日本汽车得以在世界市场上脱颖而出的突破点是低排量、小体积的自主研发车型，而政府的鼓励与企业的主动性学习都在这个过程中起到了至关重要的作用。

"国民车计划"的另一个结果是促成了日本国内汽车市场高度竞争的格局。1961 年，日本在全世界四轮汽车的产量中排位仅为第七，产量只是美国的 1/10。但到 60 年代中期，日本已经有 7 家企业采用 1—2 升的发动机同时生产卡车与轿车，有 6 家企业生产 1 升以下的轻型轿车。这种多厂商的格局使得日本国内的汽车市场竞争日趋白热化，任何一个企业都难以期望通过大规模生产单个车型来降低成本并占据较高的市场份额，因而必须在车型开发和性能改进方面下工夫。通过这种竞争锻造出来的产品开发能力使日本汽车工业在后来大举进入西方国家市场时，不但在制造成本和质量上遥遥领先，而且在车型的数量和变化上独领风骚。到 80 年代，日本汽车企业的产品开发能力已经超过了欧美企业，平均一个车型的设计周期，日本用 43 个月，而美国和欧洲则需要 62 个月的时间；使用相等人力，日本厂商可以用美国或欧洲的产品开发小组所需时间的 1/3 开发出相当于他们两倍之多的型号；1982—1987 年，美国汽车工业开发了 21 款新车型，欧洲开发了 38 款，而日本则开发了 72 款②。此外，日本政府曾经长期禁止外国资本介入本国的汽车工业，直到 1970 年才在美国的压力下允许外国对日本汽车工业投资，虽然外国企业在后来的年月里购买了一些日本企业的股份，但此时的日本汽车工业已经不可能被外资控制了，政府的这种保护使日本汽车工业的技术学习过程始终没有屈从外国企业的控制。

综上所述，第二次世界大战后的日本政府以"幼稚产业保护理论"为根据，对汽车产业实施了有关保护政策，先后颁布了一系列扶持汽车工

---

① 夏大慰、史东辉、张磊：《汽车工业：技术进步与产业组织》，上海财经大学出版社 2002 年版。

② Clark, Kim & Takahiro Fujimoto, *Product Development Performance：Strategy, Organization, and Management in the World Auto Industry* [M], Boston：Harvard Business School Press, 1991：77.

业自主技术发展的法规政策，把汽车产业仅限定于民族资本，不允许外国投资，隔断了国内企业同外国企业的竞争，有力地促进了日本汽车产业快速发展。日本政府对汽车产业技术创新实施了多方面的政策支持，具体包括：一是制定法律法规，保护国内汽车企业发展，抵制外资企业进入本国市场；二是给予企业贷款和税收方面优惠政策，为企业自主创新提供充足的资金；三是利用关税手段限制汽车进口，培育汽车自主品牌；四是以优惠政策鼓励企业出口创汇，开拓国际市场、参与国际竞争；五是支持企业坚持自主创新方针，多创国产自主品牌。日本政府在对汽车产业进行保护和扶持过程中，在初期是以直接扶持为主，增加企业设备投入、提高自主创新能力从而赶超国外企业；在进一步的发展过程中，政府对企业是"扶而不包"，不直接干预企业的生产活动，通过政策和法规引导企业完善国内市场，参与国际竞争。

## 6.2　韩国汽车工业的技术引进与自主创新

### 6.2.1　韩国汽车工业的技术引进与自主创新过程

韩国在 40 多年的时间里，已建立了后起国家中最为发达的汽车工业体系，成为世界第五大轿车生产国，成功地走出了一条"技术引进—消化、吸收—自主创新"的技术进步之路。韩国汽车工业的技术引进与自主创新过程经历了三个阶段[①]。

第一阶段（1962—1973）为 KD 零部件组装。1962 年，韩国政府在"第一个经济开发五年计划"中，明确提出通过 SKD 方式推动本国汽车产业的发展，并与日本日产公司技术合作建立了"新国汽车公司"。之后韩国政府为提高零部件的国产化率及汽车产业的经济规模，将 SKD 组装方式转化为 CKD 独立生产方式，并于 1964 年成立"新进汽车公司"，与日本丰田公司进行技术合作，生产 Corona 小轿车。此后，现代汽车公司和亚细亚汽车公司先后通过与福特和菲亚特公司进行合作，开始生产小轿车。

第二阶段（1974—1982）以零部件国产化为核心的汽车产业自主发

---

① 陈德智、肖宁川：《韩国汽车产业引进跨越模式研究》，《管理科学》2003 年第 4 期。

展。此阶段的标志是 1974 年韩国政府提出长期振兴计划，其主要内容有：一是至 1975 年年末，生产出完全的国产化汽车，各公司选定一个车种和特有车型，开发出 1.5 升以下的"韩国型车"，生产批量达到年产量 5 万辆以上，价格约 6000 美元；二是在政府的支持下，在促进替代进口的同时扩大出口，并确立批量生产体制；三是将零部件厂与主机厂分离而加以扶植，使之发展成为"小型巨人"。由于韩国政府上述政策的引导，通过较大规模的投资和发展，到 1976 年，韩国主要汽车国产化率达到 85% 以上，汽车生产能力，特别是汽车零部件生产能力随之扩大。同时各汽车企业均不遗余力地培育自主开发能力，其中做得较成功的是成立于 1967 年的现代汽车公司。

第三阶段（1983—1997）是汽车的自主开发。在此阶段韩国汽车产业实施了较为显著的出口导向战略。1986 年现代汽车公司所推出的 Excel 轿车在美国市场的成功，开创了韩国汽车出口的新纪元。这在一定程度上也给韩国的汽车产业建立自主开发能力创造了条件。同时韩国政府适时于 20 世纪 90 年代初期制定出雄心勃勃的汽车工业中长期发展规划"X5 计划"，力图使韩国汽车生产能力在 2000 年达到 400 万辆，进入世界五大汽车生产国行列。在此引导下，韩国各汽车公司都把产品开发置于最重要的地位，强调要开发出韩国自己的轿车，并为之培训开发人员、大力开展与国外合作、投入大量开发资金，进而建立起强大的产品开发机构。1986 年现代和大宇的研究开发费用占销售额的比率都在 4% 左右，已经达到了先进国家的水平，研发人员中现代大约有 2000 人，大宇大约有 500 人。大宇还于 1993 年在国内投资 12 亿美元建成年产 32 万辆汽车的车身制造厂，采用多车型混流柔性生产制造系统，原材料和制成品的运输装卸实现了自动化操作，其中焊装生产线配备了 321 台机器人，自动化率达 97%。这种在生产装备和科研技术领域的高投入，促使现代、大宇、起亚三大汽车公司先后自主开发出多种车型，包括车身底盘、发动机等各个系统以及各类零部件。

## 6.2.2　韩国的技术引进与技术能力演化

韩国是典型的政府主导型的市场经济国家。在充分发挥市场机制的同时，政府对经济实行有效的干预。韩国政府在技术引进的初始阶段发挥了主体的作用，在这一时期，政府对技术引进实行严格的控制，企业在引进技术时，必须事先得到经济企划院长官的批准。随着韩国科技竞争力的提高，到了20世纪70年代，政府逐渐放松了对技术引进的控制，但是政府还发挥着相当重要的作用。直到80年代，政府才实行了技术引进的自由化，企业才成为技术引进的主体。韩国政府一方面不断增加研发费的支出；另一方面还鼓励企业自办研究所搞研发，政府在税收、金融等方面给予支援。韩国政府推动建立以政府为主导、公营科研机构为主体、私营科研机构参加的官民一体的科研体系，政府对参加"国家项目"的公私营机构给予资金资助，长期低息贷款和税收优惠。另一方面，为了扶持本国自主创新产品发展，采取保护性的市场需求政策，如在汽车行业实行的政府"首购"制度和大力推广的"国民车"计划。

随着企业经济与技术实力的提高，韩国政府对技术引进后的消化、吸收和创新的支持力度不断加大，政府强化了基础领域的研究。国家的研究机构的主要职能转变为推动基础研究工作，加强民间无力承担的尖端技术的开发，同时作为与民间机构合作的中坚力量，政府仍强调国家研究机构应从事直接与民间需求有关的项目的研究。同时政府在教育、人才的国际化培训和使用、外资政策、产业组织政策等领域进行了积极的动态干预。

在韩国工业化的初期，技术引进占据着重要的地位。韩国技术引进的目的不仅仅是建立本国的产业生产能力，更重要的是通过技术引进的消化学习，形成和提高本国的产业竞争力，形成了"技术引进—消化、吸收—自主创新"的技术能力提高模式。韩国企业在引进技术的过程中，非常注重提高本国技术人员的素质，通过教育和培训，以及技术人员的国外学习，建立了高素质的可以参与研究开发的人员队伍；通过聘请国外专家或引进中的技术合作尽可能地学习掌握国外的先进技术，并通过较高的研发投入进行自主创新，最终在汽车等行业获得了较高的国际技术创新能力。由此可见，有效的技术学习是韩国汽车产业形成自主开发能力的重要基础，这可以通过韩国现代汽车公司的案例进一步加以证明。

### 6.2.3 有效的技术学习：韩国现代公司自主创新案例分析

尽管来自韩国政府的推动力非常强大，但实现汽车工业自主创新的目标还要依靠企业有效的技术学习。以最成功的韩国现代汽车公司为例，它从 1967 年开始组装福特汽车，经历了从组装半拆装车（SKD）到组装全拆装车（CKD）的过程，但在技术学习上始终保持着高度努力。以 1973 年的政府要求为契机，现代集团把组装全拆装外国汽车转变为发展本国设计的汽车。为了达到这个目标，尽管缺乏技术能力，现代集团却坚持不引进成套技术，而是从多种渠道获取非成套技术，并派出工程师到 5 个国家的 26 个企业进行技术学习，终于在 1975 年开发出第一款车型——小马驹（Pony）。

　　走上自主开发道路是现代集团乃至韩国汽车工业迅速成长的起点，这也是其从组装外国汽车到以出口为导向的转折点。1975 年当现代集团自主设计的"小马驹"投产时，现代公司的汽车年产量是 7100 辆，当年韩国全国的汽车总产量是 36800 辆；到 1980 年，现代集团的年产量超过 6 万辆，而韩国总产量超过 12 万辆。现代集团出口的轿车占 1976—1980 年间韩国汽车出口总量的 67%，并占 1983—1986 年间韩国轿车出口总量的 97%，而自主开发的"小马驹"车型占同期现代集团出口汽车的 98%。1985—1990 年，现代集团壮大了研究开发机构，并开发出 Excel 等车型，年产量超过 60 万辆；1991 年之后，现代集团进入全面自主开发阶段，这一阶段由于持续开发出 Accent 等车型，总产能达到 150 万辆以上。

　　为了获得技术，现代集团于 1981 年通过向日本三菱公司出让 10% 股份，获得了在发动机、驱动桥、底盘和排放物控制等方面的技术许可证，但是保留了全部管理权和从三菱公司的竞争对手手中进口零部件，以及在三菱的市场范围内与之竞争的权利[1]。当现代集团在 80 年代进入国际市场后，日本三菱不愿再提供先进技术，于是现代集团加大了自主研发的力度，通过自主开发新车型和发动机而走上创新之路。现代汽车公司开发自主发动机之路可以概括为，通过积极的技术学习和自身技术能力的积累迅速完成技术替代。1984 年，由于日本三菱拒绝向现代公司提供发动机技术，现代公司成立了特别工作组，并与英国 Ricard 公司签订了技术开发合同，派遣技术人员直接参与、并通过实践学习以实现技术积累，经过反复多次的设计—试制—测试—分析测试结果—再设计的过程，通过 14 个月时间才做出第一台阿尔法样机，又经过 11 台样机的失败后，才有一台

---

① ［韩］金麟洙：《从模仿到创新——韩国技术学习的动力》，新华出版社 1998 年版。

样机最终通过了测试，整个研发过程可谓步履艰辛。然而在此之后，现代集团开发出来的发动机在性能上超过了当时领先的本田公司，使现代集团的发动机技术完全摆脱了外国企业的控制。1986年，现代集团开始向美国市场出口轿车，当年仅10个月就出口168882辆Excel轿车，第二年则售出263610辆，使Excel成为当年最受欢迎的轿车，超过了日产的Centra、本田的思域以及丰田的花冠。

在这样的发展态势下，以现代公司为首的韩国汽车工业牢牢地把握住了本国的汽车市场。虽然韩国的汽车进口关税在1986—1995年期间从60%下降到8%，但是由于韩国汽车企业已经具备了国际竞争力，进口汽车依然很少。1980年，韩国在世界汽车制造的排行榜上还没有名次，但到1993年，韩国已名列世界汽车产量第六位。如今，韩国已经被中国汽车企业当做引进技术的对象国了。通过对现代公司自主创新的案例分析可见，正是高强度的技术学习导致了韩国汽车工业的崛起，而自主开发是韩国汽车工业走上健康发展之路的起点和前提。

### 6.2.4 韩国汽车产业技术引进跨越模式分析

韩国汽车产业引进跨越模式可以概括为：依靠政府强有力的保护和支持，在相对封闭的条件下，通过兼并和快速扩张实现规模经济，通过技术引进和坚持不懈的国产化发展独立完整的民族汽车工业体系，实现产业的技术跨越，并最终在世界汽车工业占有一席之地。

在韩国汽车工业的发展过程中，政府对本国市场和企业给予了多方面保护。例如，韩国政府通过各种补贴和优惠措施，降低本国汽车生产成本，鼓励本国汽车出口。1962—1990年，韩国对汽车工业发展颁布了一系列扶持性法规与政策[①]。与此同时，设置各种关税和非关税壁垒限制国外汽车进口，使本国汽车企业免受国外企业的竞争压力。

为了达到规模经济，韩国政府根据产业不同发展阶段的特点，适时推

---

① 韩国政府的扶持政策主要有：（1）计划法规支持。韩国先后颁布了《汽车工业扶持法》、《汽车工业长期振兴计划》等法律法规，明确规定了汽车工业的发展目标和一系列促进扶持汽车工业发展的政策和措施，使之有章可循，有效地促进了韩国汽车工业的发展。（2）制定汽车研发计划。韩国在1985年提出了以技术为先导的口号，开始实行五年科技计划，支持汽车工业提高技术水平；在国家科学技术研究院中还设有汽车研究机构，研究尖端汽车技术。

行了汽车生产厂家的专业化、合并措施、促进竞争等项政策。在韩国政府强有力的干预和控制下，通过改组、联合形成了"现代"、"大宇"、"起亚"三大汽车集团①，其市场集中度已达到90%以上。由于财力、物力、人力相对集中，各大汽车集团能力迅速稳固，并建立起较为完整的集团化生产能力和自主开发能力。

与其他汽车产业后起国家一样，韩国也走了一条引进、消化外来技术的产业技术进步之路。与众不同的是，韩国汽车产业在自身条件成熟时，毫不迟疑地丢开了拐杖以谋求自主发展。例如，大宇公司随着其第一辆自主设计的名为"王子"的国产车的成功推出，于1992年解除了与美国通用汽车公司20年的合作关系，从而进入全球扩张阶段。在技术引进的同时，韩国汽车企业一直特别注重培育独立自主的产品开发能力，瞄准世界汽车前沿技术，坚持技术引进基础上的自主创新，并敢于在国际市场开创自己的品牌。自20世纪70年代中期韩国的现代汽车公司首次推出新车型"小马驹"以来，到1994年，韩国现代、大宇、起亚三大汽车公司，先后共推出21个自主品牌的轿车车型，形成了完整的轿车体系。

总结韩国汽车工业的技术进步发展过程，可以看出，引进、消化外部技术是韩国汽车产业形成自主开发能力的一个基础。如1993—1998年日本本田公司向大宇提供轿车技术，1998年法国雷诺向大宇提供发动机生产技术，而1998年1月被大宇并购的双龙汽车拥有德国奔驰公司的柴油机、汽油机和轻型商用车技术，这些使大宇汽车拥有了很强的小型轿车和商用车的制造与开发技术。现代汽车采用车体设计和标准制作委托世界著名的两家意大利公司去做，发动机、变速器、车轴和铸造技术从日本三菱汽车公司引进办法，通过一系列的技术引进与建立合作关系，韩国汽车企业从国外汲取了大量尖端技术，并形成自己的知识产权，使之国产化，从而掌握了自主开发汽车的先进技术并进入世界汽车研发和制造大国的行列，使韩国从纯技术进口国成长为向国外厂商发放技术许可证的技术出口

① 1972年，韩国政府颁布了《中小装配厂废止措施》，规定中小企业只能从事汽车零部件生产，而不能从事整车生产，有效防止了乱建汽车制造厂的现象，使汽车生产主要集中在现代、大宇和起亚三家企业，这三家企业总产量占全国总产量的98%，同时政府对这三家企业各自生产的车型也有明确的规定。

国。而有效的技术学习是韩国汽车产业形成自主开发能力的另外一个基础，这已从韩国现代汽车公司自主创新的案例得以证明。

## 6.3 日本、韩国汽车产业自主创新发展的借鉴与启示

日本和韩国汽车工业的技术发展都是从引进学习外国技术开始的，但它们的命运却与大多数后起国家不同，而最终跻身于世界汽车工业强国之列。通过本章的比较分析可以看出，日本和韩国汽车工业成功实现从技术引进到自主创新转变的主要原因，一是日本、韩国汽车企业始终保持了高强度的技术学习，而能够做到如此的关键因素是坚持了自主的产品开发；二是政府政策的成功扶持和引导。

### 6.3.1 日本韩国通过模仿学习实现赶超的内在机理

日本和韩国汽车产业技术进步的发展历程表明，科学技术已成为汽车产业经济发展中的主要推动力，经济全球化带来的生产要素的大流动，为后起国家在汽车工业发展中突破技术"瓶颈"带来了机遇。由于发达国家在产业技术水平和经济结构上主导了世界汽车工业，而发展中国家产业生产力水平较低、技术落后，要想实现技术赶超就要利用经济全球化带来的机遇，大量引进国际上的先进技术资源，因而，"技术引进—消化、吸收—自主创新"是后起国家汽车产业技术进步的一条捷径。通过引进技术基础上的模仿学习究竟能否实现对发达国家的赶超，这是汽车产业后起国家关注的焦点①。本小节从产品生命周期理论出发，说明后起国家通过模仿学习实现赶超的内在机理。

产品的生命周期理论认为，从市场角度讲任何产品都要经历导入期、成长期、成熟期和衰退期四个阶段，这四个阶段构成了一个完整的产品生命周期。哈佛大学教授弗农（R. Vernon）将产品生命周期理论用于国际贸易分析，并发展成为一种国际贸易和国际分工理论。这一理论认为：一

---

① 陈国宏：《经济全球化与我国的技术发展战略》，经济科学出版社2002年版。

些产品往往首先在技术最先进的国家被发明、生产和消费，然后，其他先进国家也开始消费这些产品，并很快学会这种技术、开始生产和出口这些产品；经过不断改进和研究，这项技术得到发展，生产规模与市场需求不断扩大；当这些技术趋向成熟并达到标准化后，寻找成本低廉的生产场所就变得十分重要，于是这种技术最终被转移到劳动力成本低廉的发展中国家。以上三个阶段实际上描述了一项技术从发达国家到发展中国家的转移过程。根据这一理论，发展中国家与发达国家之间在每项新技术上都将保持一个时间差。由于技术是不断推陈出新的，因此，发达国家的技术水平将随着创新成果的推陈出新不断提高，发展中国家的技术水平则将依靠由发达国家不断转移来的技术，与发达国家保持着一个等时间差并以同样的速率提高（见图6.1，其中Ⅰ和Ⅱ分别为发达国家和发展中国家的产业技术发展路径）。这一理论表明，技术引进和模仿无助于发展中国家缩小与发达国家之间的产业技术差距，但事实上曾为落后国家的日本、韩国汽车工业都是通过技术引进、模仿学习实现赶超而成为汽车工业发达国家。因此上述理论无法解释现实。那么日本、韩国通过模仿学习实现赶超的机理又是怎样呢？以下用图6.1、图6.2加以解释。

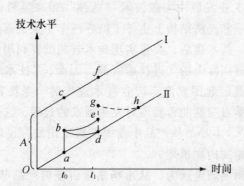

**图6.1　　"引进—模仿—创新"对发展中国家产业技术发展的作用**

图6.1中曲线Ⅰ表示发达国家的产业技术发展路径，曲线Ⅱ表示由生命周期理论描述的发展中国家的产业技术发展路径，a点到c点的距离（A）表示发展中国家与发达国家之间的产业技术差距。为提高自身的技术水平，发展中国家通常采用技术引进的策略，通过技术引进可使发展中

国家的生产技术水平从 $a$ 点提高到 $b$ 点。而 $b$ 点到 $c$ 点的技术差距是由技术输出国政府和技术输出单位的技术保护政策所决定的，这一距离无法通过技术引进得到缩小。

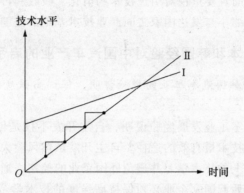

**图6.2　发展中国家理想的技术发展模式**

　　尽管从 $a$ 点到 $b$ 点对发展中国家来讲是个飞跃，但通过引进所得到的往往只是操作或制造技术，并没有完全掌握该项技术。发展中国家要想真正掌握这种技术，必须通过从 $t_0$ 到 $t_1$ 时间的消化、吸收，这一过程由曲线 $bd$ 描述，$bd$ 曲线之所以下凹是由于技术输入单元对外来技术的排异性，以及存在对输入技术的学习能力方面的差距造成的。曲线 $bd$ 表明如果发展中国家对来自发达国家的技术能够完全吸收，那么经过从 $t_0$ 到 $t_1$ 时间，发展中国家技术水平可能达到 $d$ 点。但由于在 $t_0$ 到 $t_1$ 时间发达国家技术又有了新发展（达到 $f$ 点），因此发展中国家与发达国家之间的技术差距仍为 $A$。在第二轮引进中发展中国家以 $d$ 点为起点，按照上述发展路径到达 $h$ 点。如果发展中国家的技术发展是遵照如此反复，那么结论是发展中国家将永远赶不上发达国家，即陷入了技术追赶陷阱。

　　事实上这并不是从模仿学习到自主创新的本质含义。图6.1中 $a$—$b$—$e$ 曲线才是发展中国家通过引进模仿发展自主技术的有效路径，它形象地描述了从模仿学习到自主创新的过程。从 $a$ 到 $b$ 重在引进并提高生产水平，从 $b$ 到 $e$ 则要求不仅要有消化、吸收，还要有创新，从 $d$ 到 $e$ 之差就是引进基础上创新成果的体现，是单纯引进模仿与模仿创新的本质差异。在第一轮模仿创新的基础上，第二轮引进中以 $e$ 为起点，如此反复，则后起国家的产业技术发展才可能沿着图 6.2 中的曲线 II 接近和赶上发达国家。上述分析表明，发展中国家要想摆脱产业技术落后的困境，不仅要重视技术引进，而且要重视对引进技术的消化、吸收和再创新，再创新能力是发展中国家缩小与发达国家之间产业技术差距的关键。

### 6.3.2　日本和韩国经验对中国汽车产业的启示

（1）日本和韩国汽车工业的经验证明，保证高强度技术学习的关键是坚持自主开发

日韩两国汽车工业发展经验说明，自主开发不仅是创新的必要条件，而且是学习外国技术最有效的途径。自主开发虽然风险大，但却能够保证在产品开发层次上的技术学习并避免外国企业的控制，通过自主开发方式进行市场竞争的后起国家企业必须保持高强度的技术学习。我们以图 6.3来概括为什么高强度的技术学习会导致对外国技术的有效吸收。

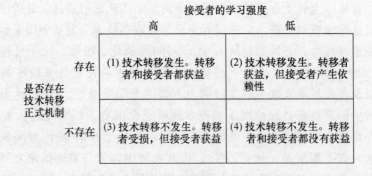

接受者的学习强度

| | 高 | 低 |
|---|---|---|
| **存在** | （1）技术转移发生。转移者和接受者都获益 | （2）技术转移发生。转移者获益，但接受者产生依赖性 |
| **不存在** | （3）技术转移不发生。转移者受损，但接受者获益 | （4）技术转移不发生。转移者和接受者都没有获益 |

是否存在技术转移正式机制

**图 6.3　为什么坚持自主开发的高强度技术学习能够有效吸收外国技术**

资料来源：路风、封凯栋：《为什么自主开发是学习外国技术的最佳途径？——以日韩两国汽车工业发展经验为例》，《中国软科学》2004 年第 4 期，第 11 页。

在图 6.3 中，（4）的情况往往发生在经济处于停滞或封闭状态的国家；（2）的情况典型地说明了依靠合资模式引进技术的危险性，即如果缺乏自主技术学习努力，本土企业的学习层次、方向和速度都会受制于外资企业的市场战略，陷入被动依赖的境地；在（1）和（3）中，由于保

持了较高的学习强度，所以无论发达国家的企业是否愿意正式转让技术，赶超国家的企业都能够吸收外国技术，虽然（3）可能比（1）的学习成本更高。因为在开放条件下有国际间的贸易和各种交流，所以存在着大量的技术溢出可能性，只要保持高强度的技术学习，即使外国企业不愿意正式转让技术，赶超者仍然能够利用替代来源和非正式的渠道（如反求工程）来吸收外国技术。

因此，虽然后起国家发展汽车产业必须吸收外国技术，但获得技术的关键在开放条件下并非是否存在外国技术的来源，而是赶超者进行技术学习的努力和强度。回顾日韩两国汽车工业的成功经验，还可以反衬出目前中国汽车工业技术发展中的主要缺陷：在走过近20年的合资道路后，依赖合资引进产品技术的企业至今仍然没有产品开发能力，究其原因，多数中国母公司在通过建立合资企业引进产品技术的同时放弃了自主开发的努力，而合资企业中的外方又出于对其母公司的利益和技术控制权的考虑而不可能进行产品开发（封凯栋等，2004）。

（2）政府对汽车产业发展采取有效的保护和扶持政策，逐步提高企业自主创新能力

日本、韩国汽车产业自主创新发展是由政府强烈干预市场，即由政府确定汽车产业发展目标，并实行市场保护和政策倾斜。由于单靠市场力量难以达到产业发展的目标，政府主导成为这一模式的重要特征。日本、韩国政府的政策措施主要包括：对民族汽车企业进行较高水平的阶段性保护，以减弱外国产品的竞争；对国内市场竞争采取较强的限制，利用严格的市场准入、产品分工等方式，力图达到提高市场集中度和规模经济的目标；银行等金融机构同汽车企业紧密合作，以提高后者的资本实力；实施出口导向战略，建立比国内市场容量大得多的生产能力，通过政府出口补贴等方式，提高出口产品的竞争力。

日本、韩国汽车产业从引进模仿向自主创新的转变过程中也限制利用外资。为了保护本国汽车产业，日本、韩国政府对利用外资采取了较高的限制，虽然他们知道在资金短缺、技术落后的情况下，引进外资利于解决问题，但更加清醒地认识到，实力雄厚的外国企业的大量投资，必将导致本国企业被兼并、收购，从而妨碍本国汽车产业的长期发展，而且，如果把引进外资权交给企业，企业在市场导向下将难以避免图短利而招远祸。

所以，在汽车产业升级和技术能力的提高过程中，日本、韩国虽然也通过技术引进方式来借助外部力量，但基本上排斥了外商的直接投资①。

日本、韩国的发展道路更加强调国家自主发展汽车产业，基本是依靠国内资源建立起比较完整的汽车工业体系，包括自主开发能力、民族品牌、整车制造能力、国内的零部件供应体系；高度重视消化吸收引进的技术，重视拥有自主知识产权和自有品牌；为了保护国内幼小的汽车产业，采取各种贸易壁垒限制进口，同时强调国际市场导向，通过与跨国公司的合作进入国际市场。

（3）日本、韩国经验对中国汽车产业自主创新发展的启示

日本与韩国汽车产业的技术追赶模型是相对封闭的，并且政府都在产业技术创新的初期实行了一定程度的保护和干预政策，将技术创新供给政策和需求政策协调运用。日本和韩国都十分强调在引进中实现自主创新，它们引进外国技术但不依赖于外国技术，集中于企业内部的研发从而逐渐地改进引进的外国技术，将技术创新（产品创新和工艺创新）、组织创新和市场创新紧密地结合起来，逐步提升自主创新能力，在动态演进中实现自主创新和自主品牌的发展。

严格地说，中国已经在某种意义上实行过"日韩模式"。很长一段时期以来，中国汽车产业的发展目标就是建立"自主"的、完整的汽车工业体系，办法是实行高水平关税和非关税保护、严格限制行业准入、强制性的产品分工、政府直接投资和国家银行大量贷款、高国产化率政策等。这些办法与日韩模式中政府使用的办法相似或相近，不同的是，中国远没有实现日韩汽车产业达到的技术创新绩效。本书认为，原因首先在于中国与日本、韩国的企业基础完全不同，例如，韩国政府所支持的大企业，是在市场竞争中崭露头角后而被政府"挑选"的，大都是家族式的私人企业，而中国的汽车大企业都是国家直接投资、政企不分的典型的国有企业，企业的激励约束机制有着根本性区别；其次，日本、韩国企业虽然在国内受到保护，但政府强制出口政策，使其不能不直接面对国际大跨国公司的竞争，而中国的国有汽车大企业基本得不到像样的竞争机会。因此从形式上看，中国和日韩两国的汽车产业虽然在"政府主导"这一点上有

---

① 陈建国：《日韩汽车产业利用外资的比较与借鉴》，《国际经济合作》2006年第1期。

相似和相近之处，但微观基础、运行机制以及由此决定的经营业绩则相去甚远。

时过境迁，我国汽车产业现在面临的状况与日本、韩国当时的情况已大不相同，所以照搬日韩经验是不可能的，也是不科学的。我国加入世界贸易组织以后，汽车关税进行了大幅调整，跨国公司也已经全面进入国内市场，当前的环境已经不允许政府再搞高度保护和扶持的策略。笔者认为，我国汽车产业必须走一条开放的自主创新发展道路，这是没有选择的选择，是客观的国际、国内环境所决定的，关键点在于我们如何在开放的条件下发展汽车产业的自主创新能力。中国汽车产业在高度开放环境中，能不能提高本国汽车企业的自主技术开发能力、形成有影响力的自主汽车品牌是至关重要的，因此在利用外资过程中，政府要加强有关的政策引导，鼓励国内汽车企业加大对引进技术的消化吸收力度，鼓励大型汽车企业集团进行自主开发，打造自主民族品牌；要扶植大企业集团的发展，促进大企业集团在资本和技术两方面都有所提高；要鼓励国内汽车企业适应汽车产业全球化的趋势，"引进来"与"走出去"相结合。

# 6.4  本章小结

本章对日本和韩国汽车产业的技术进步路径转换过程进行了实证分析。在日本汽车产业的长期赶超过程中，企业一直是技术创新的主体，市场机制是配置创新资源的主要方式。日本政府在技术引进的贯彻与实施过程中，主要从两个方面对技术引进施加影响：一是在通产省的严格监管下，抵制外国技术的冲击，同时运用贸易壁垒，为企业创造消化、吸收引进技术的良好条件；二是通过各种政策手段对企业的技术引进进行引导，以适应本国经济的总体发展。同时政府在国民教育、本国技术人才的国际学习、产业组织政策和贸易政策等方面发挥积极的作用，除了积极采取措施创造一个有利于推动企业加强研发的宏观经济环境以外，还对研发工作进行必要的直接参与和资助。韩国作为典型的政府主导型的市场经济国家，在充分发挥市场机制的同时，政府对汽车工业的技术进步发展过程实行了有效的干预。单从技术角度来说，韩国汽车产业形成自主开发能力的两个重要基础：一是加强消化、吸收引进的外部技术，二是企业坚持以自主产品开发为核心的高强度技术学习。

　　日本与韩国汽车产业的技术进步路径转换是在相对封闭的环境下进行的，并且政府都在初期实行了一定程度的保护和干预政策，将技术创新供给政策和需求政策协调运用。日本和韩国都十分强调在引进中实现自主创新，它们引进外国技术但不依赖于外国技术，集中于企业内部的研发从而逐渐地改进引进的外国技术，将技术创新、组织创新和市场创新紧密地结合起来，逐步提升自主创新能力，在动态演进中实现自主创新和自主品牌的发展。尽管日本、韩国汽车产业的"自主创新发展模式"取得了极大的成功，但时过境迁，我国现在面临的状况与日本、韩国当时的情况已大不相同，所以照搬日韩经验是不可能的，也是不科学的。笔者认为，我国汽车产业必须走一条开放的自主创新发展之路，这是没有选择的选择，是客观的国际、国内环境所决定的。关键就在于我们如何在开放的条件下发展汽车产业的自主创新能力。

# 7 实证检验Ⅲ：中国汽车企业
# 自主创新的案例分析

为了深入剖析我国汽车产业技术进步从模仿学习到自主创新转换的条件，印证本书理论分析的有效性，笔者选取了国内两家典型的汽车企业进行深入的案例研究。第一家企业是商务车领域的江淮汽车集团有限公司，我们从企业自主创新能力积累的角度，对其在"引进—消化、吸收—二次创新"基础上的技术进步路径进行总结和分析。第二家企业是轿车生产领域自主创新的典范——奇瑞汽车公司，通过对这一成功案例的分析从一侧面实证影响我国汽车企业自主创新的因素①。

## 7.1 江淮汽车集团：基于学习和技术积累的自主创新

### 7.1.1 江淮汽车集团的基本情况

安徽江淮汽车集团有限公司（以下简称"江汽集团"或"江汽"）组建于 1995 年 5 月，其前身是 1964 年成立的合肥江淮汽车制造厂。作为一家地方企业，在没有国家政策的特别倾斜、没有外资背景的情况下，江汽创出了一连串奇迹。2004 年，公司销售各类整车及客车底盘 13.1 万辆，实现销售收入 108 亿元、利税 11.6 亿元，产销量在全国汽车行业中排名第八。主导产品中，客车专用底盘连续 10 年在国内同类市场中保持销量第一、轻卡产销量 2004 年居全国第二、出口量全国第一，瑞风商务车上市短短

---

① 本章案例内容部分引自詹长春《论我国汽车工业自主创新之路》，安徽大学硕士论文（2005）；操龙灿：《企业自主创新体系及模式研究》，合肥工业大学博士论文（2006）。

几年销量也上升至全国第二。在美国，企业的平均寿命是 25 年，在日本是 15 年，在中国这个数字更低，而在这些存活的企业中，凭借自己的技术能力连续 8—10 年保持高速增长者更是屈指可数，但江汽集团从 1991 年以来，已经连续 14 年实现主要经济指标平均增幅近 50%（见表 7.1）。这不仅在中国而且在世界汽车界都很罕见，被业内人士称为"江汽速度"和"江汽现象"。

**表 7.1　　　　江淮汽车集团 2000—2004 年主要经济数据**

| 数据名称 ＼ 年份 | 2000 | 2001 | 2002 | 2003 | 2004 |
|---|---|---|---|---|---|
| 主营收入（万元） | 267726 | 304775 | 512213 | 770201 | 1077888 |
| 利润总额（万元） | 11606 | 16287 | 23851 | 34702 | 58031 |
| 净利润（万元） | 9356 | 12618 | 17948 | 25428 | 40756 |
| 成本总额（万元） | 230130 | 261073 | 431760 | 526982 | 878256 |
| 资产总额（万元） | 180810 | 279925 | 349101 | 598240 | 799493 |
| 净资产（万元） | 67704 | 158422 | 177246 | 201799 | 305976 |
| 净资产收益率（%） | 13.82 | 7.96 | 10.13 | 12.60 | 13.76 |
| 资产负债率（%） | 62.55 | 43.41 | 49.23 | 52.84 | 61.73 |
| 职工人数（人） | 7753 | 7629 | 8883 | 9519 | 13000 |

### 7.1.2　江淮汽车集团的创新发展之路

江淮汽车集团 15 年来的创新发展之路是从技术引进开始的，通过不断的技术学习和积累，最终实现了从技术引进到自主创新的转变。

（1）在技术选择上，坚定地奉行"适用技术论"，使技术引进效益最大化

从 1990 年开始，根据企业发展需要，江汽多次引进国外先进技术，并在此基础上开发新产品。在此过程中，他们努力避免国内其他企业普遍存在的三个倾向：一是引进项目前不进行慎重选择，致使引进的技术装备陈旧、价格奇高、后续技术断裂，不但技术得不到消化、吸收，而且浪费

巨额外汇。二是引进技术后，不重视消化、吸收，引进与消化、吸收脱节，更不重视在此基础上自主创新和提高技术，使一些同类产业需要重复引进国外技术装备，并依赖国外的后续服务技术，使设备和技术运转成本居高不下。三是盲目排外，封闭研究开发。在创新的首要环节，为了把好技术选择关，江汽以务实的精神，坚定地奉行"适用技术论"①。江汽的实用主义是非常具体而明确的，即以市场细分的眼光，寻求合适的技术来源，确保产品在技术上的绝对领先优势、在市场上的综合性价比优势。实际操作中，这种思路主要体现在四个方面：

①引进的新技术要能够填补市场空白，迅速形成新的利润增长点

江汽成功开发客车专用底盘，结束了中国汽车业"货改客"的历史，就是填补市场空白的重大举措，不但由此改变了江汽本身的命运，还在一定程度上改变了中国客车产业发展方向。作为江汽集团前身的合肥江淮汽车制造厂，由于一直没有国家重大项目的投入和国际产业资本的支持，多年来的产量一直徘徊在 2000 辆左右，1990 年更是跌入不到 1000 辆的低谷。1990 年总经理左延安上任后，决心求新求变。通过市场调研，他发现当时在国内汽车市场，重、中、轻、微、轿五种车型均已被几家大厂垄断，但轻型、中型客车没有专用底盘，只好用货车底盘改装而成，既笨重又不舒服。一条小小的缝隙，让他们看到了市场前景，于是，一个前瞻性的战略开始启动，即重点发展客车专用底盘，适时发展整车。他们果断引进当时国际上最先进的客车专用底盘技术，结合国内实际使用环境进行技术创新，不到一年时间就自主开发出 6—7 米系列的客车专用底盘，结束了我国客车底盘长期"货改客"的局面。客车专用底盘的成功开发，推动了我国客车工业加快发展，具有划时代的意义，取得了市场的认可，产品连续多年占据国内底盘市场的 40%，最高时一度达到 80%。2003 年，江淮 HFC6700 客车专用底盘被评为中国汽车工业 50 周年最有影响的 50 款产品之一。

---

① 适用技术论是印度经济学家雷迪于 1975 年提出的。所谓适用技术，就是既能满足技术引进国发展经济的技术需要，又考虑到引进国的生产要素现状、市场规模、社会文化环境、目前的技术状态，以及技术的吸收创新能力等因素，能够使得引进国从中获得最大效益的那类技术。它既可包括适用的先进技术、前沿技术和尖端技术，又可包括适用的中间技术或原始技术。可见，"适用技术论"强调的不是什么具体的技术，而是技术选择和发展的战略思想。

②引进的新技术要有比较宽的市场外延，利于多层次衍生开发、形成产品簇群，确保产品有广阔的市场成长空间

江汽适应市场需求的变化，引进韩国现代公司的 Hi 生产瑞风商务车就体现了这种追求。20 世纪 90 年代末，江汽在市场研究中发现，由于轿车空间较小的局限性、皮卡车在很多城市被限行、平头轻客的安全性受到置疑，作为公务、商务兼备的多功能商务车在中国汽车市场上将会受到欢迎，而在这一具有巨大潜力的市场上，国内各大厂家还没有推出真正有竞争力的产品。2001 年中国加入世界贸易组织后，江汽用更加开放的目光审视世界市场，决定选择韩国现代公司的 Hi 生产多功能商务车。从合作方来看，现代是世界排名第 7 位的汽车公司，产品技术开发相当成熟，Hi 是现代汽车公司 90 年代末开发的主力商务车，已经成为欧洲和日本等地的畅销车型，每年出口量达 6 万辆，而这种车型在国内有着巨大的发展空间。

江汽是采取买断技术的方式引进韩国现代公司的 Hi 的。之所以采取这种方式，主要是想争取更多的自主权，将技术完全消化转为己有，进一步实现产品的自主开发。由于产品符合国内市场需求，具有非常大的市场外延，加上江汽公司对其准确的市场定位，具有优良的性价比，这项技术引进取得了巨大成功，产品销量迅速上升到行业第二。而且自 2002 年第一辆瑞风商务车下线以来，在保持与韩国现代公司同步规模化生产的同时，瑞风商务车的质量管理评分已经达到甚至超过韩国现代公司出口欧洲的标准。

③引进的新技术要与企业自身技术条件相匹配，能够尽快形成竞争优势

通过引进先进技术，依托自身强大的专业底盘制造优势，江汽逐渐建立了中国最全的轻卡型谱，并在产品开发和技术改进上不断地推陈出新。其技术改进大多表现为从技术需求角度进行改进，即从产品的适应性方面进行切入，通常表现为产品细分、增加产品系列、改进产品外形、加装附属装置（增加新的功能）等。1996 年以来，江汽每年都有新款车型上市，而且更新速度不断加快。2001 年以来，该公司共开发了几十种新产品投放市场，确保了用户有更多的选择性：（驾驶室）宽、中、窄体，单排、一排半、双排一应俱全；（货厢）普栏、高栏、仓栅、厢式；各种改装

车、专用车及行业用车；多种轴距、多种货厢长度、多种发动机配置。

2004年，他们又把这种优势进一步向重型卡车领域拓展，从韩国现代公司引进重卡生产线。作出这种选择的考虑是，引进技术与企业自身技术条件兼容性强，有利于很快形成市场竞争优势：其一，从合作对象看，现代公司与江汽已经有瑞风商务车成功合作的范例，双方由此建立了良好的互信关系。其二，从技术特点看，准备引进的"格尔发"重卡是现代公司与戴·克集团合作开发的一项国际领先技术，同时兼具欧洲风格的坚韧性和东方风格的柔和性，达到了动力性与经济性的和谐统一，非常适合中国路况。其三，从江汽自身的设备和技术条件方面，江淮轻卡与客车底盘在国内有较强的优势，扩建生产基地可以一次性完成。其四，从行业配套资源看，重卡与其他车型不同的一大特点是，重卡的销售必须有得力的改装厂与其配合，江汽在这方面的条件得天独厚。

④着眼于企业长远发展战略，从控制成本和技术储备的需要出发，注重引进、掌握核心技术

江汽确立的中长期发展战略是，面向国际国内两个市场，建成一流的商用车生产基地，通过整合全球资源和参与国际经济技术合作，在扩大商用车市场规模的基础上，适时发展乘用车，进一步拓展企业发展空间，建成具有适度规模和较强竞争能力的综合型汽车企业。江汽在技术引进上坚定地贯彻了这一战略。例如，发动机是整车的心脏，江汽利用国债投资项目和市场融资，先后引进两条国内领先、国际上具有较强竞争力的发动机生产线，逐渐掌握其核心技术，使公司发动机产能2005年达到了10万台/年，在为瑞风等产品配套的同时，还有部分发动机返销给韩国现代公司。江汽集团发动机项目创造的效益，前期看主要体现为对主导产品——瑞风商务车成本的降低，并提升其市场竞争力；从长远看，为下一步产品结构调整、发展乘用车准备了条件。

（2）在消化、吸收的基础上进行二次创新，实现技术以我为主、为我所用

技术引进后必须加强消化、吸收工作，对引进技术的消化、吸收是自主创新的基础和前提，消化、吸收能力差则企业创新能力也差。各国汽车制造企业都非常重视这项工作，即使在整体技术领先的发达国家也不例外，目的就是为了充分掌握引进的技术以后进行自主技术创新。江汽虚心

向日本和韩国企业学习，主要从加大研发投入、实施"描红"模仿、二次创新、配套国产化四个环节搞好消化、吸收和再创新。

（一）以加大投入的方式消化、吸收先进技术

长期以来，由于对计划经济体制下国家技改投资政策的路径依赖，在我国企业中形成了"大钱搞引进，小钱搞改造，没钱搞消化"的局面。根据 1998 年《中国科技统计年鉴》中的数据，1997 年我国技术引进经费为 236.5 亿元人民币，而消化、吸收经费只有 13.6 亿元人民币，消化、吸收经费仅相当于引进经费的 5.8%。不加大资金投入、下大力气搞消化、吸收，也就没法搞技术创新，而不搞技术创新导致了企业开发新产品、新工艺的能力差，最后陷入"引进—落后—再引进—再落后"的怪圈。另一方面，在我国近年来的汽车技术引进中，成套设备引进和原型产品引进占很大比例；汽车企业在引进国外成套设备和新车型后，只需掌握设备操作维修技术和汽车装配技术，就可在短期内获得较高效益，这比企业通过自身的努力开发新车型、设计制造新装备有更大的吸引力。这种情况导致许多国内汽车企业失去了在研究开发、技术转化方面进行技术积累的热情，结果造成国内大部分汽车企业技术积累仅停留在较低层次，形成了技术积累的结构性缺陷。

江汽吸取国内其他企业的教训，多方筹集资金，加大消化、吸收引进技术方面的投入。据有关部门统计，技术引进的费用与消化吸收费用之比，在我国大中型企业一般是 12:1，但在江汽这个比例为 3:70。2004年，江汽用于技术创新的研发费用已高达 2.75 亿元；2005 年，江汽又自筹资金 1000 万欧元，在意大利建立了自己的汽车研发中心。

（二）用"描红"的精神学习模仿先进技术和理念

江汽的经验表明，以研习书法"描红"的方式来进行"干中学"和"用中学"，是汽车企业技术积累的一种有效方式。如本书第五章所述，产品开发能力一直是中国汽车工业的软肋，而江汽以"描红"的方式打造适合中国市场的瑞风商务车，走出了一条通过模仿学习到自主产品开发的创新之路。他们用"描红"的方式，通过对韩国现代公司的 Hi 的模仿学习来打造瑞风 MPV，以增加企业的技术积累，并为以后的自主创新奠定基础。

江汽之所以拿现代汽车公司的 Hi 作为"描红"的"模子"，是因为

Hi 是现代汽车公司打开欧美市场的利器，Hi 的生产和质量保障系统能够满足欧美最严格的质量要求和环保要求；同时，在技术上 Hi 是以客车底盘为基础的 MPV，引进 Hi 可以充分发挥江淮厂在客车底盘上的技术优势和技术积累。因此从 Hi 到瑞风，江汽集团采取了特殊的"描红"方式：从生产工人到相关的干部，都到韩国现代汽车公司去培训，保证操作不走样，并采用封闭式生产；生产线采用国际上先进的设备和技术；在科学管理方面，引进了国际上最先进的 MRPⅡ管理软件，将科学管理一开始就导入生产管理的全过程。

"描红"的结果确保了每一辆开下生产线的瑞风车，都是在国际质量保证体系的严格监控下完成的。不仅要经过江淮商务车公司的 30 多道检验关，而且还要用德国汽车界采用的奥迪特评价体系，站在用户的角度，用最挑剔的目光来检验。在零部件本土化方面，每一个国产化零部件都必须通过严格的筛选：首先，零部件生产企业要有与现代公司同等，或者高于现代公司的质量保证体系。其次，生产出的零件质量至少要达到韩国现代公司的质量要求，甚至要超过韩国现代公司的要求。就这样经过 3 年的锤炼，江汽集团终于打造出了一个新的自主品牌——瑞风多功能商务车。

③用超越的勇气实施二次创新

引进只是手段，消化、吸收也不是根本目的，最终目的是要通过对先进技术的引进、消化、吸收，达到技术自立和技术超越。江汽在学习引进国外先进技术的过程中，不是盲目生搬硬套，而是从适应中国道路的实际情况出发进行优化改进。例如，在引进日本五十铃发动机技术为核心的卡车动力系统中，江汽通过科技实验，根据中国的不同区域为消费者选配他们心目中满意的发动机（如锡柴、朝柴、扬柴、玉柴、大柴等），并以自身卓越的底盘技术为模板进行完美匹配，其效果大大超越了原来的单一匹配；在刹车技术方面，江汽技术人员通过不断研究发现，在成本相近的条件下，改用气动刹车的效果比原五十铃的液压刹车效果更佳，在这一涉及汽车安全的关键技术领域中，江汽成了中国汽车业中敢吃进口技术螃蟹的第一人；在卡车最有竞争力的承载方面，江汽的技术人员通过研究论证，取消了原配的重量加固板，并增大了车架截面，进一步增强了轻卡的承载力，同时依据中国路况，对卡车悬架系统进一步优化，使得江淮轻卡更加适合中国的路况；在货厢的设计研发上，江汽的科研人员从细处考虑，设计出适合中国道路状况的高栏板轻卡，深受消费者的喜爱。此外，在节约能源及环保方面，江汽更是胜人一筹，例如，在五十铃原配置中，车载空调一直是采用燃油冷暖空调，这是非常耗费燃料的，尤其对于中国这样一个能源不富有的汽车大国更是如此；江汽通过优化设计，成功地达到综合利用汽车发动机循环水热能进行暖风供给的效果，仅此一点就大大降低了燃油的消耗量，降低了用户的使用成本。

此外，江汽还注重加强快速反应市场的技术能力建设，从而实现在高准入条件、集团购买、政府采购等市场环境下的替代进口。在客车底盘生产上建立了国内领先优势后，江汽没有故步自封，而是紧紧跟踪行业新技术发展方向和政府政策导向，不断开展二次创新和持续再创新，使技术领先优势变成市场竞争优势。为适应国内客车市场上越来越严格的环保要求，江汽专门成立了环保底盘开发组，先后开发出系列环保底盘，排放达到欧罗、欧Ⅲ标准，取得了各地市场的"准入证"。他们率先通过了交通部、建设部新版的高级客车标准对底盘的要求，并针对我国高档高速公路旅游用车，推出以 HFC6820KYA 为代表的有较高舒适性和安全性的客车专用底盘，实现"高速舒适的梦想之旅"；针对中高档城市公交客车市场，推出以 HFC6832KY、6100KY 为代表的低地板、低排放的客车专用底盘，实现"承载现代都市新节奏"；针对用于短途运输的普通客车，他们推出以 HFC6700KY/K3Y 为代表的经济实惠的客车专用底盘，成为"通用可塑的道路之子"；为呼应交通部《关于加快发展农村客运和开展农村客运网络化试点工程的通知》，推出 HFC6601 系列"村村通"经济型底盘。

④提高配件国产化率，实现引进技术完全以我为主、为我所用

瑞风商务车开发成功后，江汽积极进行了提高生产能力、提高国产化水平的战略调整，使江淮瑞风的国产化率大幅度提高，国产化零部件质量水平明显提高，一大批国产化零部件质量超过进口件，建成了全国最大的多功能商务车生产基地，整车的奥迪特评分接近和超过了韩国现代公司的水平。在零配件采购方面，江淮采取向国内外公开招标的方式采购，重点放在国内，以实现更大比例的国产化。这些举措使瑞风商务车的成本大大降低，总体价格水平与轻型客车中、高端产品的价格全面接轨，这也使江汽从以前被动的适应市场，转变为现在的依靠自主创新达到自由地优化资

源和拓宽市场。

### 7.1.3　结论与启示

汽车工业发展到今天，随着国际竞争界面沿产业价值链不断前移，已经从生产环节前移至研发环节，因而决定汽车企业命运的主导力量就是能否自主创新。技术积累是企业自主创新成功的内在关键因素，加速技术积累是全面推进我国汽车企业技术创新的重要环节。江淮汽车集团的经验表明，以研习书法"描红"的方式来进行"干中学"和"用中学"，是汽车企业技术积累的一种有效方式。江淮汽车案例的出现，也为正在技术创新道路上探索的我国汽车工业提供了诸多有益的启示，不仅在于它所坚持的自主创新的方向，还在于它提供了一条实现自主创新的可行路径。通过对江淮汽车集团自主创新案例的分析，我们可以得出以下三点结论：

（1）只要技术路线得当，我国汽车工业完全可以实现低成本自主创新

江汽 2004 年的销售收入刚刚超过一百亿，与国内不少汽车生产企业相比，仍存在整体规模小、资本实力弱的明显劣势，但它在创新中成长、在成长中创新的实践说明，我国汽车工业自主创新不但可以实现，而且可以低成本实现。江汽突破了长期以来困扰我国汽车产业的一个"神话"，即认为搞自主创新有两个门槛：一是规模门槛，如果一个汽车产品项目的规模达不到 15 万辆，甚至 30 万辆，就没有经济可行性。二是开发门槛，自主开发至少需要达到 200 万辆的规模才有可能，还要 10 亿元的固定资产投入，10 亿元的运营费用，8000 到 1 万人的开发队伍，大约 30 个实验室。要是按照这样的门槛条件，江淮汽车集团可能到现在也迈不出自主创新的脚步，但是事实上，十几年来江汽自主创新的步伐一直没有停止过，而且在每个新产品开发项目上都获得了成功，并取得了良好的经济回报。

当然，创新需要企业有一个恰当的技术路线。所谓技术路线，指企业从自身发展战略出发，对一个新产品的远景规划、设计开发、技术引进、研制生产及市场销售全过程的安排。在这方面，江汽由于制定了切合企业实际的指导战略，按照总体规划、分步实施、小步快跳、滚动发展的原则持续推进；在实际操作中注意把握好投入与产出的平衡、技术与经济的平衡、人才培养与企业进步的平衡，从而摆脱了许多企业走不出去的"不搞创新等死，搞了创新找死"的怪圈，使企业技术发展进入良性循环。

（2）为避免形成技术依赖，从技术引进开始，自主创新的企业一定要注重自身技术能力的积累和提高

如本书第五章所述，我国汽车工业以往的合资模式出现了政策执行效果与设计初衷的偏差，一些国内汽车企业被动地卷入跨国公司根据本身利益而进行的"全球化重组"，在新产品开发上形成了对国外技术的严重依赖，究其原因，主要是因为这些企业在合资或合作过程中，忽视了对自身技术能力的培养。技术能力包括生产能力、投资能力和革新能力，其中革新能力是指创新能力以及将技术进行工业化生产或改造原有生产工艺的能力；通常情况下，一项新技术的技术能力的发展进程是由革新到投资、再到生产；而在技术引进的情况下，技术能力的发展过程则是由生产到投资、再到革新。江汽在自主创新过程中，首先是没有盲目排外、闭门造车，而是以开放的眼光，善于利用国际国内两种资源、两个市场，结合企业自身实际，选择合适的技术大胆引进，在消化吸收的基础上持续进行二次创新。其次是他们十分注重自身技术能力的培养、积累和提高，从而具备了较强的自主研究和开发的能力，及时准确了解市场需求的能力，动员运用资本市场的能力，进行经营机制和管理体制创新的能力，最终达到技术上的完全自立，即可以自由地更换技术、自由地优化资源组合、自由地拓宽市场。再次，其自身技术能力的提高，反过来又改善了技术引进的效果——韩国现代公司之所以愿意同江汽集团长期合作，很重要的一点就是看中了江汽本身过硬的技术能力。

（3）企业在自主创新过程中不但要弘扬自立自强的民族精神，还要坚持科学发展观，走又快又好的质量效益型发展道路

汽车工业是在技术上有着高度连续性的产业，这就决定了后发企业的技术创新是一个长期艰苦的过程。在这个过程中既需要发挥赶超的勇气、弘扬自立自强的民族精神，同时又要脚踏实地、坚持科学发展观的指导，走一条又快又好的质量效益型发展道路。江汽在自主创新基础上实现持续多年的快速增长，正是建立在一个"追求卓越，协调平衡"的指导思想基础上，体现了上述两种追求的统一。按照熊彼特的观点，在市场经济条件下，创新活动的主体是企业家，企业的利润动机和企业家精神（体现为企业家的首创精神、成功欲、事业心等）是技术创新最主要的诱导因素。作为一家在较低的起点上开始自主创新的国有企业，江汽一直以发展

民族汽车工业为己任，以"制造更好的产品，创造更美好的社会"为企业的共同愿景，克服各种困难和不利条件，不断实现技术引进、自立和超越，造出一个又一个拥有自主知识产权的汽车品牌。在他们看来，这种赶超的勇气和自立自强的民族精神，是企业家精神必须具备的新的时代内涵。与此同时，江汽沿袭了一条清晰的科学发展轨迹，即通过"系统思考、团队学习"，努力实现企业六大要素，即技术、管理、机制、人力资源开发、营销网络以及企业文化建设的动态协调平衡，这其中技术决定企业生命，管理决定企业效益，技术和管理的持续动力又取决于机制。

（4）案例的理论启示

技术创新始于新技术构想的形成，而任何新思想都不是凭空而来的，新思想的诞生是建立在大量占有已有知识的基础之上的。创新的导入就其本质而言，是一个利用旧知识产生新知识的过程，只有全面了解掌握现有产品生产过程及相关技术领域的知识，充分了解市场需求信息和技术发展最新动向，才能对现有产品和生产工艺提出改进方案或推出全新的产品和工艺。因此知识积累是创新导入的前提，但仅仅有知识积累还是不够的，能否发现问题、切中问题的要害、找到解决问题的良策，不仅取决于知识的拥有量，更需要一种洞察力和创造力。这种洞察力和创造力实质上就是企业技术创造能力和技术选择能力的体现，只有具备这方面技术能力积累的企业才能形成有价值的技术构想，跨出创新成功的第一步。

创新的构想形成后，创新过程便进入技术开发、工艺设计、工程施工、设备安装、试生产及大规模生产等创新实施过程。要全面推进这一复杂的过程，企业的各类人员必须具备相应的知识与能力：技术人员必须具备丰富的技术开发、工艺设计、设备制造或购置、安装调试等方面的知识和能力；管理人员必须掌握有关组织研发、设计施工等活动以及指挥生产、控制工作质量与产品质量等方面的技术知识和管理能力；生产一线的操作工人要迅速掌握并逐步理解新技术产品的生产操作方法及原理，熟练使用新的技术设备，使生产过程能正常进行，为此必须具备相应的技术知识和基本操作能力，并在创新推进过程中不断通过学习进行新的技术积累。

总之，企业技术积累的形成过程主要是一个学习过程，它包括"干中学"、"用中学"和"研究开发中学"。"干中学"主要体现为企业在创新和生产实践中，通过不断的探索和学习来获得新的技术知识，积累新的经验，从而增加企业的技术积累；"用中学"则体现为企业在对外部技术的使用中不断地理解其功能特性，掌握相关的知识，从而形成相应的技术积累；从"干中学"和"用中学"中所积累的知识、技能、经验等，可以成为企业进一步创新的技术基础，而进一步的创新又可以形成新的技术积累。由此可见，《技术积累—创新—技术积累》是一个持续的动态过程，而技术积累又是创新的基础，没有技术积累就不可能有创新。

## 7.2 奇瑞汽车有限公司：自主创新的模式与内容

### 7.2.1 奇瑞公司的发展和自主创新体系建设状况

（1）企业发展的简要历程

奇瑞汽车有限公司成立于 1997 年，是由 5 家投资公司共同出资兴建的国有股份制企业。公司成立之初依托从美国福特公司引进的发动机生产线起步，在此基础上形成了整体生产能力。经过 8 年的快速滚动发展，现已建成并投产的有发动机一厂、发动机二厂、变速箱厂、轿车一厂和轿车二厂、底盘厂、汽车工程研究院、汽车规划研究院等工厂和研发机构。整车规划产能为 35 万辆/年，发动机规划产能为 40 万台/年，变速箱规划产能为 30 万套/年。现在主要生产"风云"、"旗云"、"东方之子"系列轿车和"瑞虎"系列城市越野车，SQR372—SQR489（0.8L—2.0L）系列发动机及其相配套的变速箱系列产品。公司现已初步成为具有自主研发能力的大型汽车企业，市场汽车保有量 30 万辆，总资产 100 亿元人民币。

1999 年 12 月 18 日，第一辆奇瑞轿车下线；2001 年 3 月，奇瑞（风云）轿车正式在全国市场销售，当年销售 2.8 万辆，实现销售收入 30 亿元；2002 年销售 5 万多辆，实现销售收入 42 多亿元；2003 年下半年 QQ、东方之子、旗云相继上市，改变了奇瑞公司凭借单一产品打市场的局面，当年销售轿车 9 万多辆，实现销售收入 70 亿元；2004 年在宏观经济适度控制及汽车市场增速减缓的情况下，销售轿车 8.7 万多辆，实现销售收入 46 亿元。至 2005 年 8 月，公司累计销售 40 万辆，其中 2005 年 1—8 月销售 11.5 万辆，比 2004 年同期增长 83.5%，在全国轿车市场占有率为 6.3%，我国轿车销售排名第七。

与此同时，奇瑞公司积极开拓国际市场，已向全球近 30 个国家和地区出口产品，连续三年居中国轿车出口第一。其中，2001 年 10 月实现第一批轿车出口，2003 年出口 950 辆，2004 年出口 6108 辆（其中整车 5102 辆，CKD 散件 1006 辆），占全国轿车出口量的 67%。2005 年 1—8 月出口 8651 辆。奇瑞公司是中国第一个将整车制造技术和 CKD 散件出口到国外的轿车企业，目前奇瑞开发的一系列车型，40% 的目标是国际市场。2004 年 12 月 16 日，奇瑞公司与美国视野汽车有限责任公司（Visionary Vehicles）签署了汽车出口协议。协议规定视野公司将成为奇瑞公司 5 款车型系列产品在北美地区的总代理，第一年度（2007）最低订购量为 5 万辆，之后每年以 2.5 万辆递增，目标是年销量 25 万辆，因此，预计今后几年，奇瑞公司汽车将出口到发达国家市场，出口总量将大幅度增长。

（2）企业的技术创新体系建设状况

经过多年的自主开发实践，奇瑞公司形成了"内部研发 + 控股研发 + 国内外联合研发 + 委托研发 + 配套厂家协同研发 = 自主知识产权"的交联分层式模糊研发体系和网状并联结点式研发项目管理模式。在此基础上，初步建立了企业自主创新体系。

①技术创新战略和目标

坚持自主创新，在此基础上，充分利用国内外技术资源，加强国内外合作，快速构建从整车、动力总成、关键零部件设计到试验试制的比较完善的开发体系，建立自己的标准和数据库，拥有整车、发动机、变速箱、底盘、发动机电控系统、主要电子部件的自主知识产权，形成具有自主知识产权的 S 级、M 级、A 级、B 级、F 级五个轿车基础平台，开发出系列轿车及各种变型车。同时，加快新型高效节能环保汽车开发步伐，开发低油耗、低排放、高效率、轻量化汽油机和柴油机；以新型发动机为基础，开发油电混合动力车；研究开发代用燃料汽车，包括甲醇、乙醇、二甲醚等和燃料电池汽车，从而不断增强企业核心竞争力。

②研究开发机构建设情况

奇瑞公司已经建立了国家级技术中心，中心组织机构健全，主要职能通过三个二级中心来实现：一是产品研发中心（汽车工程研究院）；二是制造技术中心（规划设计院）；三是信息中心。同时还有国家节能环保汽车工程技术中心、国外合作机构、博士后工作站等为中心服务。技术中心组织机构如图7.1所示。

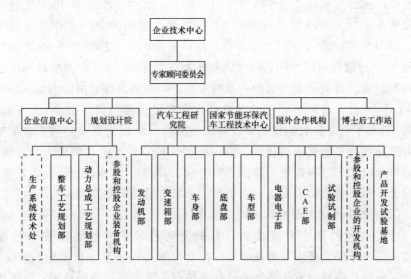

**图7.1　奇瑞公司研发机构组织结构图**

汽车工程研究院现有产品开发人员近1000人，其中有来自美国、日本、德国等汽车强国的外籍专家，有从海外学成归来的高级技术人员以及国内著名大学毕业的博士、硕士100多名，另有近百名工程师在国外培训或参与联合开发。汽车工程研究院的职能是负责产品的规划、设计、开发与验证，制订和修改公司技术管理标准及宣传与推广相关国际和国家标准，跟踪和研究行业领域的最新技术和产品发展方向以及研究和推广有关新工艺、新材料。负责产品公告、产品强制性认证、汽车环保认证的申报和组织，以及知识产权管理，专利的检索、组织申报和维护等。下设发动机部等10个专业技术部门。

规划设计院目前已形成150人的专职技术研究开发团队，其中国内外专家12人，博士以上2人，本科以上学历87人。规划设计院作为奇瑞公司的制造技术研发机构，承担制造工艺技术研究，生产线的设计、开发及工厂建设。下设整车工艺规划部等 4 个专业技术部门。已经具备了发动机、变速箱、冲压、焊装、涂装和总装等生产线的规划设计及建设的能力，目前重点工作是实现公司开发的新产品的量产，即生产准备和制造技术的研究等工作。

企业信息中心现有人员 50 名。负责企业技术中心数字化、网络化信息技术的应用，研发软件的开发建设；协助完成公司产品数据库、数字化工厂等建设。通过 ERP、SCM、HR、CRM 系统使企业的销售、生产、计划、采购、财务高度集中，保证数据的准确、及时，使各项工作更加有预测性、计划性，实现企业前端客户关系链、后端供应链与企业自身的 ERP 高度集成，使企业能更加及时迅速地对市场作出反应，达到整合企业资源，完善并保障企业物流、资金流、信息流畅通，与企业其他信息化功能集成，实现企业的规范化、科学化的管理目标。目前已经具备研究开发所需的网络建设、软件开发、流程和制度建设等方面的能力。

国家节能环保汽车工程技术中心，负责节能环保汽车技术的研究和产业化，以产学研联盟为依托，通过自主创新、引进吸收等方式，开发节能环保动力系统的关键技术，重点研究发动机技术、混合动力技术、车用电子控制技术、代用燃料技术和燃料电池汽车技术等。

国外合作机构是奇瑞公司的长期战略合作伙伴，负责与奇瑞共同开展整车、发动机、变速箱的产品研究、设计与开发，工艺技术的研究开发与应用；负责推荐和引进相关的国际行业先进技术、装备和标准。

③制度建设情况

建立了适应市场要求的咨询、决策、研发管理制度。重大决策实行技术委员会会议制度，研究开发方向及重大技术问题和重点项目的咨询、评价，推行专家委员会会议制度，确保产品发展规划与公司经营战略保持一致，合理安排长、中、短期研究开发项目。同时，实行了强弱项目矩阵管理模式和平台开发技术，建立了项目选择、立项、过程管理等约束机制，如《项目管理暂行规定》、《投资项目建设管理规定》、《投资项目询议价邀请管理规定》等。建立了一整套产品设计与开发流程，编制了相应的设计开发指南，实现企业产品开发流程的标准化。

④激励机制建立情况

奇瑞公司目前有员工近 8000 人，其中工程技术人员 3000 多人，外籍及海归员工近 40 人，来自国内大型汽车企业的老专家和技术骨干 150 多人。为了吸引和凝聚一批人才，确定了"用真挚的情感留住人，用精彩的事业吸引人，用艰巨的工作锻炼人，用有效的学习培养人，用合理的制度激励人"的人才理念，并且不断健全激励机制，调动和发挥他们的积极性和创造性。

第一，大力吸引人才。公司将人才开发纳入发展规划，积极吸引国内外科技人员到奇瑞工作。公司领导到北美、欧洲、日本及韩国等知名汽车企业进行商务活动时，把引进人才纳入出差工作内容之一。公司人力资源部设有专人维护国际重点人才库，为同步拥有世界级人才资源，在库的人员常年保持在 200 多人。另外，公司还分别在北京、上海以及意大利的都灵、澳大利亚的墨尔本等地设立研究所，对于难以正式加盟奇瑞公司的优秀人才，公司与之进行相关项目的合作，以项目承揽、合资、合作等形式，利用这部分人才的智力资源。同时，公司还借助"外脑"，通过引智，成功完成项目 22 项，先后来公司工作的外国专家近 40 余人次。

第二，用创新的机制激励人。坚持短期激励与长期激励相结合、物质激励与精神激励相结合的原则，开发出适合不同层级员工的具有竞争力的薪酬政策及激励制度；将公司的专项月度绩效考核结果与月度奖金直接挂钩，年度考核结果与年终奖励及晋升、任免提拔相联系；设立了内部期权、期股与年度个人绩效和企业绩效同时相关，增强了人才对公司长期发展的关切度和管理参与度。对引进的高级人才，制订了福利政策，消除其后顾之忧。

第三，通过工作培训人。对每年招聘的本科生、硕士、博士，通过配备导师专门指导、派出到国外学习、与来公司的国外专家一起工作、轮岗和挂职锻炼、举办各种国内外知名学者专家培训讲座等方式进行培养。目前已送到国外进行培训人数达 1000 余人次。2004 年公司培训费用总投入近 1000 万元，其中出国培训的费用 700 万元。

⑤研发经费投入情况

为使研发工作规范化、制度化，公司将研发投入纳入公司年度预算，并设立了专门账户，保证每年的研发经费投入总额不低于销售收入的 3%，并逐年递增。奇瑞近三年技术研发经费投入情况见表 7.2。

表 7. 2　　　　　　　　　2002—2004 年奇瑞公司研发经费投入情况

| 年份 | 经费投入（万元） | 占销售收入的比例（%） |
| --- | --- | --- |
| 2002 | 11980 | 3 |
| 2003 | 42842 | 7 |
| 2004 | 43216 | 9 |

### 7. 2. 2　奇瑞公司自主创新的内容与模式

（1）实行内生创新、合作创新和引进创新之间的有效组合

奇瑞公司成立以来，在坚持自主研发，拥有自主知识产权的前提下，根据自身的研发能力和技术特征，实行内生创新、合作创新和引进创新之间的有效组合。

①内生创新

奇瑞的产品内生创新主要体现在以下几个方面：一是整车的开发（多平台、系列化、个性化）；二是新型发动机的开发（减小体积、提高动力、降低排放）；三是新型变速器的开发（操作方便，提高传动效率）；四是新燃料的开发及应用（电动车、混合动力车、甲醇、乙醇、二甲醚、CNG、LPG 和燃料电池等）；五是新型材料的开发及应用（轻量化、环保、可回收）；六是汽车电子控制（与国际同步）。

同时在制造技术方面积极推进内生创新，具体包括：全新的汽车精度与质量标准（根据系统工程理论，通过对产品功能的认识理解，运用仿真技术、有限元技术，不以工艺为基点，而以产品功能为基点，创新出适合我国工业水平的质量标准和工艺方法）；冲压件自定位技术（改变用夹具定位冲压件的传统技术，根据工艺特征实行冲压件自定位，提高装配速度和精度）；镁合金材料技术（在仪表板、座椅支架、变速箱壳体、离合器壳体等零部件中采用镁合金材料，减轻汽车重量，减少燃料消耗）；管材液压涨形技术（采用圆管骨架减轻汽车车身重量）。

②合作创新

奇瑞不断加强企业间及产学研方面的合作，合作主要采取项目合作开发和共同设立公司等方式，主要产学研合作单位及项目见表 7.3，企业之间共同设立的公司见表 7.4。

表 7.3　　　　　　　　　　　　　奇瑞公司产学研合作项目

| 序号 | 合作单位 | 合作项目 |
|---|---|---|
| 1 | 清华大学 | NVH 项目关于悬置的优化设计 |
| 2 | 湖南大学 | 车身制造工艺、材料及装备的合作研究 |
| 3 | 天津大学 | 低排放柴油发动机的研制开发 |
| 4 | 吉林大学 | 二甲醚等代用燃料的应用研究 |
| 5 | 中科大讯飞公司 | 语音识别系统的应用 |
| 6 | 上海交通大学 | 纯电动轿车整车开发 |
| 7 | 合肥工业大学 | 混合动力轿车开发 |
| 8 | 华中科技大学 | 电机及其控制系统研究与开发 |
| 9 | 合肥第 38 电子研究所 | 汽车电子的应用研究 |
| 10 | 发电设备国家工程研究中心 | 电机及其控制系统研究与开发 |
| 11 | 中国汽车技术研究中心 | 整车的认证试验及碰撞安全测试 |
| 12 | 长春汽车研究所 | 整车的认证试验 |

表 7.4　　　　　　　　　　　　奇瑞控股合资公司情况

| 序号 | 公司名称 | 合作内容 |
|---|---|---|
| 1 | 埃泰克汽车电子（芜湖）有限公司 | 汽车电器 |
| 2 | 安徽福臻技研有限公司/安徽福臻工业有限公司 | 模具、夹具、卡具 |
| 3 | 凯纳雅玛汽车技术（芜湖）有限公司 | 汽车减震器 |
| 4 | 芜湖普威技研有限公司 | 焊接件 |
| 5 | 芜湖博耐尔汽车电气系统有限公司 | 汽车空调 |
| 6 | 芜湖三佳科技有限责任公司 | 有色金属铸造 |
| 7 | 芜湖幼狮汽车零部件有限公司 | 塑料件 |
| 8 | 塔奥（芜湖）汽车制品有限公司 | 底盘零部件 |
| 9 | 莫森泰克（芜湖）汽车科技有限公司 | 天窗、EPS 电动转向 |
| 10 | 北京锐意泰克汽车电子有限公司 | EMS 发动机管理系统 |
| 11 | 芜湖奥托自动化设备有限公司 | 汽车装备 |
| 12 | 芜湖伯特利汽车安全系统有限公司 | 制动器 |

③引进创新

根据优势互补、利益共享的原则，充分利用国外技术资源，提高自己的技术创新能力。奇瑞在技术引进中把握了以下几条原则：一是在引进对象选择上，将汽车开发分成多个部分，通过比较分析，选择国外技术力量最强的专业公司。如设计方面选择意大利设计公司做造型，试验选择英国MIRA公司等。二是在引进方式上实行紧密型合作开发。奇瑞技术人员与国外技术人员一起工作，通过合作中的学习，加强知识积累，增强消化吸收和创新能力。三是引进目标上确立自主知识产权。如在发动机研发上，与世界上著名的发动机开发公司奥地利AVL公司合作，联合开发了3个系列18种新型发动机（汽油机0.8L—2.0L、柴油机1.3L、1.9L、V型2.4L、3.0L、4.0L汽油和2.9L柴油），奇瑞公司具有完全的自主知识产权。奇瑞公司技术引进合作开发项目见表7.5。

表7.5　　　　　　　　　　奇瑞公司技术引进合作开发项目

| 序号 | 合作单位 | 合作项目 |
|---|---|---|
| 1 | AVL公司 | 0.8L—4.0L排量，3个系列汽油和柴油发动机的开发 |
| 2 | 荷兰VDT公司 | CVT变速箱传动带的开发 |
| 3 | 意大利玛瑞利公司 | 车用局域网CAN–BUS项目、自动变速箱项目的开发 |
| 4 | 意大利博通公司 | 整车项目的开发 |
| 5 | 意大利宾尼法瑞那公司 | 整车项目的开发 |
| 6 | 日本SIVAX公司 | 整车项目的工程设计 |
| 7 | 韩国CES公司 | 整车项目的开发及设计 |
| 8 | 英国MIRA公司 | 整车性能的试验、测试和验证 |

（2）自主创新能力的培育和发展

知识产权管理水平和产出能力是衡量企业自主创新能力的重要标志。为了学习借鉴世界汽车先进技术，切实保护自主知识产权，奇瑞公司专门成立了知识产权管理机构，建立了专利检索数据库，制定了中长期知识产权发展战略。无论是自主开发，还是与合作伙伴联合开发，奇瑞都把知识产权问题放在突出位置。截至2004年年底，奇瑞公司已拥有专利总计

344 项，其中发明专利 43 项，实用新型专利 119 项，外观设计专利 182 项，同时一大批申请专利正在核准之中。奇瑞还承担了国家"十五"、"863 计划"项目 15 项、国家级火炬计划项目 1 项，其中公司承担的国家"863 计划"项目"纯电动轿车"和"混合动力轿车"两个项目已取得了阶段性成果。

奇瑞公司在自主研发的同时，积极参与国家标准的制定、评审、跟踪研究等工作。公司成立了产品标准化委员会，负责国家行业标准法规的研究和实施。同时，参与了一系列混合动力汽车国家标准研究及制定工作，其中《轻型混合动力汽车排气污染物测量方法》标准已在报批中。此外，公司参与的《汽车侧面碰撞的乘员保护》、《乘用车后碰燃油系统安全要求》也正在报批中，以上两个标准自 2007 年开始实施。

随着公司产品的出口，奇瑞公司已开始系统了解和研究汽车工业界国际三大法规认证体系，即欧盟（EC 指令 BCE 规范）/美国（ANSI/SAE）/日本（JAS/JIS）所执行的法规，以及这三大法规体系之间与中国（CAS/GB/QC）的相互认同及差异，为进一步开拓产品国际市场，参与全球市场竞争做好充分准备。

为了进一步加快自主创新的步伐，提高自主创新能力，奇瑞公司已经制定了"十一五"技术创新能力建设目标，即在"十一五"期间，建成以应用研究为重点，能够开发适应世界各地法规、具有世界先进水平的汽车产品研究开发中心和制造技术研究开发中心，通过建立完备的产品技术、生产技术和管理技术体系，使公司在研发及产业化方面具备以下能力：一是强大的综合开发能力（综合规划能力）。具备规划各种车型开发的总体构想及控制车型开发的综合目标的能力。二是研发和试验能力。建立完善的技术研发和试验能力，包括安全、节能、新能源、防污染、电子、新材料等技术的研发能力。同时，具备对整车及其各总成、零部件进行全面系统的科学试验和测试的能力。三是信息开发能力。建立完备的情报系统，能够及时准确地掌握世界汽车技术发展动态和最新技术成果、世界汽车市场的发展状况和趋势，及时、准确地反馈用户对车型的意见和要求等。四是车型设计能力。建立汽车及各关键零部件的设计能力，包括车型、车身、底盘、发动机、变速箱及其他各关键总成和零部件等方面的设计能力。建立企业产品数据库、技术标准和管理系统。五是车型试制能力。建立必要的试制基地，形成完备的试制系统。建立强有力的开发组织管理体系。六是快速产业化能力。形成工艺的规划、设计、实施能力，具备关键工装的开发制造及关键装备的制造和集成能力。七是配套体系的同步开发能力。建立关键零部件的技术标准，整合关键零部件企业的技术配套开发能力，使关键零部件企业具备协同快速的同步开发能力。

### 7.2.3　结论与启示

（1）几点结论

第一，在自主创新阶段，企业需要建立自己独特的核心技术能力和独立的技术平台，形成完善的创新组织与广泛的创新网络，技术能力诸要素中人员技能、技术组织与管理和外部技术网络都需要达到较高的水平。奇瑞公司在创立之初就摈弃了"大而全"、"小而全"的产业组织模式，在经济全球化的背景下，依托网络组织建立了全球范围内的分工协作体系，使企业的规模迅速扩大，经济效益显著提升，核心竞争力明显提高，特别是依托企业创新网络，通过自主技术创新能力的提高使奇瑞公司在整个产业链中和市场的竞争中处于主动地位。

第二，企业自主技术创新是一项复杂的系统工程。在自主创新过程中，必须推进企业的制度创新、管理创新和组织创新，构建高效的企业技术创新体系，才能加快技术的突破和创新产品的市场实现。

第三，企业自主创新的根本途径是自主研发。自主研发是实现企业自主创新的关键因素，不仅是创新的必要条件，而且是学习外部技术最有效的途径，贯穿于企业自主创新过程的始终。随着科学技术的进步，世界汽车工业在产品开发上出现了大量采用虚拟技术、平台设计技术和并行开发技术等重要趋势，尽管信息技术为这些开发模式提供了手段，但是，汽车企业的产品开发能力仍然建立在长期实际经验积累的基础之上，经验积累对于汽车企业的产品开发能力具有极其重要的意义。只有通过"干中学"、"用中学"、"研究开发中学"和合作中的学习，积累知识和能力，才能形成自主创新能力。没有创新过程中的企业内部研发和勤奋学习行为，就不可能形成创新能力，更谈不上自主创新。

（2）案例的启示

通过江淮汽车集团和奇瑞汽车公司自主创新的案例，可以得出汽车企业技术创新能力从模仿学习到自主创新演化需要具备的一些条件。

①从模仿到模仿创新所需要的条件

汽车产业后起国家的企业一般采取技术引进和模仿学习的方式起步，但一味地模仿对企业核心竞争力的形成是没有什么益处的，在没有自主创新能力的前提下，企业应争取实现从单纯模仿到模仿创新的转化①。

第一，企业引进、模仿的技术应该具有先进性、适应性以及连续性的特征。首先，从技术的商品化视角来看，企业的技术引进、模仿过程分为导入、成长、成熟等环节，一旦有更新的技术出现，就会很快扬弃原有的技术，原有技术的市场价值就此贬值；所以，技术寿命长，市场价值就大，引进、模仿技术创新的企业要想延长技术的剩余寿命，就必须优先选择先进的技术加以引进、模仿。其次，一项技术不会适应所有的企业，技术的适应性一般是由所选择的技术与企业现有的技术消化吸收及应用能力等决定的，技术的适应性是企业能否发挥技术的商业价值取得预期利润的关键。再次，企业在技术引进、模仿创新时，必须考虑和企业现有技术的衔接，充分利用现有技术的价值。要站在战略的高度，考虑与未来技术的衔接，才不至于在技术价值链上出现断裂，从而影响企业的成长。

第二，需要较高的消化吸收和改进创新能力。在模仿创新过程中，要着重抓好"消化吸收"和"改进创新"这两个环节，即通过有效的组织学习和多种学习途径，迅速打开模仿对象这个"黑箱"，将"箱"中的"模糊知识"成功转化为"明晰知识"，从而实现对模仿对象的核心技术和技术诀窍的"破译"和掌握。然后在此基础上，不断加大改进和创新力度，推出技术含量更高、市场前景更好的创新产品和创新工艺，从而实现模仿创新。而技术消化吸收能力是企业引进、模仿创新能否成功的关键②。

第三，需要有效的驾驭市场的能力。对于市场的驾驭，表现在企业对进入市场的时间把握上。一个善于驾驭市场的企业对于引进、模仿技术创新时机的选择是相当谨慎的，引进、模仿过早，首创者技术尚不成熟，消

---

① 彭灿：《基于模仿创新的企业核心能力培育》，《软科学》2002 年第 6 期。

② 消化吸收能力是指企业理解、消化和应用技术的能力，企业对技术的消化吸收能力来自企业的整体学习能力与企业中个体的学习能力基础之上。

费者市场需求也未形成；引进、模仿过晚，首创者技术已完全成熟，二次创新空间有限，消费者市场需求已趋向饱和。所以，模仿过早或过晚，都会面临着较高的风险。

②从模仿创新到自主创新所需要的条件

由于模仿创新是基于模仿的创新活动，它很容易受困于模仿对象的既定"技术轨道"和"技术范式"，从而难以"突破"出来，所以仅仅依靠模仿创新是难以培育出企业核心能力的。企业要想具备核心技术能力，必须积极地开展自主技术创新活动，不断加大自主技术创新的力度，提高自主创新在企业技术创新中的比重，致力于培育具有自主知识产权的核心知识、核心技术和核心产品。

实现从模仿创新能力到自主创新能力的转化同样必须具备一定的条件。首先，企业必须总体技术存量水平较高，企业具有较强的研究开发能力。其次，必须具备稳定、连续的科研队伍；企业高层有能力实现不同部门之间的有效联结，能保证研究开发队伍的稳定性和同类技术研究的连续性，防止因研究开发人才流失而带来的技术溢出。再次，必须具有持续投资技术开发的能力；对于自主研发技术创新的企业来说，一种技术的率先突破会给开发者带来优势；在后来者纷纷加入、产品趋向定型的过程中，只有保持持续开发，才有可能夺得制定该项设计的技术标准，从而成为真正的赢家；产品定型后竞争的焦点会由产品设计转向成本、价格，在技术上体现为开发工艺、实现规模化生产并不断改进产品，开发细分市场需要的产品；因此自主研发企业必须有足够的资金优势，不断地投入研发资金，不断改善现有产品和推出市场需要的新产品，培育自己的核心能力，才能在市场上保持自己的竞争优势，具备长期、持续的自主创新能力。

# 8 基本结论：中国汽车产业向自主创新转变的路径及政策支持

本书研究的目的在于通过理论与实证的分析，找到解决中国汽车产业自主创新问题的途径。本章根据 ETSI 模型，结合国际汽车产业技术创新发展趋势和我国的现实基础，提出实现我国汽车产业开放式自主创新的可行路径及对应的政策选择。

## 8.1 中国汽车产业向自主创新转变的路径

### 8.1.1 对外开放与中国汽车产业的技术进步路径

(1) 对外开放与中国汽车产业的自主技术创新

由于中国工业化的高度开放性，从"国际贸易导向"的国际分工方式向"国际投资导向"的国际分工方式发展，比较优势的经济实质将发生根本性的改变：从根本的经济性质看，中国全方位地参与国际分工体系，国际资本和跨国公司大规模地在中国"采购"劳动力、土地等廉价资源，直接享用中国的资源优势，在中国市场展开"世界大战"。由于存在巨大的市场潜力和商业机会，中国是跨国公司绝对要进入的"战场"，在一定意义上甚至可以说，不到中国"参战"的公司就称不上是世界级企业。由于外国企业的大量进入，在中国市场上形成了中国企业同中国企业、中国企业同外国企业、外国企业同外国企业之间的立体交叉竞争，这构成了中国汽车市场竞争的独特画面①。

---

① 中国社会科学院工业经济研究所：《中国工业发展报告》(2004)，经济管理出版社 2004年版。

　　跨国公司进入中国,越来越多地获取中国市场的资源优势,必然可以显著地增强其自身的竞争力。从这一意义上说,中国汽车市场的全方位开放,特别是投资领域的大幅度开放,"哺育"着全世界的跨国公司,使之成为规模扩张更快、经济实力更大、国际竞争力更强的超级经济实体。在这一过程中,中国企业也在激烈的竞争中成长起来,并且力争通过国际合作,逐步提高在产业价值链上的地位,实现产业升级。在这样的国际经济条件下,深度参与国际竞争和国际合作可以成为我国汽车工业的重要技术来源和实现技术创新的重要途径。通过开放和竞争,中国汽车企业一定会找到实现技术创新的可行路径,包括引进技术、学习技术、购买技术,以及形成具有自主知识产权的技术。

　　同时也要看到,随着我国汽车产业技术水平的提高,以自主知识产权为基础的产业核心技术变得越来越重要。如果我国汽车企业一味地技术模仿和长期放弃技术控制,尽管可能获得短期的经济利益,但从长期来看,将丧失自主技术创新的能力。特别是重要的产业前沿技术和核心技术,是很难从简单的国际转移中获得的,因此我国企业必须树立进行自我研发的决心,加大投入,优化技术研发投入的资源配置,冲击产业技术的制高点,形成在这些领域中一定的竞争优势。

　　(2) 中国汽车产业的开放式自主创新之路

　　本书对日本、韩国汽车产业技术进步路径转换过程的实证分析表明,后起国家如果要保持汽车产业的健康持续发展,持续不断的技术开发和自主创新是必不可少的。没有自主的汽车核心技术,没有自主的品牌,就永远不会成为汽车强国,最终只能沦为跨国公司的附庸。虽然日本、韩国在相对封闭的市场条件下,其汽车产业的自主技术创新发展获得了极大的成功,但是我国在学习借鉴日韩经验的同时,需要考虑两个几乎不可改变的前提条件:第一,作为中国汽车工业核心以及进一步发展重点的轿车工业,目前已有相当高的国际化程度,已不可能像日韩模式那样排斥外资;第二,中国的对外开放度已经相当高,加入世界贸易组织后,不可能继续对国内市场进行高度保护。因此,我国不可能也没有必要全部照搬日本、韩国汽车工业的自主创新发展模式,而应充分利用汽车工业全球化带来的机遇,整合全球的资源(包括技术和知识)和国内的技术资源,为我所用,探寻既有利于技术引进又有利于自主创新的总体上最优的技术创新模式，走一条具有中国特色的开放式自主创新之路。

### 8.1.2　中国汽车产业自主创新的可能突破路径

经过一百多年的发展，世界汽车产业已相对成熟，但由于汽车产品的技术集成创新空间大，同时充分竞争的市场对汽车产品不断提出新的要求，汽车技术的创新和发展空间仍然很大，汽车产业仍然属于技术密集型产业，对发展中国家来说尤其如此。当前汽车产业正沿着产业集中化、产业链全球化、技术高新化和生产敏捷化的方向发展，产业技术创新趋势主要体现在应用新技术、采用新能源和使用新的生产制造方式等方面：

第一，产业集中化、企业国际化的特征明显。在全球性生产能力过剩的形势下，兼并、重组成为世界各大汽车公司增强实力、提高竞争能力的重要途径之一。汽车寡头垄断逐渐加强，到 20 世纪 90 年代，世界汽车产业基本形成"6 + 3"格局。2004 年 6 家汽车厂商产销量合计占全球市场份额的 57.4%，9 家汽车厂商合计达 69.4%。预计未来 6 家汽车厂商产销量合计占全球市场份额将超过 80%，9 家汽车厂商产销量合计将达到 95%。企业大规模的跨国界重组，将从根本上改变汽车产业的传统资源配置方式、企业的竞争模式和组织结构，强强联合将使汽车产业集中化和企业国际化的特征更加明显。

第二，产业链全球化凸显。国际主要汽车制造公司的竞争战略和资源配置方式已超越国家的地理边界，采用通用部件和平台战略、全球采购、模块化供货方式，追求最佳资源配置方式，以降低生产成本、提升竞争力。越来越多的跨国公司将零部件行业中的劳动密集型（低产品附加值）产业向低成本国家和地区大量转移，零部件企业的专业化程度越来越高。零部件企业与整车企业的关系由依附转变为独立，由承接加工转变为主动跟进。汽车产业链全球化趋势愈加凸显，汽车产业链分工转移，产品核心技术大多由各集团牢牢控制，产品生产制造、销售和服务更加贴近市场。

第三，节能环保成为世界汽车产业共同追求的目标。在日趋严格的安全、环保、节能法规和减少对石油资源依赖目标的推动下，各大公司对汽车的研发投入越来越多，新技术不断涌现，世界汽车产业技术进步的步伐越来越快。

世界汽车工业技术发展趋势以及我国的现实产业基础，决定了中国要依循汽车产业两条不同的技术轨道来寻求自主创新的可能突破路径:一条是在传统技术轨道上,另一条是在新能源和新动力的技术轨道上。

(1)在传统技术轨道上的自主创新路径

①追随式自主开发创新

在与跨国公司的合作中,通过追随跨国公司的技术发展,逐步缩短技术差距,在技术引进的基础上进行二次创新,最终形成自己的开发能力。中方在这一路径上推进时,可以采取一汽开发红旗轿车的模式,即一面追随跨国公司,一面逐步把技术转移到具有自主品牌的产品上去,在集团内部实现技术外溢。

这种方式适合我国技术创新基础较差的中级以上轿车产品领域采用,并已普遍为国内汽车企业接受。因为合资的外方伙伴基本上都是国际知名汽车公司,资金技术实力雄厚,应该说风险相对较低。但由于是两方合作,就存在一个对自主开发和自主品牌相互协商、达成共识并能统一行动的问题。迄今为止的经验表明,恰恰此点对于合资公司来说是最难的,由此可能会使自主开发和自主品牌的创建过程拖得较长。这一方式取得成功的关键是双方的合作是战略性的、寻求平衡的双赢,不仅制造,而且研发也要实现本地化。此外,针对现有合资企业中对于技术上强大的一方(外方)往往限制合资企业进行自主研发的努力,或者限制合资企业从其他来源获取更有利技术的技术封锁行为。我国政府可参照日本等国家的做法,制定相应的反限制法规,以利于合资企业的自主技术创新发展。

这一路径的优点是,可以充分利用后发优势,以比较少的资源追上先进国家,避免了在实力不足时过早投入巨资进行产品开发可能遇到的风险。可以通过把资源集中于制造,形成在国际汽车工业分工体系中制造环节的局部优势,提高市场控制力,增加中方在合资企业中的发言权,为今后的自主开发奠定基础。在具有强大制造能力的基础上,中国汽车生产企业仍可以采取以市场换技术的方法,通过逐步逼近跨国公司的技术水平,在国内外配置资源,逐步向拥有核心技术、自主开发核心产品推进,同时逐步增加国产化零部件比重。实际上中国家用电器产业、电子信息产业中的优秀企业走的就是这条道路,但是,由于汽车产业的技术经济特征,走这条道路遇到的困难要比家电、电子信息产业困难得多。这一路径的缺点是,花费时间比较长,缺乏主动性,而且应当估计到随着产品技术水平的逐渐接近，跨国公司在技术转让方面将越来越苛刻，合资公司中控制与反控制的矛盾将逐步激化；跨国公司的技术外溢主要体现于生产制造技术领域，产品设计开发的技术外溢比较困难，那种认为不经过努力就可以从跨国公司那里获得自主开发能力的想法是很天真的。

②合作式自主创新

通过与国际汽车工业中的咨询、开发企业合作，或者对外国汽车企业、技术咨询、开发企业进行兼并，以获得开发具有自主知识产权的产品并且逐步形成自己的开发能力的路径。

上海汇众汽车有限公司与韩国双龙汽车公司合作，吸纳国内来自各大汽车厂的研究开发人才，成功开发了具有自主知识产权的重型载货车；民营企业吉利汽车公司请意大利汽车项目集团、大宇国际株式会社帮助设计一系列轿车新产品都是采取的这种方式。在汽车零部件领域，浙江万向集团在国外成功收购了在美国上市的 UAI 公司，开创了我国乡镇企业收购海外上市公司的先河，使该集团获得了海外市场运作和技术开发能力；一汽汽车研究所与德国 FEV 公司合作开发出 CA6DE 系列柴油机，使中国汽车工业柴油机有了新突破。

这一路径的优点是，执行起来比较简单，交易成本较低，摩擦比较少。由于国际汽车工业中设计公司、大汽车零部件公司往往是具有独立地位的专业化企业，因此，易于打破跨国公司的技术垄断与束缚。这一路径的缺点是，如果没有强大的科研开发实力予以支持，很可能半途而废；如果不能及时形成自己的后续开发力量以及高水平的制造能力，开发出的产品可能在市场竞争中处于不利地位，企业也缺乏持续发展能力。

③独立式自主创新

基本依靠自己的力量，在开放的环境中，以我为主，博采众长（包括技术与零部件），进行系统集成，形成自己产品的创新路径。

这一路径适合于那些已经在某些领域具有自主开发能力的中资或中资处于控制地位的企业采用。其出发点在于，一开始就谋取产品开发和品牌创建的主导权，以便最终比较容易地掌握产品的进一步的知识产权。但就中国汽车工业的现实技术水平而论，中资企业的实力普遍较弱，因此，这种方式比较适应那些低端、技术上不是很复杂的薄利多销产品，例如，各类超低端乘用车以及中低档商用车、轻型车、客货两用车以及针对某个细分市场需求的所谓边缘车型。

国际著名的柯尔尼管理咨询公司认为,中国国内超低端汽车产品市场潜力巨大,尚有待开发,这为中国本土企业的生存发展和自主创新提供了一个良好契机。这些企业有可能先将规模做大,再渗透到海外中低端市场发展,走一条独特的自主创新发展道路。柯尔尼公司建议的步骤是:

第一,通过产业链创新在国内开辟超低端市场。

第二,通过合资、独资或并购等方式进入其他发展中国家的超低端市场。

第三,在积累了相当经验和经济规模后再进入中国国内的低端市场,以"价值品牌"的卖点取胜。

第四,在其他发展中国家的超低端产品线中加入低端产品,进一步积累经验,聚集资金,扩大生产规模。

第五,在中国国内已有的超低端、低端产品组合中加入中端产品,仍以"价值品牌"的卖点取胜。

在这一路径上推进时,绝不是重复过去那种"自力更生"的模式,而是在自己努力的同时尽量开展国际合作。选择这种创新路径,企业通常是多种开发手段相结合,或引进部分关键技术(包括硬软件),或在保证自己取得自主产权的情况下,把部分开发设计项目委托给专业研发服务公司,或聘请有经验有资质的专家参与指导企业自身的研发设计工作。就现今国内外的资源条件而言,通过这一方式,自主地开发设计出一种产品并创立一个品牌是完全可以办得到的,但要使"自主"的程度上升至拥有完全的知识产权,则绝不是一件容易的事,这将是一个漫长而艰苦的过程,同时也充满了风险和许多不确定性。如果选用这一方式来创建真正具有知识产权的自主品牌,那么从初创期就要建立自己的研发队伍和系统,并不断健全和发展壮大,使之最后能够独立承担开发设计工作。

上述三条自主创新路径具有很强的互补性,中国汽车企业可以根据自己的需要,在上述三条路径中进行选择。尤其对于大企业集团来说,还可以根据不同产品领域的不同需要,对上述三种方式进行综合运用。这三条路径的共同点,是根据企业自身情况在全球配置技术资源,把自身技术资源与国际技术资源进行优化组合,为我所用。

（2）创新机会窗口：新能源和新动力技术

在新能源轿车开发领域，我国汽车产业要以立足于自身技术能力的自主创新为主。传统的内燃机汽车经过一百多年的发展，已经开发了世界上绝大部分市场，达到饱和并出现了生产能力过剩。同时，由于日益加剧的能源危机、污染加重、一氧化碳与全球温室效应、交通安全等问题，使基于机械技术的汽车产品进入了发展的成熟期。而新能源汽车的混合动力和燃料电池所依托的是甲烷、甲醇、乙醇等能源，它们属于可再生资源，对环境几乎无污染，因而有广泛的发展前景。根据产品生命周期理论，当老产品处于成熟期，新产品发展刚刚起步的时候，行业进入壁垒最小，技术创新成功的可能性也最大。因此，我国企业在新能源汽车自主创新方面存在着很大的机遇。

不仅如此，我国在新能源轿车研发方面已经具备了一定的基础。近年来，一大批有关新一代轿车的产业共性技术被研究开发出来，"863 计划"等国家计划的实施也支持了电动汽车的研发，同时在信息、新能源、新材料等方面取得了许多创新成果，为新能源汽车的开发打下了良好的基础。我国自主设计的电动轿车概念车、燃料电池汽车已经问世，与发达国家相比基本上同处于产业化的准备阶段。对于中国汽车工业而言，在新能源和新动力技术轨道上的自主创新是 21 世纪追赶世界先进水平及创立自主品牌汽车的一次良机，也是中国特殊国情的迫切需要。然而，这比传统技术轨道上的自主创新难度更大，风险也更高，只有依靠企业、科研单位和政府机构的共同努力才有可能成功，并且要在基础性产业共性技术、核心技术上有所突破。科技部已经依托奇瑞汽车工程研究院组建国家节能环保汽车工程技术中心，并取得了一些研究成果。通过我国企业的不断努力，政府加大组织和协调力度，同时在后续政策上能支持到位，实现自主技术创新突破，赶上世界新能源汽车的发展潮流是完全可能的。

## 8.1.3　中国汽车产业自主创新的展开层次及转变路径

中国汽车产业自主技术创新可以在四个层次上展开，即引进和改进基础上的自主创新，在既定技术路径上的原始创新，引领技术路径并充分利用技术潜力的自主创新和有持续自主创新能力的自主创新。鉴于本书以上的分析，在沿着传统技术轨道进行创新能力积累形成顺轨创新的过程中，我国汽车产业需要第一和第二层次的自主创新;在根据本国的技术基础、市场化程度以及社会制度文化特点形成新的技术轨道的创新过程中,需要第三个层次的自主创新,但同时也应该培养第四个层次的自主创新。

关于我国汽车产业从模仿学习向自主创新的转变路径,本书认为在传统技术轨道上:一是可以总体上遵循技术赶超理论,继续走"引进—消化—吸收—创新—输出"的路径。二是坚持从模仿到创新的路径,在模仿上要努力实现从复制型模仿到创造性模仿的飞跃。三是从渐进性创新到突破性创新、从局部创新到整体创新、从外围技术创新向核心技术的创新突破。四是遵循技术学习的原则,借鉴丰田、现代等跨国公司的成长路径,我国汽车企业选择产品和技术应从低端到高端,而不应该采取从高端到低端的技术创新路径。技术积累的过程性和核心技术的根植性为目前国内大企业自主创新"一步到位的高端定位路径"提出了警戒;而奇瑞和吉利等后进企业的创新路径为其未来的战略成长提供了技术积累的基础。

在新能源和新动力的技术轨道上,则要突破规模和成本局限,以及商业化难度大的心理,从产业发展的历史趋势上,坚决确立从混合动力到燃料电池的创新路径。随着国际竞争日趋激烈,中国汽车企业面临的突出问题是缺乏核心技术,导致在国际竞争中处于劣势。大多数企业引进发达国家技术的同时也被锁定在了由发达国家引领的技术轨道上,导致无论是核心技术还是技术标准都受制于外国企业。另一方面,基于顺轨的创新也由于技术能力和资本的限制,使我国企业很难在既有的技术轨道上对发达国家进行超越。而通过自主创新形成自己的技术轨道及其成熟过程中,都伴随着与该技术相关、相近行业和产业的不断发展和增强。一项自主创新技术的出现,应用于市场,反馈回来的信息会改善此技术的同时,与之相近或配套技术也不断出现和改进。当这些产品的市场开始发展时,技术进步的特征转向起始的技术规范的改进、分支和扩展,并指向过程变化并形成以该技术为核心的技术束[1]。在此过程中,自主创新技术通过市场中的应用不断深化逐渐形成技术轨道的同时,也在带动相关产业的不断发展和相关技术的不断成熟。围绕核心技术的相关技术也在不断的创新之中,技术

---

[1] 耿楠:《基于产业国际竞争力的技术轨道演进机制与中国自主技术创新模式选择》,《工业技术经济》2007 年第 2 期。

轨道不断扩张和延伸从而给整个产业带来了动力和竞争的优势，特别是形成成熟的技术轨道后，核心技术的成熟会形成自己的知识产权和自行生成的技术标准，这可以在解决目前中国企业普遍存在的核心技术缺失问题的同时，增强我国产业的整体国际竞争力。在自主创新形成技术轨道过程中，整个产业会随着技术的完善而完备，产业的完备也为技术轨道的成熟提供了环境支持。由于技术的市场应用和产业的不断发展，引致采用的递增收益，会增强整个产业的国际竞争力。

## 8.2　促进中国汽车产业向自主创新转变的公共政策

一般来说，对国内企业和国外企业同样开放市场是遵守世界贸易组织规则的总体要求，但是这绝不意味着民族国家的政府对本国企业和外国企业没有任何利益倾向。忽视本国企业利益和发展的政府是不能存在的，关注本国企业的技术水平和技术创新状况，支持本国企业的技术进步，是政府最重要的经济职能之一。加入世界贸易组织后，我国政府如何有效地实行支持民族企业技术进步和技术创新的措施，既能充分利用对外开放促进产业技术进步的积极作用，又能避免或减少外国企业对民族产业技术创新的抑制性影响，以增强民族产业的国际竞争力，这是一个十分困难的重大战略和政策问题。综合前述的理论和实证分析，笔者认为要实现中国汽车产业技术进步从模仿学习到自主创新的转变，政府的政策支持是必不可少的，而政府在加强我国汽车企业自主创新能力、创造一个 ETSI 相互协调的创新环境、制定并实施促进产业技术进步的公共政策等方面将起到至关重要的作用。

### 8.2.1　培育市场竞争环境，强化市场激励机制

技术能力发展理论认为，企业技术能力升级的动机在于：市场产品同质化竞争的压力，企业家危机意识与创新精神的显现，以及企业对市场竞争态势的快速反应（安同良，2004）。市场竞争促进企业加强技术学习、提升技术能力，所以积极竞争的市场环境是汽车产业自主创新发展重要的经济要素。

(1) 放松汽车行业的行政性进入限制,促进公平竞争

严格的市场准入政策并没有提高中国汽车市场的集中度,反而限制了优质资源进入汽车生产领域。事实上,一些冲破体制限制进入汽车行业的新兴汽车企业,已经充分发挥了"鲇鱼效应",为中国汽车工业的发展注入了新的活力,也为汽车业的自主创新起到了难能可贵的示范作用。例如,奇瑞和吉利汽车都是在花费了巨大的代价,并且当了一段时间的"黑户"后才获准合法生产汽车的,而这两个"计划外"的企业现在却挑起了自主开发民族品牌轿车的重担。所以,提高中国汽车工业的生产规模不能靠行政命令来限制各种资源进入汽车制造领域,而是要放宽市场准入,通过激烈的市场竞争来淘汰没有竞争力的企业。笔者认为,在时机成熟时,政府可以放宽汽车项目审批制,减少贸易保护和投资限制,创造一个统一、公平、竞争的市场环境,为各种所有制形式的投资主体提供一个公平与便捷的市场准入机会;政府还应淡化"国有、民营"的概念,强化"自主开发,非自主开发"的概念,因为不管先进技术的掌握者是国有企业还是民营企业,只要是对中国汽车技术与产业发展有利的,都应该鼓励。

改革开放以来,为了支持中国汽车工业的发展,我国政府对汽车生产企业尤其是重点企业采取了扶持政策。但是,被我国政府列为重点扶持对象的三大轿车集团都已全部与跨国公司合资,而合资企业生产的几乎全是外国品牌。在这种情况下,扶持政策实际上扶持了外国品牌,而那些自主开发的民族品牌的生产企业(尤其是民营企业)不但没有得到扶持,还往往备受歧视,使得它们缺少一个公平竞争的发展环境。这种不公平的竞争强化了合资品牌在我国市场上的垄断地位,遏制了中国民族企业发展自主品牌的努力。所以政府应废除以往那些扶洋抑己的合资合作政策,取消合资企业的"超国民待遇",为自主创新的民族企业的成长营造一个良好的竞争环境。

(2) 培育企业在自主创新中的主体地位,建立以市场激励为中心的激励机制

我国汽车企业自主创新能力薄弱的主要原因之一是企业创新的动力不足,因此政府必须对汽车企业的自主创新给予实实在在的利益支持,以激发和调动企业进行自主创新的主动性和积极性,促使国内汽车企业尽快提

高自主创新能力。针对我国企业技术创新的现状，笔者认为应该从培育企业自主创新的主体地位、降低技术创新中的不确定性和提高企业技术创新收益等方面考虑，建立以市场激励为中心的激励机制。

①明晰企业产权，优化企业创新机制

市场交易的本质在于产权的交易，产权界定了企业受益或受损边界。因此，产权明晰是企业技术创新的必要前提，企业间受益受损的边界明确了，才会对自己所从事的经济活动形成合理的预期，才会全力以赴地追求经济利益的最大化，也才敢于进行技术创新投资。另一方面，产权规定了人们与创新成果的所有关系，这自然使产权成为激励技术创新的一个重要制度，产权的明确界定及结构优化对资源配置的效率具有不可替代的重要作用。产权的法权性、稳定性使人们具有一种安全感，技术创新在这样一种制度氛围中会获得强大的激励。因此，产权的确立是最经济有效而又持久的创新激励手段。

改革开放前，在我国以政府为主体的纯粹的技术创新的计划模式下，国有企业的产权性质使技术创新的风险与利益都和企业没有直接联系，创新动力主要来自政府，本应为技术创新主体的企业既没有权力也没有动力去进行技术创新。目前，国有汽车企业正在推行现代企业制度，但总体上企业产权并未完全明晰，而且计划经济时期所形成的科技与生产相分离的体制问题也没有得到根本的解决，科研和技术成果的产业化道路还没有真正畅通，科研和技术创新的长期效益的性质同企业短期商业利益之间的沟通和衔接还缺乏体制上的保证。所以，当企业普遍受到短期商业利益的诱惑和竞争压力时，技术创新就会受到挤压，可以说自主技术创新不足，体制上的弊端是一个重要的原因。我们必须使国有企业、民营企业中的所有者或所有者代表、管理层，以及工程技术人员，对企业未来的产权状况在利益格局上有明确的预期，对于技术创新、特别是需要长期高投入的技术创新，确立足够的信心和动机。这样，才能使企业放弃片面追求扩大生产能力，转变为依靠技术创新、依靠有组织地开展自主研究开发的机制，实现产业技术的高级化。

②加快科研体制的改革，使企业成为技术创新的主体

科研体制改革的目标应该是使企业成为技术创新的主体，企业是新技术、新产品的主要生长地，而精干的科研机构应成为国家技术创新的基础

和源泉。具体地说,应从以下几个方面入手:

第一,动员大多数开发类研究院所向企业化转制,鼓励科技人员创办公司,使更多的科研开发力量进入市场,进入产业竞争的前沿。科技机构向市场化转制,可以摆脱体制的限制,充分发挥自己的研究开发能力,通过市场化转制,使科研机构与企业、市场之间的联系更加密切,技术创新的目的更加明确,经费更有保障,而这些都将有利于充分发挥它们的能力。

第二,重新界定政府在科研活动中的职能。一方面,国家应该继续稳定和加强基础研究、公益性研究和产业共性技术研究,为我国汽车产业整体科技发展构筑平台。另一方面,政府应对重点技术创新项目进行引导和资助,集中相当规模的人力、物力、财力,利用行政手段和市场竞争结合的方法,采取联合攻关的形式,对汽车产业若干重点技术领域进行重点研究。

第三,市场对企业创新行为的调节作用应逐步占据主导地位,政府的指令性计划应不断减少,企业特别是国有企业的自主权应日益扩大。国有汽车企业进行产品创新、技术改造、从国内外引进新的技术与投资等,应该可以自主决定。

## 8.2.2 加大研发投入,建立产业共性技术平台

长期以来,我国汽车产业的科技投入很大一部分是依靠政府推动的,而企业研究与开发投入比例很低,科技创新能力薄弱。尤其在合资企业,普遍存在着引进力度大、开发费用低的现象。为改变这种状况,政府应采取有效的政策措施,鼓励企业加强自主开发,提高技术开发投入占销售收入的比重;同时,借鉴汽车工业发达国家的成功经验,建立、健全新型的技术开发投入体制,形成产品开发以企业为投入主体,产业共性技术由政府、企业、科研院所联合投入的自主开发投入体制,从而促进我国汽车产业自主创新能力的不断提高。

(1)大幅度增加研发资金的投入

我国汽车工业在研究和开发方面的资金投入,是推动产业技术进步与经济增长的主要动力。技术进步所导致的生产函数中知识资本比重的不断增加,使得研发在产业绩效中的重要性越来越受到人们的普遍关注。政府

不仅要加大对自主创新的科技投资力度，而且可以通过财税、金融政策的调控，促进企业增加技术创新投入。可以选择的财税措施有：一是国家科技计划和国家科学基金应增加对共性技术、竞争前沿技术和产业关键技术的研究开发活动的支持力度。二是适当减免自主开发汽车企业的产品税收，对节能、环保、安全型自主创新产品，研发费用采用不同的税率，甚至可以对研发投资多的企业返税。三是企业投入的技术研发费用比上年实际增长一定比例的，可按实际发生额酌情抵扣当年度的应纳税所得额。四是对当年实际列支的技术开发费占销售额的比例高于上年的企业，可通过项目形式给予一定比例的配套拨款支持。政府还应利用金融政策、通过多种途径支持自主研发投入，例如：设立国家"汽车自主创新奖励基金"，以贴息贷款方式用于支持企业自主创新活动、引进源技术和研究开发平台的建设；以无偿的方式用于支持具有公共性和外溢性特征的共性关键技术开发活动；通过政策性银行，对国家重点支持的重大技术创新和技改项目发放长期低息贷款；对若干重要自主品牌的技术出口和技术输出等投资项目，给予出口信贷和流动资金优惠贷款，等等。

（2）实施人才战略，培养高素质的自主创新人才队伍

人才是知识的主要载体，是自主创新的关键性要素。产业技术进步路径的转换要以企业技术进步为基础，而企业加快技术进步要受到两个条件的制约：一是经济规模，二是互补性投入。互补性投入是指企业使用新技术和新设备之后，需要相应更新原材料和辅助材料，特别是要增加技术人才和技术工人。因此，重视人力资源开发，推行人才战略，对于加快企业技术进步和实施自主技术创新战略具有重要的意义。实施人才开发工程，汽车行业应大力开展"三高"人才的培养，重点培养高级经营管理人才、高级科技人才、高技能人才。首先，应培养一支既懂业务和技术，又擅长管理和经营的高级管理人才，这支核心人才队伍是汽车行业的领头雁。其次，培养一批在行业内能挑技术重担的顶尖研发人才和工程技术人才，研发部门是汽车工业的技术核心，也是核心竞争力的体现，高素质复合型的汽车研发人员的投入是提高我国汽车工业技术水平的关键。此外，还应培养一大批身怀绝技绝活的高技能人才。而激励是这些创新人才成长的动力，是影响自主创新必不可少的催生因素，政府应该尽快出台和完善支持自主创新人才的激励制度，以激发自主创新人才的积极性、主动性和创造性。

(3) 关注产业技术基础,建立产业共性技术平台

目前我国汽车产业共性技术的基础薄弱,严重制约了企业自主创新的开展。长期以来,我国汽车产业的技术进步是以任务为导向发展的,即将注意力放在如何采用更灵活、更有效的方式去引进新技术上,或者直接投入资金资助研究院所、高校乃至企业进行技术研究开发,或者过多地将人力、物力和财力放在挑选、扶持关键技术和有市场价值的项目上,而经常忽视对促进企业自主创新能力非常重要的共性技术能力提高及技术创新机制建设(李纪珍,2004)。为了促进我国汽车产业向自主创新的转变,政府的产业技术支持政策应当有重要的转变。具体地说,对于那些前沿的、具有广泛外部效应的亟待研究的技术,如电动车产业共性技术,由于其开发成本高和风险很大,一般企业无法承担,而且这类技术在整个汽车工业领域应用广泛、外部效应极为显著,所以这类技术的研究与开发,应由政府指派特定的科研部门来实施,即由政府组织专门的研究开发机构从事特定的研究与开发工作,以便为社会提供技术上的公共产品;对于汽车产业通用技术,可以由政府出面协调,构建技术创新战略联盟,分工协作,开展基础性合作创新,建立共享数据库;对某些投资昂贵的创新、实验设备,政府可以整合现有资源,投资或者参资建立行业公共实验室、前瞻技术实验室等。在这个过程中,政府不但要提供共性技术开发所需的部分资金,并且要通过多种途径(如补贴、减免税收、制定合作框架等)来促进各参与主体积极自愿的合作,减少技术联合体中诸如文化、行为等的冲突摩擦,减少合作的交易费用。

### 8.2.3 加强产学研合作,完善创新网络组织

构建适合我国国情的"权责明确、定位清晰、结构合理、运行高效"的汽车产业自主创新体系,是我国汽车产业加快取得创新性突破的关键。汽车产业自主创新体系是以政府为主导、企业为主体、市场为导向、国家科研机构为骨干、高等院校为生力军的官产学研科技创新体系,该体系是汽车企业、高等院校、科研机构和政府部门等要素组成的复杂创新网络系统,各要素既有明确的职责与分工,彼此之间又是互相促进、密不可分的。以此来优化专业技术服务供给,降低创新的成本和风险,提高产业自主技术创新的效率。

（1）加强产学研合作，构建汽车产业自主创新体系

强化汽车工业产学研合作的必要性，是由汽车工业的技术创新特点、发展要求和汽车工业在国民经济中的地位所决定的。借鉴其他汽车大国的经验，政府应在企业、高校、科研院所之间建立一种协调系统，通过组织、优化和整合离散在科研机构、教学机构和企业的各类资源促进"协作共用服务"的保障体系。在企业尚不具备独立实现自主创新条件的情况下，与大学和科研院所进行有效的合作就是不可或缺的。在市场经济的条件下，要使企业的组织体制具有创造性、适应性和促进技术的持续创新，就必须建立起能够有效地实现产学研合作的组织创新体制，使产学研各方都能够充分发挥各自在技术创新活动不同阶段的优势和潜力，形成协同效应，从而充分发挥行业的整体创新优势。产业技术创新是一个自组织过程，在开放条件下，只有改善创新组织，优化资源配置，加强产学研合作，发挥行业整体优势，才能提高企业创新能力，不断产出研究开发成果，取得自主技术创新的成功。

（2）完善零部件与整车企业之间的网络型组织结构，培育基于产业技术链条的自主创新能力

汽车工业技术是复杂产品技术，复杂技术一般都具有较强的产业关联性，客观上需要建立与整个产业价值链匹配的产业内互动型协作，需要零部件企业与整车装配企业共同完成产业技术链条的循环，并为产业自主创新提供必不可少的技术基础。汽车产业全球化引起的重要结果之一是新的专业化分工协作模式的出现，即整车装配与零部件企业之间呈现分离趋势，原有的整车装配与较多零部件生产一体化、大量零部件企业依存于单个整车装配企业的分工模式开始改变，零部件企业与整车装配企业之间以合同为纽带的网络型组织结构日趋增加；随着专业化水平的提升，一家零部件企业以多系列、大规模生产面对较多的整车装配企业，以满足整车企业零部件全球采购的需要；零部件厂商越来越深地介入整车开发和生产过程，由于技术能力的提高，它们与整车企业一道进行同步开发甚至超前开发。与上述的国际趋势相比，我国原有的汽车企业组织结构总体上说是落后的，普遍采取的是零部件生产与整车生产集中于一个集团，零部件生产主要满足本集团内部整车生产需要的方式。随着汽车生产的专业化分工程度的加深，一批面向诸多主机厂的零部件企业将得到较快发展，相对于整

车装配企业而言,汽车零部件企业具有更大的技术创新潜力,在很大程度上对于提高中国汽车产业的自主创新能力更具有实质性的作用。

(3) 有效利用地区的各种资源要素,发展汽车产业创新集群①

作为一种特殊的创新网络组织,产业创新集群是指集中于一定区域内特定产业的众多具有分工合作关系的不同规模等级的企业,以及与其发展有关的各种机构和组织等行为主体,通过纵横交错的网络关系紧密联系在一起的空间集聚体,它代表着介于市场和等级制之间的一种新的空间经济组织形式。从资源禀赋的角度来看,产业集群就是一种按最佳的方式将某一地区的各种资源要素有效地组织起来、从事某种对本地区来讲最具有竞争优势的经济活动的一种资源配置方式②。政府通过促进汽车产业创新集群的形成,可以从一定程度上改变我国汽车产业技术创新能力不足的问题。这是由于创新集群内在的技术创新优势作用的结果,总体说来,这些优势主要体现在以下几个方面:

第一,在集群内部,企业与企业间易于形成网络,从而促进协同创新的发展。单个汽车企业和集群中的其他供应商、客商、代理商甚至竞争对手在生产、销售、产品开发和售后服务等方面进行合作与交流,通过合作,共同解决技术难题、研制新产品、创建区位品牌,从而使所有参与企业都自觉或不自觉地参与到各个环节的创新发展中来,最终通过集群整体创新能力的提高使得所有集群内企业受益。

第二,集群企业的共同影响力量易于吸引政府政策的倾斜,而政府政策通过改善交通和通信等基础设施来营造企业发展和创新的硬环境;另一方面,通过完善引导集群发展的法律法规、产权保护、金融财政政策、劳动力供给和可持续发展等公共政策,又可以营造一种适合创新主体发展的氛围和软环境。在两方面因素的作用下,集群内部创新环境得到完善,集群整体的创新能力得到提高。

第三,集群的设置可以选择在教育研究机构比较集中的地方,或者是技术发展氛围比较浓厚的地方,通过利用大学、研究所等和集群企业经常交流,形成产学研的密切合作网络,快速将科技信息和知识转化为新产品。

① 康灿华:《我国汽车产业技术创新战略的思考》,《武汉理工大学学报》2004年第8期。
② 王缉慈:《创新的空间——产业集群与区域发展》,北京大学出版社2001年版。

第四，集群内部通过一些中介机构、行业协会的设置也可以促进集群内企业创新能力的发展。中介机构在政府优惠政策和资金的扶持下，可以形成非营利组织，促进创新、创业企业的发展；行业协会联系企业技术管理人员，举行各种正式和非正式的活动，不仅加强了企业知识和技术间的交流和扩散，而且为区域集群内单个企业创新成果的传递和扩散提供条件。

### 8.2.4　营造有利于产业自主创新的政策环境

汽车产业自主创新是一项高投入、高风险、高收益的复杂的系统工程。构建组合政策工具，健全和完善自主创新政策体系，一方面，可以改善技术创新的外部环境，解决市场失灵和系统失效问题，促进产业技术创新；另一方面，由于各项政策的目标与功能不同，有关政策分别作用于产业自主创新的研究开发、商品化、产业化等阶段，有利于调动创新主体的积极性，降低自主创新过程中的各种风险，保证自主创新的持续发展。

（1）形成统一协调的汽车产业技术政策体系

政府各相关部门应联合研究制定未来我国汽车产业技术进步中长期发展规划，明确产业技术进步总方针，对汽车产业技术发展作出统一的战略部署。以提高产业自主创新能力为指导思想，尽快制定并完善相关的税收、金融、贸易等方面的政策，形成协调一致的政策体系。其中财政政策的目标是根据公共财政的要求，支持企业共性技术、关键性技术和重大技术的研究开发，主要在研发阶段发挥作用；税收政策主要是为了引导企业立足于提高技术素质，走内涵式发展道路，它作用于企业技术创新的全过程；金融政策主要是促进企业高新技术产品产业化，同时，风险投资政策能够降低和化解企业研发和商品化过程中的风险；贸易政策是为了支持自主创新企业开拓国际市场，促进技术创新产品生产的规模化。与此同时，国家汽车产业政策对汽车工业管理的重心要从批项目、资金、合资合作转到提升企业技术能力、支持自主开发上来，产业技术政策既要体现鼓励性原则，也要体现限制性原则：一方面，通过适当的产业优惠政策，为企业创造条件和基础，促进和鼓励产业内整体的技术创新活动；另一方面，加强限制性政策的制定和完善，对现有的技术落后、污染严重的工艺和产品要加以限制，以引导和推动企业加强科技创新。

（2）充分发挥政府采购对产业自主创新的扶持作用

要把政府采购作为提高我国自主创新能力的重要的需求拉动手段，充分利用政府采购在加强国民经济和产业发展的宏观调控、引导产业结构调整和升级的重要作用。政府采购对企业自主技术创新的激励效应，集中表现在培育和拉动创新产品的早期市场需求、引导市场发展方向、保护我国中小技术创新企业等方面。它可以降低自主技术创新产品早期进入市场的风险、提高企业效益，激励和引导企业增加技术创新投入、增强企业自主创新的信心，加速高新技术产品的市场扩散，促进中小企业发展，因此对促进企业自主创新具有重要作用。从总体上看，我国汽车企业技术创新能力和市场竞争力不强，难以在短期内承受外国企业的冲击，政府采购必须对其进行适当保护，实行倾斜性策略，使政府采购成为促进企业自主创新的重要手段。在我国公车改革之前，政府消费仍然是汽车消费主体中的一支重要力量，政府应该积极支持自主创新企业参与采购计划的招投标，对于企业自主研究开发的新产品更应该带头予以消费；通过政府的带头示范作用，引导其他消费者包括个人消费者积极采购国产品牌的汽车。

（3）实施鼓励自主技术创新的融资政策

在我国的绝大多数汽车企业中，资金短缺都是企业开展技术创新活动的主要制约因素之一，对于资源有限的汽车零部件企业更是如此，因此需要政府完善金融市场，为技术创新提供有效的融资渠道。可以采取的具体措施有：

第一，完善信贷政策，发挥政府在企业自主创新融资中的导向作用，制定鼓励企业自主创新融资的税收优惠政策，降低银行对企业自主创新的贷款利率。政府可利用基金、贴息、担保等方式，引导商业金融机构支持自主技术创新与产业化；加强政策性金融机构对自主创新的支持力度，扩大企业自主创新资金的来源；大力发展信用担保业，通过财政资金支持和引导，强化中小企业信用担保体系，建设社会信用体系，引导信贷资金投入企业技术创新。

第二，健全资本市场。建立多层次的资本市场体系，以适应我国各类汽车企业自主创新和发展的需要，使更多的自主技术创新企业上市融资；同时，大力发展风险投资和技术产权交易市场，促进风险资本与技术的结合，加快自主创新和科技成果转化的进程。

第三，创新金融工具。加快社会信用评级体系建设，在完善评级标准和评级制度的基础上，发行专门针对科技型中小企业的企业债券，拓宽企业自主创新活动的债权融资渠道；同时，加快债券品种创新，探索自主技术创新企业发行债券的新途径。

(4) 加强知识产权的制度保护力度

要进一步完善知识产权保护的法律法规，加强对自主创新的知识产权保护[①]。知识产权的保护制度有以下几个方面的作用：

第一，由于法律的保护使得发明创造和技术创新者不仅能实现投资回报，而且还能取得超额的利润，从而极大地提高了知识产权创造者的积极性，有力地促进了知识和技术的不断创新。

第二，知识产权保护制度的确立加快了科技信息传播的速度，避免了产生重复研究的现象，减少了人力、物力、财力和时间的浪费，使发明创造得以及时推广应用，促进科技创新的发展。

第三，有效的知识产权保护制度有利于引进国外的先进技术、开展技术交流与合作，为合法的模仿创新提供更好的支持。因此，为了推动我国汽车产业自主技术发展，必须加强知识产权的制度保护力度，提高知识资产管理能力，强化知识产权保护的执法和监督机制。具体来说，对掌握企业自主核心技术的人才流动，应建立保护企业知识产权的制约手段；要完善相关法律法规，防止跨国公司滥用知识产权以达到垄断市场目的的不正当竞争行为；制定必须掌握的自主知识产权的产品和装备目录，国家对进入目录的产品和装备的研发给予重点支持；国家设立专门资金，支持企业和个人申报国际专利。

# 8.3　本章小结

国际汽车产业正沿着产业集中化、产业链全球化、技术高新化和生产敏捷化的方向发展，其技术创新趋势主要体现在应用新技术、采用新能源

---

① 科技部对我国自主知识产权的定义：自主知识产权是指中国的公民（自然人）、法人或非法人单位经过其主导的研究开发或设计创作活动而形成的、依法拥有的能够独立自主实现某种技术知识资产的所有权。

和使用新的生产制造方式等方面。在这种大背景下,我国应充分利用汽车工业全球化带来的机遇,整合全球的资源(包括技术和知识)和国内的技术资源,为我所用,探寻既有利于技术引进又有利于自主创新的总体上最优的技术创新模式,走一条具有中国特色的开放式自主创新之路。

笔者认为从总体上可依循汽车工业两条不同的技术轨道来寻求产业自主创新的可能突破路径。一条是在传统技术轨道上,具体有以下三个路径可供选择:一是追随跨国公司并逐步形成自主开发能力;二是通过与国际汽车工业中的咨询、开发企业合作,或者对外国汽车企业、技术咨询、开发企业进行兼并,以获得开发具有自主知识产权的产品并且逐步形成自己的开发能力;三是基本依靠自己的力量,在开放的环境中,以我为主,博采众长,进行系统集成,形成自己的产品。另一条是在新能源和新动力的技术轨道上,要以立足于自身技术能力的自主创新为主,加快新能源轿车的自主开发,这需要企业、科研单位和政府机构的共同努力才有可能成功,并且要在基础性产业共性技术、核心技术上有所突破。

要实现中国汽车产业技术进步从模仿学习到自主创新的转变,政府的政策支持是必不可少的,具体包括:制定开放竞争的市场政策,培育积极而充分竞争的国内汽车市场环境;培育企业在自主创新中的主体地位,构建有效的技术创新动力机制;加大研究开发投入,建立产业共性技术平台;加强产学研合作,完善创新网络组织;营造有利于产业自主创新的政策环境。

# 9 总体结论与研究展望

## 9.1 总体结论

### 9.1.1 本书的理论分析证明

新古典经济增长理论和内生经济增长理论表明，技术进步是影响经济增长的重要因素。为了加速经济增长、提升产业国际竞争力，世界各国普遍把技术进步作为一项重要战略举措加以扶持。对发展中国家而言，产业技术进步主要沿着外源式和内源式两条路径展开。笔者认为，这两条路径并不是截然对立的，外源式道路中外商直接投资的技术扩散效应以及基于技术引进而形成的技术基础、技术能力与学习能力是迈进自主创新技术进步路径的基础与前提。因此，研究我国汽车产业的技术进步路径选择问题，重点应该是如何实现从技术引进为主向自主创新为主的转变。

笔者认为，产业技术进步路径的转换主要依靠产业内的企业群（创新主体）和政府（辅助主体）来进行，从系统论的角度来说，经济、技术、组织、制度等因素（ETSI），都对产业技术进步路径从模仿学习到自主创新的转换有决定性的影响。产业技术进步路径的转变总是与经济发展水平相联系的，经济因素在宏观方面从供给和需求两方面对产业技术创新的转变起作用，在微观方面则主要体现在市场对企业自主技术创新的激励上。包括知识基础、研究开发水平、产业共性技术的支持与供给、技术创新政策在内的技术因素，对于实现从引进模仿到自主创新的转变也具有决定性作用。技术创新网络作为一种新的产业技术创新组织形式，也影响着产业的创新效率和技术进步路径的转换。制度因素对产业技术进步的影响作用，表现为现存的经济制度与技术创新是否相容，笔者认为对产业技术进步路径转换具有深刻影响的制度因素包括产权制度、相关的法律法规等。

　　笔者在批判性吸收国内外现有研究成果的基础上，构建了产业自主创新的 ETSI 分析模型：产业技术进步路径的转换不是主观地设定，而是依据客观环境和产业自身条件作出的现实抉择，因而与产业内外部多重因素相关。其中经济因素通过创造技术创新需求推动产业自主技术创新；技术因素加强自主技术创新的技术基础；组织因素为产业创新阶段的转换提供载体和组织保证；制度因素并不直接作用于产业技术创新活动，它主要为经济因素和技术因素提供一个制度框架。这种内在相关特性也决定了政府促进产业自主创新政策的实施内容、重点，以及措施上的可能选择范围。ETSI 模型的政策含义是：市场竞争压力是企业进行自主创新的基本动力，因而通过培育积极而充分竞争的市场环境是促进企业自主技术创新能力提升的重要因素；对于产业技术进步路径转换过程中出现的市场失灵，政府可以调动多种政策手段，从供给与需求两个方面作用于企业和市场，形成新的激励力量，以弥补市场机制之不足；产业自主创新具有高投入、高风险和经济规模性，需要产业价值链的整体配合，通过技术创新网络组织中处于产业价值链不同环节的企业发挥各自的专业优势，才能获取技术创新在整体上的突破，达到产业自主创新的连续性和系列性。

　　作为产业技术创新的主体，企业能否具有创新动力和创新能力，对实现产业技术进步从模仿学习到自主创新的转变也有决定性作用，所以笔者进一步从企业层面做了相关理论分析。研究表明，企业自主创新能力的本质是企业特有的知识和资源，其形成是一个长期而复杂的过程，通常需要建立在经验性知识的长期积累之上，并通过组织内部不断的技术学习而得到提高，因此政府在致力于产业技术创新能力提升的过程中，要特别注重形成技术学习机制，并为企业的技术学习和自主创新提供一系列的相应制度支持。本书还用企业自主创新能力发展的"社会学习理论"，说明了企业从技术引进向自主创新转变的过程和条件：作为"技术后来者"，我国企业技术创新能力的培养多是从技术引进开始的，需要经过一个社会学习过程，才能偏离这个"一般过程"而达到自主创新；在国内市场快速成长阶段，大多数企业不会主动进行自主技术创新，因而需要政府的引导和支持，需要政府提供一个适宜的环境，使企业有压力、有信心，并且不为技术商业化的后来者劣势所阻碍。

### 9.1.2　本书的实证分析证明

　　我国汽车产业技术进步的历程是与国内市场的对外开放联系在一起的。本书的实证分析表明，在开放的条件下，我国汽车产业实施的"以市场换技术"的发展战略，尽管对汽车产业生产能力和生产技术水平的提高起到了很大的推动作用，但在技术创新的核心环节——产品开发方面绩效较差，在外资企业获得了很大市场份额的同时，国内企业自主研发和创新能力的提高却进展缓慢，甚至形成了严重的技术依赖。分析还表明，产品开发是汽车工业技术结构的首要环节，而我国企业在现有合资模式下的技术学习基本不发生在产品开发层次，仅是发生在产品制造环节，即在产品的生产图纸、生产流程以及所采用手段已经确定的条件下进行的；由于缺乏"研究开发中学习"的知识积累，造成我国汽车企业的技术能力长期停留在复制模仿阶段。

　　通过对改革开放以来我国汽车工业技术进步的经济贡献的计量分析，表明我国汽车工业在"八五"时期和"九五"时期，技术进步对汽车工业经济增长的贡献率非常低，而这一时期我国汽车工业正处于全面技术引进的状态，虽然通过合资引进了资金和产品，但政府和企业都对汽车产品开发能力建设重视不够，忽视了在引进技术的同时培育自主技术创新能力，造成了全行业的引进、落后、再引进的被动局面；在"十五"期间，技术进步的贡献率有了很大提高，这一时期我国汽车产业技术政策有了很大的转变，国内市场需求的稳步增长以及产业投资主体的多元化都促进了产业技术水平的不断提升，为我国汽车产业技术进步从引进模仿向自主创新转变奠定了基础。

　　在此基础上，本书还对制约我国汽车产业技术进步的障碍因素做了系统的实证分析。研究表明，市场与规模约束，研发经费和人员投入不足、数据资源积累不够，汽车零部件与相关工业发展滞后、尚未建立起汽车产业自主创新网络体系和汽车行业公共技术平台，企业尚未真正成为技术创新主体、缺乏自主创新的"趋利政策"，都制约了我国汽车产业技术进步从引进模仿向自主创新的转变。

　　对日本和韩国汽车产业技术进步路径的比较分析表明，上述国家汽车工业成功实现从技术引进到自主创新转变的主要原因，一是企业始终保持了以自主产品开发为核心的高强度的技术学习；二是政府政策的成功扶持和引导。由于日本与韩国的产业技术进步路径转换是在相对封闭的环境下进行的，政府都在初期实行了一定程度的保护和干预政策，将技术创新供给政策和需求政策协调运用。这对我国促进汽车产业自主创新政策的制定和实施有重要的借鉴作用。

### 9.1.3   本书分析的基本政策含义

我国在学习借鉴日本、韩国汽车产业自主创新发展经验的同时，需要考虑两个几乎不可改变的前提条件：一是中国汽车工业目前已有相当高的国际化程度，已不可能像日韩模式那样排斥外资；二是中国的对外开放度已经相当高，加入世界贸易组织后更不可能继续对国内市场进行高度保护。因此，我国不可能也没有必要全部照搬日本、韩国的产业自主创新发展模式，而应充分利用汽车工业全球化带来的机遇，整合全球的技术和知识资源，为我所用，探寻既有利于技术引进又有利于自主创新的总体上最优的产业技术进步路径，走一条具有中国特色的开放式自主创新之路。

要实现中国汽车产业技术进步路径从模仿学习到自主创新的转变，需要政府提供促进企业提高自主创新能力、创造 ETSI 相互协调的创新环境的支持政策。具体包括：制定开放竞争的市场政策，培育积极而充分竞争的国内汽车市场环境；培育企业在自主创新中的主体地位，构建有效的技术创新动力机制；加大研发投入，建立产业共性技术平台；加强产学研合作，完善创新网络组织；营造有利于产业自主创新的政策环境。

## 9.2   研究展望

产业自主创新是一个热点问题，本书尽管做了一些研究，但仍然存在不足，很多重要的问题还有待于今后更为深入的研究和思考：

第一，笔者在批判性吸收前人研究成果的基础上提出了产业自主创新的 ETSI 分析模型，用来说明产业技术进步路径从模仿学习到自主创新转换的影响因素，由于多种原因，应该说整个分析模型有些地方还是比较粗糙的，尚有待于进一步的理论完善。同时，本书通过对汽车产业的实证分析在一定程度上验证了 ETSI 模型的有效性，但由于资料所限，尚不能对模型进行计量检验，因此对于 ETSI 分析模型是否具有广泛的普遍适用性和解释力，还需要更加深入的理论分析和实证检验。

第二，产业自主创新绩效衡量指标体系的建立，对汽车产业技术进步路径转换过程的实证分析是至关重要的。目前国内尚没有这方面能被普遍接受的研究成果可以借鉴，这也在很大程度上制约了本书进行深入的定量化实证分析，因此对自主创新绩效指标体系的研究也将作为笔者今后的一个努力方向。

第三，企业自主创新是一个可持续的发展和创新过程，促进企业持续的自主创新需要不断地提高企业自主创新能力。本书虽然运用了企业技术能力方面的概念和理论，但并没有进行深入的研究，技术学习对企业自主创新绩效的影响因素分析也没有涉及，这些都有待今后更深入的探讨。

# 10 汽车产业自主创新能力的实证分析

## ——以辽宁省汽车产业为例

产业自主创新绩效衡量指标体系的建立，对汽车产业技术进步路径转换过程的实证分析是至关重要的。本章在借鉴国内最新研究成果的基础上，结合辽宁省汽车产业的实际，进行深入的产业自主创新能力的定量化分析。本章是全书基本研究内容的进一步扩展。

## 10.1 辽宁省汽车产业自主创新现状分析

### 10.1.1 辽宁省汽车产业的发展特征分析

(1) 辽宁省汽车产业的发展沿革

辽宁的汽车产业是 1949—1957 年，在我国经济恢复时期并开始实施第一个五年计划后，随之恢复和建立起来的。1958—1965 年，辽宁汽车工业进入开创时期，先后建立了沈阳汽车制造厂、沈阳轿车修配厂、丹东汽车改装厂、辽阳汽车弹簧厂及丹东汽车工具厂等企业，奠定了汽车工业的发展基础。1966—1976 年，通过全省汽车工业会战，沈阳汽车制造厂、凌河汽车工业公司、丹东汽车制造厂等企业以主导产品发展了一批协作配套企业。1977—1989 年，经过恢复性整顿，形成年产汽车 7 万辆、摩托车 1.23 万辆的生产能力。进入 20 世纪 90 年代之后，随着金杯海狮在全国叫响，其经济效益仅次于一汽和上汽而位居第 3 位。从这一时期起，辽宁汽车工业逐步发展成为全省国民经济的支柱产业之一。

作为装备制造业龙头的汽车产业，辽宁的汽车产量 2003 年达到143677 辆，同比增长了 55.88%，高出全国平均增幅 20 个百分点，创造了历史最高水平①。2004 年全省汽车产量 14.13 万辆，占全国的 2.8%，居全国第 13 位②。从 2004 年全省汽车产业完成工业总产值来看，在全国排第 10 位；从细分市场来看，汽车零部件产业的利润最好，总产值占汽车工业总产值的比重最高，达到 35.4%。根据国家统计局的统计，截至 2004 年年末，辽宁省共有上规模的汽车零部件企业 156 家，主要分布于沈阳、丹东、大连、营口、锦州等地，产品包括车桥、发动机、发电机、曲轴等。现在，以轿车、多功能车、轻型汽车（含轻型客车和轻型货车）、大中型客车、车用发动机和汽车零部件已经构成了辽宁汽车工业体系，辽宁汽车产业集群也已初现轮廓，形成了沈阳、丹东两大汽车生产基地，沈阳—辽阳—营口—大连，沈阳—锦州—朝阳两条汽车长廊的产业聚集分布。

沈阳是我国东北的市场中心，也是东北亚地区的一个大都市，综合经济实力在逐年上升，而且拥有雄厚的装备制造业基础，有极强的市场集散功能和广泛的经济辐射作用。近几年来，通过不断完善投资软、硬环境，沈阳正逐步成为既适宜创业发展又适宜生活居住的国际化大都市，成为外商最愿意投资的地区之一。沈阳具有形成一个新的汽车产业集群的环境优势，可以充分发挥后发优势，发挥自身的装备和制造优势，让汽车成为拉动全市工业的火车头。从宏观上看，汽车产业可以带动交通、钢铁、电子等行业，从微观上看，宝马等项目落户沈阳，意味着沈阳汽车工业的一场质变，从全力塑造自主品牌的中华轿车，也可以看出沈阳对汽车工业的一个清醒感悟。沈阳的汽车产业既瞄准像塔尖"宝马"这样可以提供纯粹驾驶乐趣的豪华车市场，同时又把握了象征民族汽车工业荣誉的"中华"，以及产销量及市场占有率一直稳居全国轻型客车排头的"金杯海狮"这种稳固塔身的市场。日前，由于宝马项目的带动，大量国际其他著名汽车企业不断进入，使沈阳汽车工业的实力大大增强；在国际汽车产业势力的参与下，中国汽车工业正在进行一场大规模的重组，后劲十足的沈阳汽车产业号召力很强。现在，沈阳共有华晨金杯、华晨宝马、沈阳中顺等 7 家整车制造企业，主导产品包括宝马轿车、中华轿车、海狮系列轻

① 根据《中国汽车工业统计年鉴》（2004），经作者整理。
② 《辽宁日报》2006 年 2 月 6 日第 3 版。

型客车、金杯阁瑞斯高档商务车、中顺世纪轻型客车等产品；还有18家专用改装车生产企业，主导产品包括厢式货车、冷藏车、保温车、炊事车、运钞车、中巴车、车辆运输车、半挂车等；此外，航天三菱、航天新光等4家发动机生产企业，生产产品为三菱4G6系列发动机、491Q发动机、471发动机，以及其他零部件及相关配套产品生产企业近90家。

（2）辽宁省汽车产业的发展特征

①以主导企业为核心的汽车产业集群初步形成

近几年来，借助现有的工业基础与中国汽车产业的良好发展态势，辽宁汽车产业飞速发展，实力不断增强，其中沈阳市汽车产业集群已初步形成。截至2004年年底，沈阳汽车产业集群共有华晨金杯、华晨宝马、上海通用（沈阳）北盛、金杯车辆、沈飞日野、沈阳中顺、沈阳奥克斯7家整车生产公司，专用改装车、农用运输车21家，汽车零部件企业95家。集群已经形成年产整车40万辆的设计能力，其中华晨金杯汽车有限公司海狮轻型车12万辆、中华轿车10万辆、华晨宝马汽车3万辆、上海通用北盛汽车公司一期5万辆、沈阳中顺汽车5万辆、金杯车辆3万辆、其他2万辆；形成发动机设计生产能力55万台，其中沈阳航天三菱汽车发动机制造有限公司的4G63/64发动机25万台、华晨金杯1.8T涡轮增压发动机10万台、新光华晨汽车发动机491Q发动机10万台、航天新光471发动机3万台、长城富桑内燃机491Q发动机5万台、东基集团发动机2万台。汽车产业从业人员达26500人，总资产267.39亿元，是2001年同期的1.55倍；实现规模以上工业总产值290亿元，是2001年的2.44倍；占全市规模以上工业总产值19.8%，比2003年同期增长6.61%①。

②汽车产业链较为完整

辽宁汽车产业链较为完整，在整车制造、零部件生产、经销、售后服务等各大环节均有一定实力。到2003年年末，辽宁地区共有汽车工业企业148家，其中汽车制造厂11家，改装车厂50家，车用发动机厂6家，汽车零部件生产企业81家，总固定资产350.73亿元。2004年全省有汽车生产企业191家，年汽车生产能力47万辆，汽车零部件企业也增至

---

① 作者根据沈阳市经委汽车办提供的资料整理。

156 家。另外还有汽车科研院所 3 家，汽车经销企业 100 多家。华晨金杯集团是辽宁汽车工业的龙头企业，是华晨宝马、华晨金杯、金杯车辆三大核心汽车生产企业的控股母公司，其 2004 年汽车产量达 110505 辆，销量达 99572 辆，华晨金杯集团的工业总产值、销售收入、汽车销售量占沈阳市汽车全行业的 80% 以上，产销量排在全国大型汽车企业的第 9 位。大中型客车是辽宁汽车工业的另一重要组成部分，但面临日趋激烈的国内市场竞争。丹东黄海大客车，产销量曾居全国第 1 位，虽然其具有一定的自主开发能力，但产品主要集中在中低档客车，而同处这一领域的厦门金龙、安凯客车、郑州宇通、常州客车、江苏亚星等中高档大中型客车制造和改装企业，或采取合资合作方式，或引进国外先进客车制造技术生产的中高档大中型客车，产销量正快速增长，而黄海大客的位次却逐年后移，2004 年已排在了同行业的第 8 位。辽宁的汽车零部件企业主要是随着辽宁整车生产企业的发展而发展起来的，全省现有汽车零部件生产企业 100 余家，占全国的比重为 4.1%。其中以生产曲轴、座椅、车桥、弹簧、发电机、活塞等零部件企业为主，这些企业虽然年销售收入 60 多亿元，但实现的利润不大，而且这些企业生产的汽车零部件能够给高档轿车、高档轻型客车和越野车型提供配套的很少。

③具有较完整的汽车产品系列，但市场空间还有待开发

辽宁汽车产业的快速发展应该是沈阳金杯从日本引进全套的丰田技术和管理生产金杯海狮轻型客车开始，其产销率也在全国同类车型中占有绝对优势，2003 年达到 50% 以上。尽管金杯海狮轻型客车连续七年产销量居全国第 1 位，但市场份额却在逐步下降，遇到了前所未有的冲击和挑战。另外，中华车于 2001 年成功推出，作为具有自主知识产权的国产轿车的代表，中华轿车给中国的汽车工业带来了生机和活力，推动了民族汽车工业的发展，同时也结束了辽宁不能生产轿车的历史，使辽宁汽车产业得到了很好的补充和壮大。2003 年以沈阳宝马轿车的下线和投放市场为标志，标志着一个以高档轿车、中档轿车、轻型客车、轻型卡车、大型客车为主的辽宁汽车产品格局的初步形成。辽宁专用车生产企业的产品则以轻型、中型车辆为主，其中包括环卫汽车、商品运输车、市政专用车、清扫车、高空作业车等，其中许多产品正处于转型期，在全国市场的占有率一直保持在 2% 左右。

## 10.1.2　辽宁省汽车产业自主创新现状分析

虽然经过了50多年的发展，辽宁省汽车产业不断壮大，技术创新能力也有了长足的进步，但是与发达国家汽车产业自主创新能力还不能同日而语，即便和国内的主要汽车省份相比，辽宁省汽车产业的自主创新能力也属于较弱的水平，严重影响了整个行业的长远发展。辽宁省汽车产业自主创新能力的不足主要体现在以下几个方面：

（1）主导企业自主开发能力较差

辽宁汽车企业的技术以外资输入为主导，企业自主开发能力较差，自主品牌也不很亮，即便是该省第一台具有自主知识产权的中华轿车也是请意大利人设计的车型，目前也仅申请了几项国家外观专利。虽然国内的汽车企业普遍存在自主开发能力不强的问题，但就辽宁省汽车制造企业而言，整车开发能力弱、新产品推出缓慢的问题尤为突出。以中华轿车为例，2003年由于受设计缺陷带来的质量问题的影响，致使中华轿车没能完成当年3万辆的生产销售计划；尽管经华晨金杯公司的努力部分解决了原有质量问题，并于2004年2月推出了新型中华轿车，同时围绕市场销售做了大量工作，但中华轿车质量问题的负面影响依然存在，给新型中华轿车销售带来很大的困难。辽宁省生产的多数车型，无论是轿车还是旅行车、轻型车、大客车，都缺少独创性；从汽车的性能和功能上看，也缺乏很强的竞争力。以大客车为例，很多产品的定位是城市公交车和职工通勤用车，由于国内高速公路的普及，这种低档次车很快就要淡出市场了。不仅如此，省内的零部件企业也大多面临着人才缺乏、产品开发能力弱的困扰，尚未与主机厂形成同步开发能力；多数企业包括中外合资企业都重生产、轻开发，导致企业研发基础薄弱且手段落后；一些合资企业由于受引进产品技术许可制度的制约，消化和吸收引进产品的核心技术很难，新产品的开发主要依赖外方，有产权、无知识的现象普遍存在。

（2）企业协作创新意识差，严重削弱了区域汽车产业竞争力

汽车产业的经济技术特征要求整车厂和相关配件厂的关系必须非常密切，并实现专业化的分工协作，而不是目前这种局面——省内汽车厂家大而全、小而全，企业实行内部配套，使得整个交易多在集团内部进行。如华晨集团的两个合资公司——华晨金杯和华晨宝马，由于各有自己的一套

技术标准和配套体系，从而导致沈阳的零部件工业内部兼容性非常小。不仅如此，辽宁省内的汽车零部件生产相对滞后，配套能力不强，尽管配套体系较为完善，但真正能够与主机厂很好配合的、大而强的企业却很少，致使很多主机厂的配套件要拿到全国各地去做。例如，辽宁省零部件企业为金客海狮轻型客车一次性配套率仅为 30% 左右，为原金通雪佛兰/开拓者配套率仅有 5%，为中华轿车配套率不到 30%，为华晨宝马配套更少；而真正能够为一汽、东风、上汽等重点汽车厂家一次性配套的企业还不足 20 家，且多数未能进入轿车领域。如此低的省内采购配套率，不仅对辽宁经济发展的贡献率不大，也严重削弱了区域汽车产业竞争力的提升。

（3）规模不经济导致企业生产成本高，创新实力不够

汽车产业是典型的资本密集型产业，规模效益十分突出，必须达到很大的规模才能对在研发、制造和销售等环节投入的费用进行分摊和消化，才能形成核心竞争优势。尽管辽宁汽车产业近年来发展迅速，整体实力不断增强，但同吉林、上海、湖北等汽车大省市相比，还具有一定的差距，不具有规模优势。而全省汽车工业集中度低、规模经济效益差的现状，使得资源无法集中使用，从而导致企业生产成本高，创新实力不够，技术水平落后，难以形成自主开发能力。从汽车零部件行业来看，辽宁省现有的 100 多家汽车零部件生产厂家大多数规模小、资产负债率高，行业生产集中度低，难以形成规模经济。例如，辽宁省同一零部件产品生产厂家超过 3 家的就有 9 个，而整个行业还没有销售收入超过 10 亿元的企业；零部件出口企业虽有 13 家，但年出口总额还不到 2000 万美元。由于规模偏小，导致辽宁省的汽车零部件厂家普遍缺乏产品的自主开发能力，不能掌握关键零部件的核心技术，以及影响整车性能的关键总成和系统零部件产品。在研发能力上的弱势具体表现为：电子化和集成化研发能力不强，产品更新换代速度慢，零部件产品制造精度不高，而生产成本过高。

（4）本地化的合作体系尚未建立，制约了对引进技术的消化、吸收

引进的汽车厂商和本地零部件企业的合作体系尚未建立，难以带动现有的零部件企业发展，是辽宁汽车产业自主创新发展中的另一个主要问题。辽宁引进德国宝马、日本日野等世界知名汽车厂商的主要目的

之一，就是有效促进汽车零部件生产和研发本地化，以带动本省汽车零部件工业的发展。但目前来看，引进的汽车厂商和本地零部件制造企业的合作体系并未建立起来，如宝马轿车的地方配套产品只有车桥、座椅及线束，其他零部件基本由上海、江苏等地的合资零部件企业实施配套；而海狮轻型客车的省内配套率只有34%，中华轿车的地方配套率不到30%，如此低的合作配套率，很难带动辽宁本地现有零部件企业的自主创新和发展。

## 10.2 辽宁省汽车产业自主创新能力评价指标体系及评价模型

### 10.2.1 汽车产业自主创新能力评价指标的确立

（1）评价指标体系建立的原则

为了建立一个科学可行的汽车产业自主创新能力评价指标体系，首先要明确设计原则，然后依据这一设计原则合理地设计测度指标体系的框架结构和指标内容，最后根据这一框架结构和指标内容确定具体的指标计算方法和数据的获取方式。汽车产业自主创新能力指标体系的设计，应该从评价的内容和标准出发，从评价的实际需要和可能出发，结合产业自身特点，尽量做到科学全面、准确易行。具体来说主要应遵循以下原则：

①强调汽车产业自主创新能力的特征

既要吸取体现产业技术创新规律的一般指标，同时还要突出与汽车产业自主创新相关的指标，建立的指标体系要能够全面反映其数量化的现象和概念，信息经过数量化后尽量不能遗漏或有所偏颇。否则的话，评价结果就不能真实全面地反映被评对象。也就是说，汽车产业自主创新的评价指标体系必须包括能全面地反映汽车产业自主创新发展的综合水平以及各方面发展因素的指标。

②可操作性原则

汽车产业自主创新能力的评价应保证有翔实可靠的统计数据支持，具有可实际操作性。因此，在设计指标体系时，要从实际出发，尽可能选择可以量化的指标和国家现有统计系统能够提供基础性数据的指标，使需要与可能相结合；同时，在可操作性原则要求下，指标的选择应强调少而精，注重规范性、通用性和公开性。

③科学性原则

指标体系的科学性是确保评估结果准确合理的基础。产业创新评价指标体系是一个将经济、社会、环境三者有机地融为一体的多层次、多功能、全方位的统计网络系统。指标体系的设计要客观、科学地反映企业创新能力、经济发展和社会进步的特征以及它们之间的相互联系，同时要符合我国现行统计工作的标准。

④独立性原则

评价指标体系应具有独立性，即指标体系中的指标应该互不相关、彼此独立。这样，一方面可以使指标体系保持比较清晰的结构，另一方面可以保证指标体系中的指标数目得到压缩。

⑤动态性原则

产业自主创新系统是一个动态系统，对产业自主创新能力的评价必然是跟踪性评价，具有明显的动态性。

（2）汽车产业自主创新能力评价指标体系中指标的确立

在充分借鉴国内外关于技术创新、自主创新指标评价体系的基础上，按照汽车产业自主创新的内涵，强调汽车产业自主创新能力的特征，在科学性、可行性、独立性、系统性原则下，本书初步设定衡量汽车产业自主创新能力的四类认同度较高的一级指标（自主创新资源投入能力、创新管理能力、研究开发能力、创新产出能力），其中又具体包含 15 项二级指标的汽车产业自主创新能力综合评价指标体系①。

①创新资源投入能力

创新资源投入能力是指投入创新资源的数量和质量，它决定创新的规模、速度、能力和效果。资源的投入量可以从以下二级指标来衡量：

第一，研究开发投入强度。研究开发强度是自主创新能力评价中非常重要的指标，大量的资金投入是研究开发能否成功的保证，也是研究开发

---

① 王青云、饶扬德：《企业技术创新绩效的层次灰色综合评判模型》，《数量经济技术经济研究》2004 年第 5 期。

活动的基础，只有强大的要素禀赋才能支持大规模的技术创新与研发活动。研究开发投入强度可以用研究开发经费投入比率表示，计算公式为：研究开发经费投入/销售收入。

第二，人均研发费用。人均研发经费越多，研发人员的研发需要越容易得到满足，越可能导致研发成果的产生。人均研发费用的计算公式为：该年的研发经费总额/职工人数。

第三，研究开发设备净值。研发设备净值体现创新设备的先进程度，研究开发设备净值越高，表明自主创新活动的潜力越大，创新产品的新技术含量越高。

第四，研发人员投入强度。是指研究开发人员占职工总数的比例，计算公式为：研究开发人员/职工人数。

第五，研发人员素质和数量标值。研究开发人员的素质和质量，决定了企业的研发质量和成功率。计算公式为：（博士人数/研发人员总数）×10＋（硕士人数/研发人员总数）×5＋（本科人数/研发人员总数）×3。

第六，用于技术引进和技术改造的非研发投入。计算公式为：技术购买资金＋技术改造资金。

②创新管理能力

创新管理能力主要包括以下二级指标：

第一，自主创新战略。汽车产业的自主创新活动必须要有战略指导方针，在制定创新战略时必须和产业的实际情况相联系，既要有前瞻性的眼光，又要脚踏实地，这样的战略才能导致企业创造和获取好的经济效益。目前，我国汽车企业的创新战略大多以模仿创新和引进、消化、吸收、再创新为主。

第二，自主创新机制。有效的创新机制能使创新人员人尽其才、晋奖刺激、沟通顺畅、合作有效。人尽其才是指企业有条件充分发挥创新人员的创造性；晋奖刺激是指研究开发人员研究成果的数量和质量与其职务晋升密切挂钩，并有明确的物质奖励；沟通顺畅是指企业内部的研究开发、生产、营销与综合部门之间具有良好的沟通方式和渠道，能开展旨在实现技术创新的大协作；合作有效是指企业在与大学、研究机构的合作方面具有行之有效的办法。

第三，自主创新倾向。企业的创新倾向主要反映在企业是否有具备创新主动性和前瞻性的企业家队伍。企业家是创新活动的倡导者和实干家，其较强的创新倾向表现为创新视野开阔、创新规划长远，具有强烈的创新愿望并且有魄力去推动创新。重视创新的企业家通常非常重视寻找和利用外部的技术机会和市场机会，并利用各种信息抢先行动，从而在创新竞争中处于主动的地位。

③创新产出能力

汽车产业创新产出能力反映了各种创新要素重新组合产生的实际效益，因此该指标是评价产业自主创新能力最直接、最重要的指标。它具体包括以下二级指标：

第一，专利拥有数量。专利是企业研究开发的重要成果，可以最直观地反映企业的创新产出状态，用专利数量指标衡量研究开发能力已被人们广泛接受。

第二，创新产品的市场占有率。自主创新的最终出口是市场实现，而创新产品市场占有率反映了市场对创新产品的接受程度，直接体现了自主创新的效果。计算公式为：创新产品销售额/该产业销售总额。

第三，创新产品销售利润率。自主创新产品的销售利润率也是对创新能力的一种反映，计算公式为：创新产品的销售利润/销售总利润。

④创新研发能力

创新的观念通过研究开发活动转化为研究成果，创新的实施过程则把研究成果转化为实际应用，从而完成创新的全过程。创新研发能力主要包括以下二级指标：

第一，开发速度。开发速度直接反映了企业新产品开发的周期，开发时间的长短体现了企业自主创新研发能力的强弱。

第二，自主创新成品率。计算公式为：自主创新产品/创新产品数。

第三，产品研发成功率。计算公式为：研究开发成功次数/研究开发总数。

综合上述一、二级指标，本书建立汽车产业自主创新指标体系如下表所示。

**表 10.1**　　　　　　　　　汽车产业自主创新指标体系

| 目标层 | 一级指标 | 二级指标 | 单位 | 指标性质 |
|---|---|---|---|---|
| 汽车产业自主创新能力 | 创新投入能力（$B_1$） | 研发投入强度（$C_1$） | % | + |
| | | 人均研发费用（$C_2$） | 万元 | + |
| | | 研发设备净值（$C_3$） | 万元 | + |
| | | 研开发人员素质和数量标植（$C_4$） | % | + |
| | | 研发人员投入强度（$C_5$） | % | + |
| | | 非研发投入比例（$C_6$） | % | + |
| | 创新管理能力（$B_2$） | 自主创新战略（$C_7$） | 定性 | + |
| | | 自主创新倾向（$C_8$） | 定性 | + |
| | | 自主创新机制（$C_9$） | 定性 | + |
| | 创新产出能力（$B_3$） | 专利拥有数量（$C_{10}$） | 个 | + |
| | | 创新产品市场占有率（$C_{11}$） | % | + |
| | | 创新产品销售利润率（$C_{12}$） | % | + |
| | 创新研发能力（$B_4$） | 开发速度（$C_{13}$） | 年 | —— |
| | | 自主创新成品率（$C_{14}$） | % | + |
| | | 产品研究开发成功率（$C_{15}$） | % | + |

## 10.2.2　汽车产业自主创新能力评价模型及指标权重的确定

（1）评价指标权重的确定

层次分析法，简称 AHP（Analytic Hierarchy Process），可以将人们的主观判断用数量形式来表达和处理，是一种定性和定量相结合的分析方法，特别适用于处理那些多目标、多层次的复杂大系统问题，以及难以完全用定量方法来分析与决策的社会系统工程的复杂问题。因此，本书选定层次分析法建立汽车产业自主创新能力评价的模型，并采用层次分析法的一般原理和具体计算过程，结合汽车产业自主创新能力评价指标体系，对汽车产业自主创新能力水平进行综合评价。对于汽车产业自主创新能力的评价，可以通过专家打分的方法确定各个指标之间的权重，在构造判断矩阵时，由专家打分对汽车产业自主能力影响因素的每一层次的各因素的相对重要性进行两两比较，参照美国运筹学家萨特（T. L. Saaty）教授提出的判断尺度加以量化[1]，即可得到使判断矩阵具有满意的一致性时的汽车产业自主创新能力评价指标的权重（见表 10.2）。

表 10.2　汽车产业自主创新能力评价指标体系中各个测算指标的综合权重

| 指标 | B₁ 创新投入 | B₂ 创新管理 | B₃ 创新产出 | B₄ 创新研发 | 二级指标的综合权重 |
|---|---|---|---|---|---|
| 权重 | 0.491 | 0.25 | 0.16 | 0.099 | |
| $C_1$ | 0.481 | | | | 0.081 |
| $C_2$ | 0.328 | | | | 0.063 |
| $C_3$ | 0.065 | | | | 0.153 |
| $C_4$ | 0.195 | | | | 0.085 |
| $C_5$ | 0.06 | | | | 0.025 |
| $C_6$ | 0.06 | | | | 0.083 |
| $C_7$ | | 0.482 | | | 0.066 |
| $C_8$ | | 0.618 | | | 0.010 |
| $C_9$ | | 0.614 | | | 0.026 |
| $C_{10}$ | | | 0.101 | | 0.168 |
| $C_{11}$ | | | 0.688 | | 0.061 |
| $C_{12}$ | | | 0.786 | | 0.022 |
| $C_{13}$ | | | | 0.676 | 0.017 |
| $C_{14}$ | | | | 0.364 | 0.101 |
| $C_{15}$ | | | | 0.438 | 0.042 |

（2）构建汽车产业自主创新能力评价模型

为了获得评价国内某一地区汽车产业自主创新能力的具体量化数值，需要建立数学模型。具体方法是，根据统计样本分别确定各指标的实际

---

[1]　具体分析过程参见孙细明、张金龙《改进的 AHP 法在企业技术创新能力指标要素权重确定中的应用》，《创新与产业化》2002 年第 3 期。

值，并运用无量纲化方法统一数值，然后根据上述的层次分析法确定的评价指标权重，综合计算出该地区汽车产业自主创新能力指数。由于汽车产业自主创新能力评价指标体系中的指标很多，所收集到的数据表达方式要由相关的指标计算公式得出，并且要对定量和定性指标做不同的处理，因此要对这些指标数据分类并进行无量纲化处理，使得这些数据能够在同一表达方式下进行比较。

第一，对于定量指标，当取得的样本数据为绝对数指标时，可以采用以下方法进行转化：

当指标性质为正时，其计算公式为：$b_i = (a_i - a_{min})/(a_{max} - a_{min})$

当指标性质为负时，其计算公式为：$b_i = (a_{max} - a_i)/(a_{max} - a_{min})$

其中：$a_i$ 表示 $i$ 指标在该比较区域之内得到的样本数值；$b_i$ 表示 $i$ 指标在该比较区域之内得到的转化数值；$a_{min}$ 表示 $i$ 指标在该比较区域之内得到的最小样本数值；$a_{max}$ 表示 $i$ 指标在该比较区域之内得到的最大样本数值。

第二，对于定性指标，可借鉴相关产业资料，采用 Likert 五级标度法对各个指标进行设计，指标得分数值的含义为：1 分表示很差，2 分表示较差，3 分表示一般，4 分表示好，5 分表示很好。然后运用专家打分法，将指标量化，再用上述转化计算公式进行无量纲化处理[①]。

第三，最后依照计算公式：$K = 100\% \times \sum b_i \times f(\text{权数})/\sum f(\text{权数})$，计算出该地区汽车产业自主创新能力指数。

按照上述指标分析和计算出地区汽车产业自主创新能力指数后，可参照如下数据标准进行定量界定：

当 K 值在 60% 以下，可判定汽车产业自主创新能力弱；

当 K 值为 60%—70%，可判定汽车产业自主创新能力较弱；

当 K 值为 70%—80%，可判定汽车产业自主创新能力一般；

当 K 值为 80%—90%，可判定汽车产业自主创新能力较强；

当 K 值为 90% 以上，可判定汽车产业自主创新能力强。

---

① K. C. Chang, M. F. Yeh. Grey relational analysis based approach for data clustering [J], IEE Proc. Vis. Image Signal Rocess, 2005, 152 (2).

# 10.3　辽宁省汽车产业自主创新能力的测度与分析

　　结合 2006 年《中国汽车工业统计年鉴》和《中国科技统计年鉴》的统计数据，本书选取北京、天津、辽宁、吉林、黑龙江、上海、江苏、浙江、安徽、福建、山东、湖北、广东、重庆、陕西等主要汽车省份及直辖市作为比较区域，通过对上述省市汽车产业自主创新能力指标数据的比较分析，来计算和测度辽宁省汽车产业的自主创新能力。

**表 10.3　　　　　主要汽车省份自主创新能力指标数据（一）**

| 地区 | 研究开发投入强度（%） | 研究开发人员投入强度（%） | 研究开发设备净值 | 专利拥有数量（项） | 创新产品占有率（%） | 技术引进和改造投入（亿元） | 研究开发质量—数量（数值） | 新产品销售利润率（%） |
|---|---|---|---|---|---|---|---|---|
| 辽宁 | 0.9 | 0.52 | 99.1 | 25.05 | 45 | 20.09 | 2.01 | 52 |
| 吉林 | 1.64 | 6.72 | 1162.55 | 121.2 | 49 | 55.12 | 6.67 | 44 |
| 黑龙江 | 0.16 | 0.21 | 40.64 | 8.02 | 42 | 12.34 | 4.98 | 61 |
| 北京 | 0.92 | 7.28 | 1245.52 | 210.07 | 54 | 120.7 | 8.98 | 42 |
| 上海 | 1.26 | 8.32 | 1489.33 | 240.08 | 55 | 142.63 | 7.34 | 43 |
| 广东 | 1.05 | 6.24 | 1112.14 | 200.6 | 32 | 43.93 | 2.37 | 45 |
| 天津 | 1.12 | 6.24 | 1104.2 | 180.6 | 23 | 27.72 | 3.23 | 29 |
| 湖北 | 0.93 | 0.16 | 30.73 | 5.5 | 44 | 34.18 | 2.6 | 34 |
| 陕西 | 1.02 | 2.81 | 490.11 | 81.27 | 49 | 22 | 5.43 | 54 |
| 重庆 | 1.03 | 4.68 | 823.86 | 135.45 | 43 | 19.64 | 1.01 | 53 |
| 浙江 | 1.26 | 0.01 | 3.29 | 1 | 47 | 24.09 | 2.54 | 45 |
| 福建 | 0.87 | 0.01 | 4.49 | 2 | 51 | 44.21 | 0.65 | 53 |
| 山东 | 1.05 | 0.01 | 2.28 | 1 | 53 | 22.28 | 1.34 | 19 |
| 安徽 | 0.91 | 4.16 | 742.76 | 120.4 | 52 | 33.87 | 3.12 | 23 |
| 江苏 | 1.7 | 0.31 | 53.45 | 10 | 55 | 38.5 | 0.32 | 33 |

　　资料来源：（1）《中国汽车工业统计年鉴》（2006），机械工业出版社 2006 年版。

　　　　　　　（2）《中国科技统计年鉴》（2006），中国统计出版社 2006 年版。

表10.4 主要汽车省份自主创新能力指标数据（二）

| 地区 | 人均研发费用（万元） | 创新战略（数值） | 创新机制（数值） | 创新倾向（数值） | 开发速度（年） | 自主创新成品率（%） | 产品研发成功率（%） |
|------|------|------|------|------|------|------|------|
| 辽宁 | 3.22 | 2.3 | 2.23 | 2.3 | 2.23 | 9 | 76 |
| 吉林 | 6.72 | 1.78 | 1.77 | 1.98 | 3.11 | 18 | 85 |
| 黑龙江 | 4.56 | 0.98 | 1.09 | 0.98 | 4.09 | 13 | 66 |
| 北京 | 8.04 | 3.23 | 3.23 | 3.23 | 2.23 | 21 | 80 |
| 上海 | 9.78 | 4.43 | 3.43 | 3.43 | 1.33 | 23 | 81 |
| 广东 | 2.01 | 2.16 | 2.26 | 2.16 | 2.26 | 13 | 94 |
| 天津 | 2.22 | 1.01 | 1.01 | 1.02 | 2.31 | 15 | 62 |
| 湖北 | 5.43 | 1.36 | 1.36 | 1.56 | 3.36 | 10 | 66 |
| 陕西 | 3.89 | 1.12 | 1.12 | 1.17 | 2.12 | 11 | 65 |
| 重庆 | 2.54 | 1.56 | 1.56 | 1.34 | 1.34 | 22 | 76 |
| 浙江 | 0.02 | 1.81 | 1.81 | 1.51 | 1.47 | 16 | 82 |
| 福建 | 0.45 | 0.54 | 0.54 | 0.74 | 3.54 | 1 | 82 |
| 山东 | 0.67 | 0.55 | 0.55 | 0.47 | 2.55 | 13 | 68 |
| 安徽 | 1.34 | 1.68 | 1.68 | 1.34 | 1.38 | 15 | 78 |
| 江苏 | 2.12 | 0.32 | 0.32 | 0.81 | 4.11 | 3 | 88 |

资料来源：同10.3表。

对表10.3、表10.4的数据进行无量纲化处理，参照本书构建的汽车产业自主创新能力评价模型，计算得出辽宁省汽车产业自主创新能力的指标数值，具体结果如表10.5所示。

创新资源投入能力得分为：

$$\sum B_1 = 0.164 \times 0.481 + 0.129 \times 0.328 + 0.312 \times 0.065 + 0.174 \times$$
$$0.195 + 0.051 \times 0.06 + 0.169 \times 0.06$$
$$= 18.86\%$$

创新管理能力评价得分为：

$$\sum B_2 = 0.663 \times 0.482 + 0.106 \times 0.618 + 0.261 \times 0.614 = 54.53\%$$

创新产出能力评价得分为：

$$\sum B_3 = 0.671 \times 0.101 + 0.243 \times 0.688 + 0.086 \times 0.786 = 30.26\%$$

创新研发能力评价得分为：

$$\sum B_4 = 0.106 \times 0.676 + 0.633 \times 0.364 + 0.261 \times 0.438 = 41.64\%$$

综上所述，可以得出辽宁省汽车产业自主创新能力水平的综合评价值为：

$$K = 18.86\% \times 0.491 + 54.53\% \times 0.099 + 30.26\% \times 0.250 + 41.64\% \times$$
$$0.1601 = 28.89\%$$

表 10.5 辽宁省汽车产业自主创新能力指标数值

| 目标层 | 一级指标 | 二级指标 | 指标数值 |
|---|---|---|---|
| 汽车产业自主创新能力 | 创新投入能力（$B_1$） | 研发投入强度（$C_1$） | 0.481 |
| | | 人均研发费用（$C_2$） | 0.328 |
| | | 研开发设备净值（$C_3$） | 0.065 |
| | | 研发人员素质和数量标值（$C_4$） | 0.195 |
| | | 研发人员投入强度（$C_5$） | 0.06 |
| | | 非研发投入比例（$C_6$） | 0.06 |
| | 创新管理能力（$B_2$） | 自主创新战略（$C_7$） | 0.482 |
| | | 自主创新倾向（$C_8$） | 0.618 |
| | | 自主创新机制（$C_9$） | 0.614 |
| | 创新产出能力（$B_3$） | 专利拥有数量（$C_{10}$） | 0.101 |
| | | 创新产品市场占有率（$C_{11}$） | 0.688 |
| | | 创新产品销售利润率（$C_{12}$） | 0.786 |
| | 创新研发能力（$B_4$） | 开发速度（$C_{13}$） | 0.676 |
| | | 自主创新成品率（$C_{14}$） | 0.364 |
| | | 产品研发成功率（$C_{15}$） | 0.438 |

综合得分是地区汽车产业自主创新能力强弱的总体反映，从得分结果可以比较直观地看出若干省份之间自主创新能力水平的差距。辽宁省汽车产业自主创新能力的综合评价值为 28.89%，可见，辽宁省汽车产业自主创新水平在全国范围内尚处于较低层次。根据上述分析可以看出，辽宁省

汽车产业自主创新能力在创新管理和研发能力上做得相对要好，但也属于一般水平，分别为54.53%和41.64%，而在创新投入和创新产出方面得分为18.86%和30.26%，该两项指标均属于较弱水平。在创新投入上，辽宁省汽车产业在人均研发费用以及非研发的技术创新投入上明显不足，研发设备净值、研究开发人员素质和数量标值都很低，因此应该重点在上述方面加以改进。辽宁省汽车产业的研发投入和国内汽车先进省份相比还有一定差距，和国外先进水平比较差距更大，在创新产出能力方面，辽宁专利拥有数量指标和其他省份相比也有很大差距，这和研发投入的严重不足也密切相关。所以，今后要重点通过加大研发投入，改善和提高辽宁省汽车产业的自主创新能力。

## 10.4　提升辽宁省汽车产业自主创新能力的对策选择

### 10.4.1　加大研发投入，提高企业自主开发能力

辽宁省的中华轿车以我国第一台具有自主知识产权的轿车而一炮打响，松辽汽车也是由上海中顺公司入主后请美国知名汽车业者设计的，对6502轻型客车进行改造设计后投产下线，并受到市场的欢迎，因而自主创新是把辽宁省汽车产业做大做强的最锐利的武器。无论是新车的功能、外观车型，以及轿车新增附属功能，都要通过研发不断创新，不断有新的进步、新的概念、新的款式推出，真正做到人无我有、人有我转。近年来，与国外先进的汽车企业的合资合作使得辽宁省汽车企业的技术水平有了较快的发展，然而尽管不断地引进技术，汽车企业的自主开发能力并没有达到相应的水平，产品及部件的开发只停留在仿制或经验状态。所以要加大研发经费投入，通过官、产、学、研的合作，切实实施汽车创新工程，培育起更多的拥有自主知识产权的核心技术。目前，辽宁在重点开发生产轻型客车和轿车的同时，还需加快汽车零部件生产的集成化、规模化的发展，加强与华晨金杯、华晨宝马和上海通用（沈阳）北盛汽车有限公司三大整车企业的配套能力。必须把汽车零部件尤其是轿车零部件放在优先发展的战略高度，着力于优化结构、规模经济和自主开发。加速从为

中、轻型货车配套为主的产品结构，向为轿车配套为主的产品结构转变；从低水平、小批量组织建设和生产向按高水平、规模经济组织建设和生产转变；从单纯引进技术为主逐步形成以我为主的零部件开发体系转变，突破零部件工业发展滞后的被动局面。在零部件的产品开发上，要把着眼点放在目前还很薄弱的保健产品、环保产品、节油产品等方面。

### 10.4.2　建立较为完善的辽宁汽车产业创新体系

汽车产业创新体系是指由企业、高校、科研院所、金融机构、中介服务机构和政府等组织构成的创新系统，各成员各司其职，共同为提升汽车产业技术创新能力服务。构建辽宁省汽车产业创新体系可采取以下措施：

（1）完善汽车产业创新的公共服务体系

努力完善辽宁省汽车产业创新的公共服务体系，为全省汽车企业提供社会化、专业化服务，以促进自主创新活动和提高创新效率。其重点在于构建基础性的科学理论研究平台，并形成有效的技术资源共享运作机制，有效配置技术创新要素。对现有各技术服务机构的完善需做以下方面的工作：加强基础设施建设，提高各服务机构的服务能力；积极引进知识面广、综合素质高、具有较深专业知识水平的人才，加入到技术创新服务机构的队伍中来；对现有的从业人员要加强教育和培训，努力提高从业人员的整体素质，提高从业人员对技术创新服务的认识，改进服务方式，扩展服务范围，提高服务水平。

（2）加强产学研合作

针对辽宁省汽车企业创新主体的地位尚未完全形成，产学研脱节、制约科技成果转化等问题，地方政府应以重大产业科技攻关项目为纽带，通过市场机制、政策推动和企业运作，促进高校、科研院所和企业建立战略联盟。政府应加大对产学研合作项目的财政支持力度，制定优惠政策，鼓励企业同高校、研究院所共同研发新产品、新技术，为产学研合作打造良好的氛围。

（3）完善省内的技术交易市场，促进科技创新成果的有效转化

科技创新成果的及时商业化，既是科技创新成果扩散的有效方式，也是科技转化为生产力的最终方式。科技创新成果商业化的途径主要有两种：一是通过知识产权交易进行有偿转让；二是直接将科技成果产业化。

辽宁省汽车企业较多，规模以上的汽车企业也有多家，其间科研成果的转化还存在诸多交易费用。为了减少此类交易费用，促进科研创新成果及时转化为生产力，有必要完善技术交易市场，为企业之间科研成果的转化搭建有效的交易平台。

（4）提升企业科研设备配置水平，构建和完善企业信息化运作平台

没有先进的科研设备配置，很难取得自主技术创新突破。针对辽宁省汽车行业技术创新基础薄弱、技术积累较少的现状，汽车企业要投入足够的资金来提升科研设备配置水平，以提升自身的技术创新能力，促进研发人员的创新进程。此外，信息化运作平台是辽宁省许多汽车企业所缺乏的，一般而言，企业信息化运作平台主要有三个方面的作用：一是提高企业反应速度，增强企业信息获取能力，优化供应链和价值链，降低成本；二是有效推进企业的管理现代化，实现企业管理创新；三是能够及时掌握技术创新最新动向，承载大型运算、设计、检验等科研流程，加速企业技术创新步伐。因此，构建和完善企业信息化运作平台对于汽车企业来说，不仅能提升其自主创新能力，对企业整体竞争力也是一次全面的提升。

### 10.4.3 充分发挥地方政府的作用，实施创新保障

提升辽宁汽车产业自主创新能力是一项复杂的系统工程，离不开地方政府的大力支持和参与，具体来说，地方政府在以下方面应提供更多的创新保障：

（1）提高对共性技术研发的支持力度，建立产业技术创新融资担保机制

解决汽车产业内的共性技术难题，既是辽宁汽车产业内各企业的任务，也是政府提升产业科技发展实力的重要任务，政府有关部门应在技术、政策与经费方面给予有力的支持。针对辽宁省汽车零部件企业经济实力较弱，缺乏技术创新资金支持的实际情况，地方政府应建立中小企业技术创新融资担保机制。可以借鉴美国、日本和欧盟等国的做法进行企业技术创新融资体系建设，以解决辽宁汽车企业技术创新面临的融资难的问题，从而有助于辽宁汽车产业技术创新能力的提升。

（2）制定基于集群创导的政策举措，促进产业自主技术创新

集群创导（Cluster Initiative）在振兴地区经济和促进基于科学的新产

业的出现方面发挥着重要作用，涉及集群企业、政府和研究机构，其目的在于推动地区内集群的成长和提高其竞争力。集群创导已成为微观经济政策的关键特点，并与产业政策、区域政策、外来直接投资的吸引政策以及研发和创新政策密切相关。辽宁汽车产业的自主创新发展可以由企业、政府和研究机构共同发起，展开集群创导，制定明确的战略目标和实施计划，强化集群创导计划的组织实施和绩效评价，营造促进汽车产业集群创新发展的良好的社会、政治和经济环境，不断增强辽宁汽车产业集群创新的竞争力。

政府应制定合理有效的政策举措，推动辽宁汽车产业的集群创新和自主创新能力的不断增强，具体包括：

第一，促进产业集聚的政策。当前，辽宁省汽车零部件企业布局比较分散，虽然政府已出台了一系列促进汽车产业集聚的政策，但还没有改变这种布局分散的局面。今后，辽宁省应进一步出台相应政策，引导新成立的汽车零部件企业在省内汽车产业的规划区内集聚，同时促进原有的优秀的零部件企业向规划区内迁移，增强辽宁汽车产业集聚。

第二，生产要素供给促进政策。制定和出台辽宁汽车产业的生产要素供给促进政策，包括在人才引进、投融资、土地征用、项目审批、出口退税、技术创新、成果推广等方面的政策措施。

第三，需求引导政策。政府在注重生产要素供给的同时，更要以市场为导向促进需求的增加，政府应使用间接调控手段，如规范标准、政府购买等措施引导汽车产业的集聚。

第四，产业组织优化政策。产业组织优化是指集群内生产企业以及为生产企业服务的行为实体，相互分工与协作，通过生产与服务网络，取得协同作用，获取更高的生产效率。辽宁省可以发挥政府的宏观引导和调控作用，促进大、中、小不同规模企业形成合理分工与协作，推动汽车产业协调发展，真正实现技术引进、消化、吸收、自主创新的良性循环，不断提高产业实力和竞争力。

# 参 考 文 献

1. Abernathy W. J. & Utterback J. M. , Patternsof Industrial Innovation [ J ] . *Technology Review* , 1978 (7) : 40 – 47.

2. Arrow K. , The Economic Implications of Learning by Doing [ J ] . *Review of Economic Studies* , 1962 (6) : 155 – 173.

3. Asheim T. Interactive, Innovation Systems and SME Policy [ R ] . Paper Presented on the IGU Commission on the Organization of Industrial Space Residential Conference. Gothenburg, Sweden, 1998.

4. Bell M. , Albu M. , Knowledge Systems and Technological Dynamism in industrial Clusters in Developing Countries [ J ] . *World Development* , 1999, 27 (9) : 1715 – 1734.

5. Bell Martion, Keith Pavitt, Accumulating Technological Capability in Developing Countries [ R ] . Proceedings of the World Bank Annual Conference on Development, 1992 : 257 – 281.

6. Brent, Ooldfarb, Magnus Henrekson. Bottom – up versus Top – down Policies towards the Commercialization of University Intellectual Property [ J ] . Research Policy, 2003 (32) : 639 – 658.

7. Brezis E. , Krugman P. R. and Tsiddon D. , Leapfrogging in International Competition : A Theory of Cycles in National Technological Leadership [ J ] . *The American Economic Review* , 1993, 83 (5) : 1211 – 1219.

8. Cl ark, Kim, Fujimoto, *Product Development Performance : Strategy, Organization, and Management in the World Auto Industry* [ M ] . Boston : Harvard Business School Press, 1991 : 35 – 55.

9. Carayannis Elias, Fostering Synergies Between Information Technology and Managerial and Organizational Cognition : The Role of Knowledge Manage-

ment [J] . *Technovation*, 1999 (4): 219 – 231.

10. Carpenter G. S. and Nakamoto K. , Reflections on "Consumer Preference Formation and Pioneering Advantage" [J] . *Journal of Marketing Research*, 1994 (31): 570 – 573.

11. Chen X. , Sun C. Technology Transfer to China: Alliances of Chinese Enterprises with Western Technology Exporters [J] . *Technovation*, 2000 (20): 353 – 362.

12. Christenson C. M. and Rosenbloom R. S. , Explaining the Attacker's Advantage: Technological Paradigms, Organizational Dynamics, and the Value Network [J] . *Research Policy*, 1995, 24 (2): 233 – 257.

13. Clark K. B. , The Interaction of Design Hierarchies and Market Concepts in Technological Evolutlon [J] . *Research Policy*, 1985, 14 (5): 235 – 251.

14. Cohen W. & Levinthal D. , Absorptive Capacity: a New Perspective on Learning and Innovation [J] . *Administrative Science Quarterly*, 1990, 35 (1): 128 – 152.

15. Dahlman C. J. and Westphal L. E. , The Transfer of Technology: Issues in the Acquisition of Technological Capabilities in Developing countries [J] . *Finance & Development*, 1984 (20): 6 – 9.

16. Damanpour F. & Gopalakrishnan S. , Theories of Organizational Structure and Innovation Adoption: the Role of Environmental Change [J] . *Journal of Engineering and Technology Management*, 1998 (15): 1 – 24.

17. David C. , Mowery Nathan Rosenberg. *Path of Innovation* [M] . Cambridge: Cambridge University Press, 1998: 122.

18. David Weitzman, *Model T: How Henry Ford Built a Legend* [M] . New York: Crown Publishers, 2002.

19. Debra M. Amidom Rogers, The Challenge of Fifth Generation R&D [J] . *Research Technology Management*, 1996 (1): 39.

20. Eric W. K. Tsang, Motives for Strategic Alliance: A Resource – Based Perspective [J] . *Scand Journal Management*, 1998 (14): 133 – 149.

21. Gallagher K. , Innovation and learning in the Chinese Automobile In-

dustry Through Technology Transfer [R]. Paper Submitted and Presented at the 2004 Globlics Conference, http: //www. caam. org. cn/2005 – 09 – 12.

22. Haddad M. & Harrison A. , Are There Positive Spillovers from Direct Foreign Investment? Evidence from Panel Data for Morocco [J]. *Journal of Development Economics*, 1993 (42): 51 –74.

23. Henderon R. and Clark K. , Architectural Innovation: the Reconfiguration of Exiting Product Technologies and the Failure of Established Firms [J]. *Administrative Science Quarterly*, 1990 (35): 9 –30.

24. Hirabayashi E. , *The Chinese Automobile Industry* [M]. Stanford: Stanford University Press, 1997: 76 –135.

25. Holger Kollmer, Michael Dowling, Licensing as a Commercialization Strategy for New Technology – based Firms [J]. *Research Policy*, 2004 (33): 1141 –1151.

26. Kash Don E. & Robert W. Rycroft, To Manage Complex Innovation, Ask the Right Questions [J]. *Research Technology Management*, 2003, 46 (5): 29 –33.

27. Keun Lee, Lim C. S. , Technological Regime, Catching – up and Leapfrogging: findings From the Korean Industries [J]. *Research Policy*, 2001 (30): 459 –483.

28. Kim L. & Nelson R. , *Technology, Learning, and Innovation: Experience of Newly Industrialized Economic* [M]. Cambridge: Cambridge University Press, 2000.

29. Kim L. , Crisis Construction and Organizational Learning: Capability Building in Catching – up at Hyundai Motor [J]. *Organization Science*, 1998, 9 (4): 506 –521.

30. Kogut B. and Zander U. , Knowledge, Market Failure and Multinational Enterprise: A Reply [J]. *Journal of International Business Studies*, 1995, 26 (2): 409 –415.

31. Koh A. , Organizational Learning in Successful East Asian Firms: Principles, Practices, and Prospects [J]. *Technological Forecasting and Social Change*, 1998 (58): 285 –295.

32. Lane P. J. , Salk J. E. , and Lyles M. A. , Absorptive Capability, Learning, and Performance in International Joint Ventures [ J ] . *Strategic Management Journal*, 2001 (22): 1139 – 1161.

33. Lieberman Marvin B. , and David B. Montgomery, First mover (dis) advantages: Retrospective and Link with the Resource – based View [ J ] . *Strategic Management Journal*, 1998, 19 (12): 1111 – 1125.

34. Linsu Kim, Imitation to innovation: The dynamics of Korea's techn ologi- cal learning [ M ] . Boston: *Harvard Business School Press*, 1997: 101 – 130.

35. Micheal Maccoby, Learning to Partner and Partnering to Learn [ J ] . *Research Technology Management*, 1997 (3): 112.

36. Moens D. & Marie Francine, Generic Technologies for Single and Multi – organization Summarization [ J ] . *Information Processing and Management*, 2005 (41): 569 – 586.

37. Murray R. Millson, P. Rai, David Wilenan, Strategic Partnering for Developing New Products [ J ] . *Research Technology Management*, 1996 (1): 39 – 48.

38. Pavitt K. , Technology Transfer Among the Industrially Advanced Countries: an Overview. In Nathan Rosenberg and Claudio Frischtak (eds. ), *International Technology Transfer: Concepts, Measures, and comparisons* [ M ] . New York: Praeger, 1985: 3 – 23.

39. Perez C. and Soete L. , Catching up in Technology and Windows of opportunity, in Giovanni Dosi, Christopher Freeman, Richard Nelson. Gerald Silverberg, and Luc Soete (eds. ), *Technical Change and Economic Theory* [ M ], London and New York: Pinter Publishers, 1988: 458 – 479.

40. Peteraf M. A. , The Cornerstones of Competitive Advantage: A Resource Based View [ J ] . *Strategic Management Journal*, 1993, 14 (3): 179 – 191.

41. Pisano G. , Knowledge, Integration, and the Iocus of learning: an empirical analysis of process development [ J ] . *Strategic Management Journal 15 Special Issue*, 1994: 85 – 100.

42. Prahalad C. K. & Hamel G. , The Core Competence of the Corporation [J] . *Harvard Business Review*, 1990, 68 (3): 79 – 91.

43. Rosenberg N. & Claudio Frischtak (eds. ), *International Technology Transfer: Concepts, Measures, and Comparisons* [M] . New York: Praeger, 1995: 167 – 221.

44. Rubenstein A. H. , Research and Development Issues in Developing Countries [J] . *Management of Research and Innovation*, 1980 (7): 25 – 33.

45. Rycroft Robert W. & Don E. Kash, Self – organizing innovation networks: implications for globalization [J] . *Technovation*, 2004 (24): 187 – 197.

46. Sosa Manuel E. , Steven D. Eppinger, and Craig M. Rowles, The Misalignment of Product Architecture and Organizational Structure in Complex Product Development [J] . *Management Science*, 2004, 50 (12): 1674 – 1689.

47. Stelio Zyglidopoulos, Initial Environmental Conditions and Technological Change [J] . *Journal of Management Studies*, 1999 (36): 2.

48. Stephanie Monjon, Patrick Waelbroeck. Assessing Spillovers from Universities to Firms: Evidence from French Firm – level Data [J] . *International Journal of Industrial Organization*, 2003 (21): 1255 – 1270.

49. Teece D. , Profiting from Technological Innovation: Implications for Integration, Collaboration, licensing, and Public Policy [J] . *Research Policy*, 1986 (15): 285 – 305.

50. Tripsas M. , Unraveling the Process of Creative Destruction: Complementary Assets and Incumbent Survival in the Typesetter Industry [J] . *Strategic Management Journal*, 1997 (18): 119 – 142.

51. Tushman M. and Philip A. , Technological Discontinuities and Organizational Environments [J] . *Administrative Science Quarterly*, 1986 (31): 439 – 465.

52. Utterback J. M. and Abernathy W. J. , A Dynamic Model of Process and Product Innovation [J] . *Omega*, 1975 (3): 639 – 656.

53. Van Buren and Mark A. , Yardstick for Knowledge Management [J] . *Training & Development Journal*, 1999, 53 (5): 71 – 78.

54. Xie Wei & White Steven, Sequential Learning in a Chinese spin – off [J] . *R&D Management*, 2004, 34 (2): 118 – 124.

55. Xie Wei & White Steven, Windows of Opportuniy, Learning strategies and the Rise of China's Handset Makers. *International Journal of Technology Management*, 2006 (1): 123 – 128.

56. Xie Wei, Technological Learning in China's CTV industry [J] . *Technovation*, 2004 (3): 165 – 172.

57. Yassine A. , Joglekar N. , and Braha S. Information Hiding in Product Development: The Design Churn Effect [J] . *Research Engineering Design*, 2003, 14 (3): 131 – 144.

58. Virasa, Thanaphol, Tang, John C. S. , The Role of Technology in International Trade: A Conceptual Model for Developing Countries [J] . *Journal of High Technology Management Research*, 1998, 9 (2): 195 – 205.

59. Akihiko Kaneko, Terms of Trade, Economic Growth, and Trade Patterns: A Small Open – Economy Case [J] . *Journal of International Economics*, 2000, 52 (1): 169 – 181.

60. Papaconstantinou, Sakurai, Wyckoff, Domestic and International Product – Embodied R & D Diffusion [J] . *Research Policy*, 1998, 27 (3): 301 – 314.

61. Daniels, Peter L. , National Technology Gaps and Trade—An Empirical study of the Influence of Globalization [J] . *Research Policy*, 1997, 25 (8): 1189 – 1207.

62. Dalia Marin, Monika Schnitzer, Economic Incentives and International Trade [J] . *European Economic Review*. 1998, 42 (3): 705 – 716.

63. Amy Jocelyn Glass, Kamal Saggi. International Technology Transfer and the Technology Gap [J] . *Journal of Development Economics*, 1998, 55: 369 – 398.

64. Anderson, E. , & Gatignon, H. , Modes of Foreign Entry: A Transaction Cost Analysis and Proposition [J] . *Journal of International Business*

Studies, 1986, 17 (Fall): 1 – 26.

65. Balasubramanyan, V. N. , Salisu, M. , Sapsford, D. , Foreign Direct Investment and Growth in Developing Countries [J] . *Economic Journal* 1996, 106: 92 – 105.

66. Baron, S. , Overcoming Barriers to Technology Transfer: Bridging the Cultural Gap Between Industry and the National Laboratories will Require Persistence and Creativity [J] . *Res. Technol. Manage*, 1990, 33: 38 – 43.

67. Bartlett, C. A. & Ghoshal, S. , *Managing Across Borders: The Transnational Solution* [M] . Boston: Harvard Business Schol Press, 1989.

68. Benhabib, J. , Spiegel, M. , The Role of Human Capital in Economic Development: Evidence from Aggregate Cross – Country Data [J] . *Journal of Monetary Economics*, 1994, 34: 143 – 173.

69. Bennett, D. , Liu, X. , Parker, D. , Steward, F. , Vaidya, K. , China and European Economic security: Study on Medium to Long Term Impact of Technology Lransfer to China [ R ] . European Commission, Brussels, 1999.

70. Blomstrom, M. , A. Kokko, & M. Zejan, Host Country Competition and Technology Transfer by Multinationals. Working Paper No. 4131. National Bureau of Economic Research, 1992.

71. Blomstrom, M. , Sjoholm, F. , Technology Transfer and Spill Overs. does Local Participation with Multinationals Matter [J] . Eur. Econ. Rev. 1998, 43: 915 – 923.

72. Borensztein, E. , J. De Gregorio, J – W. Lee, How Does Foreign Direct Investment Affect Economic Growth [J] . *Journal of International Economic*, 1998, 45: 115 – 135.

73. Buckley, P. J. & Mark C. , Casson Models of the Multinational Enterprise [J] . *Journal of International Business Studies*, 1998 (1) .

74. Cantwell, J. , *Technological Innovation and Multinational Corporations* [M] . Basil Blackwell, Oxford, 1989.

75. Cantwell, J. , The Globalization of Technology: What Remains of the Product Cycle Model? [J] . Cambridge J. Econ. 1995, 19: 155 – 174.

76. Changhong Pei, The Changing Trend of FDI Patterns in China [J].
*The Chinese Economy*, 2001, 34 (1): 89 – 100.

77. Coe, D. E., and E. Helpman, International R & D Spillovers [J].
*European Economic Reviews*, 1995, 39: 859 – 887.

78. Dunning J. H. Explaining International Production [M]. Harper Collins, 1998.

79. Either, W. J., Markusen, J. R., Multinational Firms. Technology Diffusion and Trade [J]. *Int. Econ.* 1996, 41: 1 – 28.

80. Ghoshal, S. & Nohria, N. Inernal Differentiations Within Multinational Corporations [J]. *Strategic Management Journal*, 1989, 10: 323 – 337.

81. Grossman, G., Helpman, E., *Innovation and Growth in the Global Economy* [M]. MIT Press, Cambridge. MA. 1995.

82. Horstmann, I. J., Markusen, J. R., Endogenous Market Structures in international trade [J]. *Journal of International Economics*, 1992, 32: 109 – 129.

83. Islam, N., Growth Empirics: A Panel Data Approach [J]. *Quarterly Journal of Economics*, 1995, 110: 1127 – 1170.

84. Kuemmerle, Walter: The Drivers Foreign Direct Investment into Research Development: An Empirical Investigation [J]. *Journal of International Business Studies*, 1999, 30 (1).

85. Lall, S., Industrial Strategy and Policies on Foreign Direct Investment in East Asia [J]. *Transnational Corporations*, 1995, 2 (2).

86. Miller, S., Upadhyay, M., The Effect of Openness, Trade Orientation, and Human Capital on Total Labor Factor Productivity [J]. *Journal of Development Economics*, 2000, 63: 399 – 423.

87. Rodriguex – Clare, A., Multinationals Linkages and Economic Development [J]. *American Economic Review*, 1996, 36: 852 – 873.

88. UNCTAD: *World Investment Report. Transnational Corporations, Market Structure and Competition Policy* [M]. New York: United Nations Publication, 1997: 295.

89. Wang, Jianye, Growth, Technology, Transfer, and the Long – Run

Theory of International Capital Movement ［J］. *Journal of International Economic*, *1990*, *29*: *255 - 271.*

90. Xiaohui Liu, Chenggang Wang, Does Foreign Direct Investment Facilitates Technological Progress? Evidence from Chinese industries ［J］. *Research Policy*, 2003, 32: 945 - 953.

91. 安同良：《企业技术能力发展论》，人民出版社 2004 年版。

92. 白让让：《双重寡头垄断下的多角联盟策略分析——以中国轿车产业为例》，《产业经济研究》2005 年第 2 期。

93. 操龙灿：《企业自主创新体系及模式研究》，合肥工业大学博士学位论文，2006 年。

94. 曹建海：《发展我国汽车产业的外部条件分析》，《汽车工业研究》2004 年第 6 期。

95. 曹建海：《经济全球化与中国汽车产业发展》，《管理世界》2003 年第 4 期。

96. 柴瑜、宋泓、张雷：《市场开发、企业学习及适应能力和产业成长模式转型》，《管理世界》2004 年第 8 期。

97. 陈德智、王浣尘、肖宁川：《技术跨越模式研究》，《中国管理科学》2003 年第 10 期。

98. 陈德智、王浣尘：《技术跨越基本涵义与模式研究》，《技术经济及管理》2003 年第 1 期。

99. 陈德智、肖宁川：《韩国汽车产业引进跨越模式研究》，《管理科学》2003 年第 2 期。

100. 陈德智：《技术跨越》，上海交通大学出版社 2006 年版。

101. 陈国宏：《经济全球化与我国的技术发展战略》，经济科学出版社 2002 年版。

102. 陈清泰、刘世锦、冯飞等：《迎接中国汽车社会》，中国发展出版社 2004 年版。

103. 陈至立：《加强自主创新促进可持续发展》，《中国软科学》2005 年第 9 期。

104. 程辰：《韩国汽车工业发展状况的分析》，《轻型汽车技术》2001 年第 1 期。

105. 程振彪：《探索中国汽车自主开发和自主品牌创建之路》，北京理工大学出版社 2004 年版。

106. 程振彪：《WTO 与中国汽车工业发展研究对策》，机械工业出版社 2004 年版。

107. 丁树桁：《技术进步路径选择：理论及中国的经验研究》，《工业技术经济》2005 年第 4 期。

108. ［英］多纳德·海·莫里斯：《产业经济学与组织》，经济科学出版社 2001 年版。

109. 冯晓莉：《我国企业技术创新动力机制研究》，西北大学博士学位论文，2005 年。

110. 冯艳飞、樊智锐：《技术创新是自主开发的必由之路》，《汽车工业研究》2003 年第 6 期。

111. 傅家骥：《技术创新学》，清华大学出版社 1998 年版。

112. 干春晖：《产业经济学》，机械工业出版社 2006 年版。

113. 干春辉、戴榕、李素荣：《中国轿车工业的市场结构、行为与绩效分析》，《上海管理科学》2002 年第 4 期。

114. 高建：《中国企业技术创新分析》，清华大学出版社 1997 年版。

115. 高蔚卿：《企业竞争优势——资源类型与竞争阶段的匹配》，知识产权出版社 2005 年版。

116. 高旭东：《"后来者劣势"与我国企业发展新兴技术的对策》，《管理学报》2005 年第 2 期。

117. ［美］格玛沃特：《产业竞争博弈》，人民邮电出版社 2002 年版。

118. 郭建平、李新亚、王德成：《工业化国家产业基础、共性技术研发机构及给我们的启示》，《中国机电工业》2003 年第 17 期。

119. 郭克莎、王伟光：《中国汽车产业发展的市场与经济技术条件分析》，《管理世界》2001 年第 3 期。

120. 郭克莎：《中国汽车产业自主研发的双创新分析》，《技术经济》2005 年第 2 期。

121. ［美］亨利·切萨布鲁夫著，金马译：《开放式创新——进行技术创新并从中赢利的新规则》，清华大学出版社 2005 年版。

122. 黄灿：《欧盟和中国创新政策比较研究》，《科学学研究》2004年第2期。

123. 江源：《汽车产业已成为我国第五大支柱》，中国统计信息网，http：//www. tongji. edu. cn/2003 – 06 – 02。

124. 金碚：《竞争力经济学》，广东人民出版社2003年版。

125. ［韩］金麟洙著，刘小梅、刘鸿基译：《从模仿到创新：韩国技术学习的动力》，新华出版社1998年版。

126. 景柱：《中国汽车企业核心竞争力研究》，机械工业出版社2005年版。

127. 康灿华、王龙、张乃平：《我国汽车产业技术创新战略的思考》，《武汉理工大学学报》2004年第4期。

128. 黎继子、蔡根女：《论技术创新网络的竞争优势》，《商业时代》2004年第17期。

129. 刘常勇、谢洪明：《企业知识吸收能力的主要影响因素》，《科学学研究》2003年第3期。

130. 刘洪德、刘希宋：《技术进步在促进中国汽车工业发展中的作用探析》，《中国软科学》2003年第7期。

131. 刘洪伟、和金生：《组织学习的成本问题初探》，《中国地质大学学报》2005年第1期。

132. 刘世锦：《加入WTO后的中国汽车产业发展模式选择》，《管理世界》2002年第8期。

133. 路风、封凯栋：《发展我国自主知识产权汽车工业的政策选择》，北京大学出版社2005年版。

134. 路风：《理解自主创新》，《中国科技产业》2006年第10期。

135. 吕政：《工业技术创新体制与政策分析》，《吉林大学社会科学学报》2005年第2期。

136. 罗炜、唐元虎：《企业合作创新的组织模式及其选择》，《科学学研究》2001年第4期。

137. 马长文、黄天佑：《浅析现阶段我国汽车工业技术进步模式》，《工业技术经济》2002年第5期。

138. 毛翠云、张西良：《加入WTO后我国汽车工业核心竞争力的培育》,《科技进步与对策》2002 年第 9 期。

139. 孟庆伟、刘铁忠:《从共享到原创:自主性技术创新中的知识演化》,《科学学研究》2004 年第 2 期。

140. 清华大学技术研究中心:《创新与创业管理》,清华大学出版社 2006 年版。

141. 盛昭瀚、蒋德鹏:《演化经济学》,上海三联书店 2002 年版。

142. 施培公:《后发优势——模仿创新的理论与实证研究》,清华大学出版社 1999 年版。

143. 施培公:《自主创新是中国企业创新的长远战略》,《中外科技政策与管理》1996 年第 1 期。

144. [法] 泰勒尔:《产业组织理论》,中国人民大学出版社 1997 年版。

145. [美] 唐·埃斯里奇:《应用经济学研究方法》,经济科学出版社 1998 年版。

146. 唐鸿志:《有效竞争与技术创新的因果链效应》,《中国科技论坛》2003 年第 1 期。

147. 唐要家:《自主创新能力的动态演化与制度支持》,《科学管理研究》2006 年第 3 期。

148. 吴辰:《从〈洛桑年鉴〉》看中国科技的国际竞争力》,《科技管理研究》2004 年第 4 期。

149. 吴贵生、李纪珍:《关于产业共性技术创新的思考》,《新华文摘》2000 年第 3 期。

150. 吴贵生:《技术创新管理》,清华大学出版社 2000 年版。

151. 吴启金:《日本汽车工业发展的启示》,《中国机电工业》2003 年第 10 期。

152. 吴松泉:《中国汽车产业"市场换技术"战略分析》,《汽车工业研究》2005 年第 8 期。

153. 吴晓波:《全球化制造与二次创新:赢得后发优势》,机械工业出版社 2006 年版。

154. 武康平、费淳璐:《WTO 框架下中国汽车经济的增长极》,经济科学出版社 2002 年版。

155. 夏大慰、史东辉、张磊：《汽车工业：技术进步与产业组织》，上海财经大学出版社 2002 年版。

156. 谢伟：《技术学习和竞争优势：文献综述》，《科技管理研究》2005 年第 2 期。

157. 许萧迪、王子龙：《技术创新的动力机制研究》，《科技与管理》2003 年第 5 期。

158. 杨沿平：《我国汽车产业自主创新现状、问题及对策研究》，《中国软科学》2006 年第 3 期。

159. 余婕、尹术飞、万君康：《中国汽车技术创新再造工程》，《汽车工业研究》2002 年第 2 期。

160. 余雅风、郑晓齐：《合作创新中企业知识学习行为的制度化研究》，《科研管理》2002 年第 5 期。

161. 余志良、谢洪明：《技术创新政策理论的研究评述》，《科学管理研究》2003 年第 6 期。

162. 袁庆明：《技术创新的制度结构分析》，经济管理出版社 2002 年版。

163. ［奥］约瑟夫·熊彼特著，何畏、易家祥译：《经济发展理论》，商务印书馆 1991 年版。

164. 张凤宇：《关于中国汽车工业开放与自主关系的思考》，《中国信息报》2004 年 5 月 14 日。

165. 张洪石、陈劲：《突破性创新：跨越式发展之基》，《自然辩证法研究》2005 年第 1 期。

166. 张乃平、万君康：《试论我国汽车工业的产业管制与技术创新》，《科技进步与对策》2001 年第 5 期。

167. 张小虞：《大力推动科技创新迈向汽车产业强国》，《汽车工业研究》2004 年第 1 期。

168. 张湛彬：《技术选择、技术创新与中国汽车产业技术政策》，《重庆社会科学》2003 年第 5 期。

169. 赵鹏飞：《中国汽车工业技术创新研究》，华中科技大学博士学位论文，2004 年。

170. 赵玉林：《创新经济学》，中国经济出版社 2006 年版。

171. 中国社会科学院工业经济研究所：《中国工业发展报告》，经济管理出版社 2004 年版。

172. 朱明、薛耀文、孟兆森等：《反向工程战略与中国自主创新能力的提高》，《中国软科学》2005 年第 6 期。

173. 朱志伟、胡树华：《中日汽车工业发展的比照与借鉴》，《北京汽车》2001 年第 2 期。

174. 庄卫民、龚仰军：《产业技术创新》，东方出版中心 2005 年版。

# 后 记

本书是辽宁省教育厅人文社会科学研究一般项目"技术进步路径转换与辽宁汽车产业发展"的最终研究成果之一，也是在我的博士论文基础上，增加了对辽宁省的汽车产业自主创新能力的实证研究内容，并经过修改和完善而成的。

本书的研究工作是在我的导师唐晓华教授的精心指导下进行的，自始至终都得到了唐老师的严格要求、悉心指导和热情鼓励。唐老师严谨治学的学术风范和渊博的学识使我受益匪浅，并将对我今后的学习与生活产生积极的影响。在此，谨向导师表示最衷心的感谢和最美好的祝愿！

在本书开题及写作过程中，还要特别感谢辽宁大学黄继忠教授、王伟光教授和姚海鑫教授的教诲和指导。黄继忠教授儒雅睿智，为人平易，他的讲授常使人有春风化雨之感，我特别感谢他对本书的肯定和建议；王伟光教授深邃敏锐，学识渊博，分析问题入木三分，我特别感谢他对我学业上的鼓励；姚海鑫教授严谨思辨，热情谦和，他所讲授的经济学理论和分析方法对我帮助很大，也感谢他对我论文提出的中肯建议。

在本书的写作过程中，我还得到了许多学长和朋友的帮助与支持。辽宁大学的唐要家博士和张保胜博士，从本书的选题到修改完善都提出了许多真知灼见，对我帮助极大；何禹庭博士、张洋博士为本书的写作提供了许多宝贵意见和帮助，师弟安玉兴、师妹王广凤也在本书的后期整理完善过程中给予我许多帮助，在此一并感谢。这里，我还要特别感谢北京的石玉敏女士，她为我在国家图书馆收集了大量的数据和资料；感谢我以前在汽车行业的同事们，与他们的沟通交流使我产生了许多思想的火花。

最后，本书引用了大量的珍贵文献和学术观点，在此一并谢忱。

佟 岩

2008 年 8 月